公元787年，唐封疆大吏马总集诸子精华，编著成《意林》一书6卷，流传至今
意林：始于公元787年，距今1200余年

意林幻青春
开启你的传奇

时镜 ◎ 著

吉林摄影出版社
·长春·

图书在版编目（CIP）数据

我不成仙.五,舍我其谁 / 时镜著. -- 长春：吉林摄影出版社，2018.1
（意林幻青春）
ISBN 978-7-5498-2932-3

Ⅰ.①我… Ⅱ.①时… Ⅲ.①长篇小说－中国－当代 Ⅳ.①I247.5

中国版本图书馆 CIP 数据核字(2018) 第 002650 号

我不成仙 五 舍我其谁
WO BU CHENG XIAN WU SHEWOQISHEI

著　　者	时　镜
出 版 人	孙洪军
主　　编	顾　平　　杜普洲
责任编辑	吴　晶
总 策 划	蔡　燕　　李　岚
统筹策划	李　岚
设计总监	资　源
执行编辑	王天颖
封面设计	资　源
美术编辑	徐　丹
发行总监	王俊杰
开　　本	700mm × 1000mm 1/16
字　　数	300千字
印　　张	16
版　　次	2018年1月第1版
印　　次	2018年1月第1次印刷

出　　版	吉林摄影出版社
发　　行	吉林摄影出版社
地　　址	长春市泰来街1825号
	邮　编：130062
电　　话	总编办　0431-86012616
	发行科　0431-86012602
网　　址	www.jlsycbs.net
经　　销	全国各地新华书店
印　　刷	北京嘉业印刷厂

书　　号	ISBN 978-7-5498-2932-3	定　价：28.80 元

版权所有　翻印必究
（如发现印装质量问题，请与承印厂联系退换）

第 一 章	领袖	001
第 二 章	我不成龙	016
第 三 章	战绩第一	030
第 四 章	叛出崖山	046
第 五 章	最后一试	058
第 六 章	我心无妖魔	070
第 七 章	六方幻身	086
第 八 章	遍地英雄余者一	100
第 九 章	血溅通天路	112
第 十 章	登我一人台	123

第十一章	蓑衣江上人	135
第十二章	不杀不死，不死不休	151
第十三章	一夜杀心两处同	167
第十四章	凡人寻仙	183
第十五章	借君头颅一用	195
第十六章	且战谢不臣	206
第十七章	过河人	221
特别篇一	谢不臣：	
	十世人皇，一世不臣	236
特别篇二	智林叟：	
	揭秘崖山五大未解之谜	241

第一章
领袖

手段太残忍？

如花公子看见愁的目光顿时不一样了，就连与见愁熟一些的姜问潮也微微诧异了一下。

反倒是小金和左流没觉得有什么，他们只对见愁所说的"方法"感到好奇。

小金眨巴眨巴眼："到底是什么方法啊？"

"竖着剖开全身，放血，或者焚毁。"

其实若是横着切到某个核心的位置，约莫也会死。只是见愁毕竟没有亲手做过，只是曾听村中的老农提起过，而且他们面对的其实并不是一条蚯蚓，而是一条"黑龙"。

如今要问有关蚯蚓的事情，见愁只好说了几个成功把握比较大的办法。

说完，她便笑着看向了小金和左流。

在听见"焚毁"这两个字的时候，小金忽地打了个寒战，左流则是嘴角一抽："这么残忍？"

"是啊，那它也太可怜了吧……"

小金生长的环境比较单纯，所以他并未染上外界修士的戾气，没来左三千小会之前，跟一只小鸟都能唠上半天的嗑，因此在知道黑龙原是一条可怜蚯蚓的情况下，有些狠不下心来。

如花公子嗤笑了一声，看着有几分皮笑肉不笑，虽显得妖艳，却叫人后背发凉。

他那带着一丝轻嘲意味的目光扫过小金、左流二人，落到了见愁身上。

"空海猎龙，不猎如何能通关过试？天下苍生，弱肉强食，适者生存。有这一份善心，你们怎么不去北域禅宗呢？这样连肉都不用吃，更不用杀生了。"

"……"左流与小金同时噎仕。

这话说得实在是不客气，见愁听了微微皱眉。

众人以为下一刻便要为如花公子这一句话剑拔弩张起来，谁想到片刻后，见愁那拧紧的眉头便松开了，眼角眉梢一片平和，甚至带了几分笑意，她诚恳地说道："如花公子所言甚是，原不该有什么善心，倒是我着相了。"

认错倒是挺快。

其实如花公子也觉得自己说得有些过了，在见愁拧眉的那一瞬间，他已经在想他们这五人组会不会直接分道扬镳，哪里想到见愁下一刻便改了口，竟这般"从善如流"。

一时间，他怔住了，随即看着见愁的目光却充满了一种难言的喜悦与欣赏："见愁道友是个妙人。"

"……"左流与小金同时抖了抖手臂上的鸡皮疙瘩。

姜问潮看着如花公子的目光顿时奇异了起来。

反倒是见愁，似乎早就对如花公子种种异于常人的言行有所了解，闻言后镇定自若地回道："妙人不敢当，倒是烂俗的伎俩想到了不少。"

"哦？"

见愁说是烂俗的伎俩，可众人却不这样以为。

事关猎龙抽筋大事，如花公子等人可不敢怠慢，听到见愁此言一出，便立刻追问道："看来见愁道友是有想法了。"

想法，当然是有的。

她看向如花公子的海盘，手指在那一条还在前行的黑龙周围画了个圈，道："龙在海中，速度极快，为速战速决，我们不如将黑龙困在一个范围内，再瓮中捉鳖。"

此言一出，如花公子顿时一愣。

"怎么了？"见愁还以为自己的计策有哪里不妥，正想要说后面的话，就见他表情不对，便停了下来，开口问道。

如花公子挑了挑细长的眉尾，带着几分探寻之意看她："没什么，只觉得见愁道友的想法，与寻常人不一样。"

与寻常人不一样？这话是什么意思？

见愁一时间有些不明白，一转头就发现姜问潮也用奇异的目光看着自己，她便立刻想要开口问，然而下一刻顿时醒悟：她知道了。

十九洲的修士，无论修为是高是低，每一个人都远超凡人，他们更加偏爱单打独斗。

在绝对的力量面前，"蚁多咬死象"这种说法根本不存在。

凡人的排兵布阵等兵家谋略，在十九洲并不适用。

见愁眼下提出的"先围后打"，在众人看来，其实是有些万无一失的小心，还有着一种全盘布局的意思，与他们平时熟悉的战斗模式完全不同。

所以尽管见愁还未将自己的计划说完，众人已经隐约猜到了她的意思，这才有了那些奇异的注视。

想清楚这一层，见愁心底的疑惑便解开了。她笑道："叫诸位道友见笑了，我从人间孤岛而来，兵家阵法，自小耳濡目染，一时半会儿怕是改不过来了。"

"无妨，姜某倒是觉得正好。"姜问潮一笑，与如花公子对望了一眼，都看出对方眼底那一种奇怪的佩服，"虽与寻常修士的想法不一样，不过应该很有意思，还请见愁道友继续。"

如花公子点了点头，很赞同姜问潮的说法。

小金"咔嚓咔嚓"地吃着西瓜，眼里也流露出期待来，左流更是两眼发光。

这一下，倒是见愁有些无言了。

昆吾山脚下，众人也都好奇起来。

因为未修炼的凡人力量偏弱，所以大多数凡人都倾向于以数量取胜，因此在拼"数量"上也就总结了众多的方法，自然有其独到之处。只是修士讲究一个"独"字，往往知道凡人那一套却基本不用，因而就根本没有这种合作的意识。

这回乍一见有人要玩新东西，昆吾山脚下的众人顿时关注起来。

"既然大家同意，那我便继续说。"

昔日见愁只见过谢不臣在棋盘上推演，她在旁边的时候偶尔会看上一眼，他就会随口讲上那么几句，其姿态从容淡定，倒有一种天下事都在他股掌之间的气势。

不过此刻，事情落到她这里，自然有几分生疏。好在她如今顶了个崖山大师姐的名头，论辈分、名声，甚至是论此刻的战力，都不在诸人之下，所以说话有了底气，倒没让人听出什么异常来。

"困住黑龙，范围不能很大，以阵法为佳。不知诸位道友可通阵法？"

小金懵懂地摇了摇头。

左流狂擦冷汗："这个……我野路子出身，不会。"

姜问潮说道："我所学不杂，只算是略懂皮毛。"说完，他看向了如花公子。

如花公子顿时笑了起来，他瞧向见愁，眼里一片潋滟之色。

"这十九洲，但凡寻常人会的，我都会。阵法嘛，略通一二，不过想来足够应付今日之事了。"

这到底算是谦虚呢，还是自负呢？

听如花公子这话，他所学不仅驳杂，并且造诣只怕还在寻常人之上。不愧是之前被智林叟排到第二的人物。

见愁沉默了片刻，藏了自己心底的想法，点了点头："既然如此，第一步便好办了，一会儿请公子与我一同布下一道方圆十里的阵法，将黑龙围在其中。另外，我需要知道诸位从空海之中得到的独特道印是什么。"

空海道印？众人对望了一眼，倒是没有什么怀疑，一一说了出来。

从见愁开始，到左流结束，五个人得到的道印各不相同。

见愁那鸡肋的御岛之能自不用说，如花公子手握海盘，可窥探整片空海；姜问潮可与鱼语，沟通整片海里的动物；小金则可令所过之处的海水全数化作坚冰，寻常人不得破之，乃为"绊海石"；最后是左流，在空海之上拥有隐身之能。

其他人的道印似乎都没什么稀奇，见愁着重问的是左流。

没想到，左流对自己这道印却不是很了解。

正所谓"知己知彼，百战不殆"，见愁觉得左流的道印有些意思，因此在出发之前，她请左流做了两件事：

其一，让左流在别人的身上使用隐身道印；

其二，在一个人已经隐身的情况下，对第二个人使用道印。

轻而易举地，他们验证了两件事：左流的隐身道印可以对旁人使用，并不是只能自己隐身，但是只能在一个人身上使用，若要让第二个人隐身，第一个人的隐身便会自动破除。

有了这个结论，见愁思考起来也就轻松了许多。

她眼里精光闪烁，又看了一眼海盘，说道："黑龙换了方向，正朝我们而来，不如就在此处布下阵法吧。如花公子？"

"但凭见愁仙子差遣。"

听到见愁唤自己名字，如花笑得那叫一个和善，连衣襟上含苞的花骨朵都绽开了不少。

见愁闻言，嘴角一抽：合作而已，哪里就成了差遣了？

她本想纠正一下如花公子的用词，可一想到黑风洞中那些比现在听到的更加恐怖的留字，就快滑出双唇的话语便全数被见愁吞了回去。

恢复了若无其事的淡定模样，见愁心如止水，丝毫没受如花公子的影响，只说道："那我们便开始吧，有劳小金道友以绊海石之术做出阵基来，阵法则由我与如花公子来完成。"

"好。"小金干脆地答应了一声，赶紧啃完了最后一口西瓜，便根据之前见愁在海面上划出的范围，赤脚奔跑了起来。

"砰砰砰"！海面之上顿时响起了浪花的声音。

因为有意控制力道，小金每一次落脚都只有小小的冰锥冒出来，看上去一点儿也不显眼。

见愁与如花公子紧随其后，以这一根冰锥为基石，打入布置阵法需要的灵石，不多时便已经在海面上围成了一个半环，故意留了一个不大的缺口。

黑龙毕竟还没有来，阵法的最后一步要等黑龙入阵之后再合上，以确保这条黑龙发现不了异常，乖乖入阵。

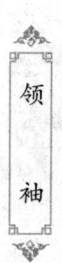

啪！一枚灵石被扔出，准确地镶嵌在了冰锥之上。

见愁回首一看，黑龙距离这里还有些距离。如花公子在缺口的另一端，姜问潮、左流、小金三个人则在见愁的对面。

"如今阵法已成，见愁道友，后续当如何？"姜问潮首先开口发问。

见愁笑了一声，脸上带了一种卓然的飒爽。

"以黑龙的方向和速度估计，约莫半刻之后，它便会自动入局，届时便请左流道友动手，隐去如花公子，如花公子同时闭合整座阵法，黑龙便是这瓮中之鳖了。而姜道友可沟通空海之'鱼'，见愁冒昧，想请姜道友尝试与黑龙说话，先礼后兵。"

先……先礼后兵？

姜问潮陡然无言：对这条蚯蚓，他们会不会太客气了一点儿？

昆吾山脚下，不少见愁的"手下败将"此刻都有一种把她从空海之中抓出来暴打一顿的冲动！

说好的"一言不合就拔腿"，转眼之间你竟然对一条蚯蚓说什么"先礼后兵"？你到底把咱们都当成什么了？

就是一些门派里掌门长老级别的人物听了这话，也都不由得无言。

唯有横虚真人，在听到见愁这一小段的布置之后，眼睛一亮。

"先礼后兵"，并非不认同"弱肉强食"，相反，方才见愁一下就被如花公子说服，可见她本身很清楚这一条规则，也就不存在什么真正的对蚯蚓心软心善。她应该只是对更好地解决抽龙筋一事抱有希望。

可这不是横虚真人关注的重点。

他听到的，是见愁缜密的心思、周全的考虑，那是一种"大局观"。

左三千小会只有一个人可登上一人台，获得无上机缘，所以所有参加小会的人都会是对手，本应该拼得你死我活，可不管是本届的第一试还是第二试，都跟他们先前遇到的不一样。

只因为，参试之人中有见愁。

作为崖山的大师姐、大师伯，她入门虽不久，却自然地带着一股崖山气韵，自然高绝。只是与陆香冷的孤高不同，她偏偏给人一种如沐春风之感，怀着几许温和善意，让人亲近信赖。修为虽然不高，偏偏战力十足，屡有惊人之举，该动手的时候果决狠辣丝毫不输对手，堪称一流……

就是这样一名修士，不知不觉中，竟然已经有了一种奇异的凝聚力，将大半的"对手"变成了并肩作战的朋友。

第一试鱼目坟之中有一个钱缺还不算什么，可等到第二试空海之战，一切便都显露了出来。

　　不管是如花公子、姜问潮，还是陆香冷，他们能在中域新一辈修士之中小有名气，自然不会是左流、小金这一类心思单纯之人，可他们都信任见愁，并且因为她聚在了一起。

　　并且……他们将一切交给了见愁来谋划，实则已经默认了她"领袖"的地位。

　　这一切似乎都在告诉人们：崖山的大师姐天生给人一种值得信赖的感觉，就应该是所有人的中心，应该成为一支队伍之中领袖一样的存在。

　　可横虚真人其实很清楚，这一切并非天生，都是由过往的经历累积而成的。

　　因为来自人间孤岛，修行太晚，凡界的一切对她而言都已经根深蒂固，即便是后来踏入修行之路，那些东西也都烙印在了她的骨子里。

　　正因为有这些东西，她拥有与十九洲大部分修士不一样的想法。

　　比如，在五人组队猎龙这一个小环节里面，她表现出来的大局观、缜密周到的考虑……

　　"此女踏入修行之路虽晚，可也有晚的好处，将来前途，怕不可限量。"横虚真人想着，忽然就这么叹了一声，又想到自己座下十三个弟子，摇头道，"我座下弟子十三人中，在心思细密、考虑周全上面，只怕大半不如她。唯有不臣胸有丘壑，或恐能败之。"

　　"那是，我家见愁是什么人！"

　　扶道山人听着横虚真人的赞赏之辞，真是半点儿也不谦虚，反而得意扬扬。

　　"能被山人我收为徒弟的，能是什么庸人？见愁修行时日尚短，却拥有无限潜力，至于你那能拯救昆吾的惊世之才嘛，山人我反正没看见过……嘿嘿，天知道！"

　　没看见过……

　　"快了。"

　　横虚真人脸色淡淡，通达天机的一双眼底闪过了些微的笑意。可同时，又有那么一分晦涩的隐忧。

　　青峰庵隐界门前的阵法，约莫困不了谢不臣多久，只看是什么时候回到昆吾了。

　　原本，这一次左三千小会，该是这一位昆吾新一辈第一人大放异彩的时候，只可惜……

　　一开始还有人惦记着他，猜想他也来了该是何等的精彩。

　　可眼下，所有人的目光都在空海之中，都在那一名从容淡定的女修身上，至于传说之中的"谢不臣"，还有哪个人记得？

　　昆吾山崖之上那一座小木屋前，顾青眉抱着几卷书抬起头来，却只看见紧闭的门扉，落上的铜锁。

她知道，这也是谢师兄的习惯之一。

　　眼下她脸色苍白，因与见愁一战，她已有重伤在身，赖昆吾门中长老出手，才没留下祸患。只是不管她怎么虚弱，此刻若想要进门，也不是这一把小小的铜锁能阻挡的。

　　她只是不想。

　　秀美的眉眼之间，是一片痴心。

　　顾青眉有些失落地站在门前，然后慢慢地坐在了台阶上，又抬起头来看着苍穹。空海覆盖了昆吾境内的天空，浅蓝色的光影甚至投射到了地面之上。别说是在昆吾山上了，便是在九头江江湾也能看清楚头顶的情况。

　　见愁……

　　她似乎从来都不是一个孤独的人，身边永远有人愿意与她并肩作战。

　　就如同此刻，有通灵阁沉寂了三十年的天才姜问潮，有那不知师从何处却厉害得让人惊异的小金，流里流气、分明是一个小混混的左流，更不用说先前叫人只敢远观的陆香冷了。

　　甚至，就连众所周知性格最怪的五夷宗如花公子竟也对她抱有满满善意……

　　说起来，也不知是不是因为都来自人间孤岛的关系，顾青眉竟觉得这一位崖山大师姐的身上，带着一点点与谢不臣相似的味道。

　　虽不如谢不臣厉害，可在空海之中，这样的做法，却让她想起谢不臣手执兵书，偶尔言及一些东西时的神情。

　　她对这些事情很好奇，偏偏谢不臣却少有愿意讲的时候，仅留了只言片语给她猜测。

　　兴许，天才与天才都有那么一点点的共通之处？

　　而她……

　　昆吾所谓的"早慧天才"，与谢师兄相比有距离也就罢了，毕竟他是首座横虚真人远赴人间孤岛亲自收的真传弟子，若不惊才绝艳，那才是大大地不对劲儿。

　　可见愁又算是什么？这一名女修，到底哪里比自己厉害了？

　　顾青眉终究还是有些想不通。

　　第一试就被人清扫山局，是她怎么也没想到的，而钱缺当日悲愤之下的一番狂言，又回响在了耳边。

　　"一人杀红小界便仗势欺人！昆吾了不起啊！"

　　"人说昆吾、崖山六百年前曾并肩而战，你却在背后捅人刀子……"

　　"杀红小界什么时候成了你的？是你昆吾的，还是你家的？还是你谢师兄的？你不过拿到一个区区红盘，就敢耀武扬威？我还敢说那骨玉本就是见愁师姐的东西

呢！你的？没本事与人争，还当人家与你作梗！呸！"

那杀红小界明明是她先发现的，帝江骨玉明明也是她想要送给谢师兄的。怎么到头来，在他人口中，错的全是自己？什么也没得到，反而惹得一身骂名。

"是我错了吗……"顾青眉顺着钱缺的话细细思索起来，一时有些怀疑，一时有些动摇，终究还是恍恍惚惚，黯然垂泪。

"你怎么在这里？"一道惊讶之中夹杂着恼怒的声音忽然传来。

顾青眉听着这声音里已经不见了往日的疼爱，忽然心头一跳，连忙从台阶之上起身，一抬头便看见了顾平生。

顾平生乃昆吾的执事长老，黑发里藏着一根根白发，虽驻颜有术，却也没保持年轻时候的样貌，毕竟是有子女的人了。

他向来冷肃，在路过的时候看见了顾青眉，一张脸顿时拉了下来。

"不在屋里好好养伤，你出来干什么？"

"我……"

顾青眉觉得待在屋里憋屈，虽然身上有伤，却也抱着从谢不臣处借来的书看了好一会儿，又觉怎么都心神不宁，索性出来守着谢不臣的屋子，哪里想到竟然会在这里碰到顾平生？

"我……我只是待着难受，想来谢师兄这里看看……"

听到顾青眉这话，顾平生的脸一下子沉了下来。

"闭嘴！"

"爹？"

顾青眉诧异地看向了他，有些不明白。

"成日里不想着好好修炼，只一日日地朝着你谢师兄这边跑，你也不看看你谢师兄是怎样的修为，你又是怎样的修为！不思进取，只一门心思地钻研歪门邪道，我教你的你都忘了？"

"歪门邪道？"顾青眉不敢相信自己的耳朵，"你说我是歪门邪道？爹，难道连你也站在崖山那边，站在她那边？这一次小会若没她作梗，我又怎么可能赢不了？爹——"

啪！

顾青眉的声音戛然而止。

盛怒之中的顾平生终于忍无可忍，狠狠地给了她一巴掌！

"事到如今，你还不知错吗？"

顾青眉整个人都侧了过去。

顾平生这一巴掌太用力，在她脸上留下了五道手指印，看着顾青眉半张脸都渐渐肿起来。

怀里的书一时没抱稳，掉了一地。

风吹来，哗啦啦，翻起一页一页。

顾青眉看着那墨色的字迹，眼泪一下子滚了出来。她咬紧了牙关，握紧了拳头，缓缓转过头来，面对着顾平生，却说不出话来。

他竟然对她动手……

因为一个微不足道的崖山见愁？

因为她一直仰慕谢师兄而他觉得她不思进取？

因为她给昆吾丢脸，给他丢脸，让他们蒙羞？

因为她做错了？

错……到底是谁的错？

顾青眉脑子里乱糟糟一片，身子颤抖，双目含泪，却死死地睁大了眼睛，瞪着站在她面前的顾平生，忽然疯狂地叫喊起来："错？谁错了？爹，我没错，我没错！"

顾平生就站在原地，看着这个曾被他放在掌心疼爱的女儿，忽然觉得浑身一阵阵地发冷。

空海之上。

见愁等五个人已经安排好了阵法，最终决定让如花公子来完成阵法最后的部分，在完成自己手里的事情之后，见愁便很自然地朝着姜问潮、左流、小金三个人那边走过来。

于是格局顿时一变。

如花公子站在那圆形阵法的缺口处，已经被左流隐身，这会儿看不见人影。

见愁等人则站在缺口的对面，尽量隐匿自己的气息，等待黑龙的到来。

不一会儿，便有海浪的声音传来。

哗啦啦……

数百丈长的身躯从深海之中划过，激起无数雪白的浪花，一条黑影在浪花之中翻滚，全身的鳞片闪烁着森然的冷光，只是若仔细看去，便会发现这一条巨大的黑龙一边游动，一边颤抖着，看上去有一种恐惧和……猥琐。

仿佛随时在防备着什么东西一样。

"来了。"见愁暗暗说了一声，随即屏住呼吸，等待着。

姜问潮还算淡定；小金却已经拽住了姜问潮的袖子，紧张得快不能呼吸；左流更是缩到了见愁身后，一副怕怕的表情。

轰隆！一阵巨大的水花扑了过来。

　　那一条巨大的黑龙甩着脑袋，四处看了看，似乎没有发现什么异常，便朝着前方游了过去。

　　一切刚好！

　　正好就是见愁他们先前留出的缺口，正好就是他们预计的黑龙的前进路线，一点儿也不差。

　　咻咻咻！

　　隐身状态下的如花公子动手了。

　　虚空之中毫无征兆地飞出了好几道灵光，朝着海水之中几个方向没入，几乎就在它们消失了踪迹的同时，传来"嗡"的一声鸣响，以那黑龙为中心，四面竟然升腾起一道隐约的赤红色光芒，像是一层轻纱，一下子笼罩了方圆十里！

　　"吼！"

　　在这"轻纱"出现的刹那，黑龙立刻察觉到了，它惊恐地将身子蜷缩了起来，盘成了一个圈，晃着脑袋，好像在问：发生什么了，发生什么了？

　　"我就知道……"

　　好蠢啊。

　　见愁站在那轻纱之外，看着里面惊慌失措、一脸"我都要哭出来了"表情的黑龙，只有一种以头抢地的冲动：其实这一刻，她非常理解夏侯赦。

　　如果能以雷厉风行的手段干掉这一条蠢龙，正一正龙族的威名，她也是愿意的！

　　小金与左流都僵硬了，觉得这根本就是骗人。

　　而姜问潮……他此刻的表情，却有些不一般。

　　整片空海，无数嘈杂的声音，在这一瞬间全数汇聚到了他的心神之中，其中就有那么一道声音，显得格外惊恐、格外独特，带着浓浓的哭腔，来自……最中间那一条黑龙。

　　头疼无比的见愁按了一下自己的太阳穴，刚想要提醒姜问潮来一场"先礼后兵"，没想到一转头就看见姜问潮用一种难以形容的眼神，定定地看着阵中的黑龙。

　　"姜道友？怎么了……"

　　姜问潮沉默了许久，转过头来看见愁，声音有些古怪："我听见它说什么了。"

　　"听见了？"

　　姜问潮可与鱼语，见愁却不确定他是不是能与"黑龙"沟通，没想到黑龙才被困于阵中，还吓了个半死，他就听见了？

　　见愁一下有些惊喜，忙问道："说什么了？"

　　"……"依旧是短暂的沉默。

　　姜问潮似乎整理了一下自己的心情，才用一种近乎僵硬的口吻说道："它想回地里吃土。"

沉默，是此刻的空海。

"吼——"

嘤嘤嘤！这里到底是怎么回事？这水里怎么到处都是怪物？

盘成一堆的巨龙看了看头顶，看了看左边，又看了看右边，瑟瑟地发起抖来，一张嘴便是震天撼地的龙吟：这是什么鬼地方，我不要在水里，我要回地里吃土，吃土！

哗啦，哗啦……

海风依旧吹拂，海面上波澜涌动。

见愁等人的脸上此刻都出现了与姜问潮一样的僵硬表情：吃土，做龙还能不能有点儿理想了？

众人呆滞的目光落在海中那一条黑龙的身上。

恐怖的龙吟渐渐低沉下来，竟然带了哽咽，黑龙慌张地摇晃着脑袋四处打量，一双硕大的龙目在看见四面天空之上那一层围拢的薄红"轻纱"时，更是吓得尾巴尖都缩了起来。

身子一卷，它霎时间就把自己卷成了一团，瑟瑟发抖。

那模样，真是可怜。

小金一看，连西瓜都不吃了，咕哝道："它好像很害怕啊……"

"是啊……"

虽然觉得一条黑龙想去地里吃土，好像很不可思议，可……看这一条龙蜷缩着发抖的样子，实在不像是作伪。

左流好不容易才按住自己抽搐的嘴角，道："我们小会第二试就猎这玩意儿？"

姜问潮沉默不语。

见愁暗叹了一口气：谁叫这一次设置规则的是扶道山人呢？

注视着那一条黑龙，她简直不忍直视。好不容易移开了目光，见愁看向了姜问潮："我们……"

姜问潮转过了头来。

见愁接触到他那依旧没有什么情绪的目光，顿时汗颜：为什么忽然觉得作为扶道山人座下首徒其实是一件很丢脸的事情呢？

不行不行，不能这么想。

见愁赶紧将脑子里的荒唐想法全部驱散，咳嗽了一声，带着几分苦笑说道："之前我与如花公子遇到的一条黑龙，约莫也是这般情况。它无法适应自己的新身份，

看样子也不想适应，还请姜道友与它沟通一二，看看能不能有什么办法。"

一则这一条黑龙不是寻常意义上的黑龙，战力尚且不知，他们能打赢当然是好事，但如果能兵不血刃地过了这一关，岂不是更好？

二则它保留了蚯蚓的本性，竟然只想回地里吃土。

扶道山人如今只有出窍的修为，移山填海兴许可能，可见愁觉得将一条蚯蚓变成一条黑龙，只怕已经超越了出窍期修士的极限，应当是有什么别的古怪在。

若能沟通一二，说不准能得到一些有用的信息。

见愁的意思，姜问潮自然清楚。

他在之前已经有与鱼儿交流的经验，略一思索，强压下了方才听见一条黑龙咆哮着要去吃土的古怪感觉，回道："我尽力。"

天知道可以沟通成什么样子。

说实话，在朝着那红色"轻纱"屏障走去的时候，姜问潮都有一种诡异的"视死如归"之感。

"为什么我觉得姜前辈的背影如此悲壮？"

左流一手撑着自己的下巴，忍不住敲了敲，思索了起来。

小金瞅了瞅姜问潮的背影，又瞅了瞅前面那条还恐慌得不敢动的黑龙，道："也许是觉得自己要去跟一条蚯蚓交流，所以悲壮吧？"

喂！

见愁听着小金、左流的对话，额头直冒汗：还没发生什么呢，就被你们定性成了"悲壮"，这三下五除二地，连原因都给安排好了？

有……那么夸张吗？

见愁无奈地看着姜问潮的背影，但见枫叶红的宽大衣袍被风吹拂着，朝着蔚蓝深海而去……

呃，好吧。

可能是受到小金和姜问潮的影响，看上去的确有那么一点点……

转眼间，姜问潮已经走到了阵法的边缘。

这一座阵法是由见愁与如花公子一同布置，修士可自由进出，限制的是黑龙这等类似"妖修"的存在。

他没有再往前走，停下了脚步。手诀一掐，眉心处顿时光芒一闪。

与鱼语，悄然启动。

道印启动的瞬间，见愁等人便觉得有一股玄妙的气息，笼罩住了姜问潮。他还是站在海上，却似乎忽然不像是一个"人"了。

或者说……变得什么都像。

你心里想他是人，他便是人；想他是鱼，他便是鱼；想他是龙，他便是龙……心之所念，便是眼之所见。

或者说，姜问潮心里想自己是什么，他就是什么。

世间百种，天地万物，都在他这一道气息的变幻之中。

中域通灵阁的种种功法，其实本身就与众多妖修有颇深的关联，姜问潮用出这一枚"与鱼语"道印来，其实得心应手。

即便才使用了几次，可见愁已经能从他身上窥见深藏的从容。

昔日锋芒毕露的天才，三十年磨难之后，已经变得内敛了不少。

不知，三十年后，自己又会是什么模样？

心底忽然掠过这么一个想法，见愁莫名地笑了一声。

在姜问潮开启道印的同时，她便用左手做了一个手诀的起势来。

只要她心念一动，道印落下，可能是深海之缚，可能是水空遁，可能是御岛，也可能是别的什么道印……

嗡！

已经扩充到堪称丧心病狂的两丈四的斗盘，带着一种近乎嚣张的气焰，盘旋开来。

大风骤起，扬起她乌黑的头发，那看似温和的神情之中，已经藏了三分凛冽。右手朝眉心处一点，见愁随手一拉，天明斧已经抄在手中，严阵以待。

她是所有人之中战力最高的，眼下一切计划也都出自她手，她自然应当做好万全的准备。

姜问潮修为不低，可不怕一万就怕万一。

见愁不再言语，心无杂念，只注视着阵法之中的黑龙。

小金与左流也都不再开玩笑。

对面的如花公子虽不见行踪，可猜也知道，他必定同样密切关注着场中的情况。

昆吾主峰上下，众人也都好起奇来：他们到底能沟通出一个怎样的结果？

姜问潮眉目之间一片沉静，身上气息顿时一变，竟与那黑龙有些类似。

一道灵识从他的心神之中分离而出，于无形之中，轻飘飘地飞了出去。

人与虫鱼鸟兽不通语言，修为不高的修士与精灵妖怪之间也不通灵识，唯有在到达出窍这一阶段之后，修士会在修心之后体悟天地规则，从而进化灵识，于是天地之间所有物种都可凭借灵识交流。

可现在的姜问潮显然不具备这个实力。

这一枚"与鱼语"道印，却为他提供了一次提前感受出窍期修士能力的机会。

那种感觉，实在是玄之又玄。

他感觉自己还站在原地，可另一个自己却已经触摸到了新的世界，甚至已经到了那一条黑龙的面前，看见了蜷缩在那硕大龙头之中的一只……

细细的、小小的蚯蚓。

与那巨大的身躯相比，那一条淡淡的影子，显得如此弱小而卑微。

灵识如线，终于伸出去，轻轻地碰了那小蚯蚓的虚影一下。

那一瞬间，像是夜空之中忽然出现了星爆，姜问潮浑身一震，眼神空茫了起来。

后方的见愁手一紧，险些便要携斧上前。

还好，下一刻姜问潮还稳稳地站着。不同的是，他的身形有些微的颤抖，而先前颤抖着的黑龙却浑身一震，哽咽一般的龙吟立刻停了下来，两只硕大的龙目瞬间呆滞。

嗡！

那一瞬间，一股玄妙的气息竟以姜问潮与黑龙为中心，朝着四周扩散，像是一滴墨水晕染开来。

没有一个人说话，整个空海之中弥漫着绝对的寂静。

在见愁等人的注视之下，姜问潮没有发出一点儿声音，那一条黑龙在过了最初的平静之后，竟然被吓得不断后退……

整个交流过程持续了不短的时间，见愁始终聚精会神地看着。

她耐得住，左流跟小金却够呛。

一个打了呵欠，另一个干脆拿了个西瓜出来，又从兽皮短裙的某个位置摸出了一把小铁勺，划开了西瓜薄薄的绿色表皮，挖出了一块鲜红的西瓜瓤，塞进了嘴里。

"好吃……"

就连原本在对面等待的如花公子，也在众人看不到的时候移到了见愁的身边。时间一点儿一点儿地过去了，阵法之中的姜问潮与黑龙还是保持着一种奇怪的平静，如花公子终于没忍住，开了口："见愁道友，你说我们这一位姜道友，跟这么无害又可爱的小蚯蚓，进行了一场深入灵魂的交流，会不会甩开我们单干啊？"

这声音出现得突兀，就在见愁右边，像是有人贴在她耳边说话一样，竟然还有热气喷吐出来，正好打在见愁耳廓上。

毛骨悚然！

见愁浑身一僵，下一刻嘴角一抽，毫不犹豫地抡起斧头一甩！

唰！

狠狠朝着旁边一挥！

砰！

天明斧里没有灌注灵力,却依然掀起了强大的气流,劈得前方海面掀起一片巨浪。

"哎呀哎呀,见愁道友真是一点儿也不怜香惜玉啊,竟然拿斧头对着本公子。本公子不就随口怀疑了姜问潮一下吗?果真是衣不如新、人不如旧,都怪人家认识你太晚,叫你一颗心都长歪了!"

半含着哀怨的声音,带着一种做作的心有余悸,在见愁的斜上方响起。

那一瞬间,见愁眼前一黑,

都什么时候了,他都不能正经一点儿吗?

"如花公子……"

"叫姜问潮是姜道友,叫我却是如花公子,真是……好不容易才有个隐身的机会,能小小地一亲芳泽,见愁仙子竟然也不肯给个机会。你若不提,谁又知道我刚才亲了你一口,是吧?"

"咳咳咳!"神游天外的左流,险些被自己的口水给呛住!

"噗!"还在吃瓜的小金听见这一句话,吓得把嘴里的西瓜全喷了出去!

见愁站在原地,傻了。

"哈哈哈哈……"隐身在半空之中的如花公子忽然大笑起来。

"你们的表情,真是太生动了,太好玩了,哈哈哈哈……"

不见其人,但闻其声。

见愁的脸色渐渐黑了,恨得磨牙,森然开口:"左流道友……"

"啊?"

左流一怔,还沉浸在"到底是亲了还是没有亲""隐身竟然还有这样的作用"以及"这才是真正的臭流氓啊我还差得远"的思考和感慨之中,乍一听见愁的话,心头一跳,也不知怎么有些发冷。

见愁微微一笑:"看姜道友与小黑龙交流愉快,想必应该不会有什么危险了。便请左流道友,把如花公子的隐身撤掉吧……"

"哈哈哈——"

像是被人拍了一巴掌一样,方才还猖狂的笑声戛然而止。

第二章
我不成龙

如花公子可没想到见愁竟然这么狠。

眼见着见愁一抽天明斧,手腕一转,便起了呼呼风声,再看那边的左流已经准备掐手诀,他一下就头疼了起来:还真要打吗?

"咳,见愁道友何必如此?本公子不过就是开句玩笑嘛!如今空海猎龙,大敌当前,我们还是不要内斗……"

终于承认是句玩笑话了?

见愁微微眯着眼睛,一副"有本事你再继续为自己开脱"的表情,巨大的天明斧在她手中,却有种举重若轻之感,看上去一点儿都不笨重。

随意一挥,便有几道狰狞的斧影,配着见愁脸上那似笑非笑的表情,霎时间让人毛骨悚然。

见愁正要开口说些什么,如花公子防备着那边的左流忽然动手,这边众人正处在一种剑拔弩张的气氛之中——

"吼!"

轰隆隆……

一声恐怖的龙吟之后,怒海生波,连卷三千浪涛,浪头飞雪!

见愁一听,头皮一麻。

震骇回头,只见阵法之内,黑龙巨大的龙身大半截在海水里,露出海面的部分也有数十丈。此刻它龙头一昂,仰天长啸,带起一种傲然于世的狂气!

因它忽然腾跃而起的动作,整片海面荡起波涛,像是要将站在它身前不远处的姜问潮一口吞掉!

"姜道友!"

顾不得如花公子,见愁见状,手指扣紧了天明斧,朝着姜问潮看去。

姜问潮便站在那怒浪的最前面,激荡的浪花涌过来,却半点儿都没沾湿他。

一片枫叶红的颜色,落在这蔚蓝的海上,只叫人眼前一亮。

黑龙状若疯狂,姜问潮脸上却看不见半分的惊讶,反倒带着几分笑意。

听到背后见愁的声音,他语气平和地说道:"见愁道友不必担忧,它并无恶意。"

说着,他朝前方伸出手去。

身躯庞大的黑龙在看见他这个举动之后，竟然将高高的龙头垂了下来，硕大的龙目之中透出一分喜悦，竟然用头顶蹭了蹭姜问潮的手心，看上去竟然十分温驯。

"这是忽然驯服了？"

刚放开手诀的左流，抬起头来就瞧见了这惊悚的一幕，惊得下巴都要掉到地上了。

小金也是瞪圆了眼睛，不敢相信自己所见的。

虚空之中还在隐身状态的如花公子不说话。

见愁虽觉得惊讶，却放松了心神，她看了一眼姜问潮的背影，又看了看那的确没有伤人之意的黑龙，心知姜问潮方才多半已经与黑龙达成了什么共识。

既然姜问潮说无事，她也就放心了。

十里薄红的阵法之中，黑龙低垂下了自己的头，朝着姜问潮伏下了身子。

姜问潮的掌心则从龙头之上，渐渐朝着后方移去。

一点乳白的灵光从他掌心之中冒出，温和地从龙颈部位渗入龙身，又向着龙脊蔓延开去。

那一瞬间，站在阵法之外的见愁等人立刻睁大了眼睛。

在那乳白的灵光流过时，龙身上的血肉，似乎都化成了透明，于是血肉之中的骨骼顿时在一片晶莹之中显露了出来，龙脊的曲线蜿蜒却有力，似乎轻轻一弹，便有鞭打天下的伟力。

一条深红色的光线从龙颈开始，一直延伸到龙尾，散发着微红的光芒，紧紧贴附在龙骨之上，仿佛一体。

那是……龙筋！

在龙筋出现的刹那，姜问潮掌下的黑龙竟然微微颤抖了起来，一双龙目微闭，面上隐隐露出几分痛苦之色。

哗啦……

黑龙仿佛忍受不了那忽然袭来的痛苦一般，在水面之上挣扎起来，划出水声。

姜问潮皱了皱眉，在看清龙筋情况的瞬间，连忙撤手。

温和的乳白色光芒顿时消失，在这灵光之下变得透明的龙身，也顿时恢复了原样。

丰满的血肉、纯黑而有光泽的龙鳞，从内到外覆盖起来，狰狞的龙骨消失了，诡异的龙筋也消失了。

黑龙像是受到了什么巨大的折磨一般，无力支撑自己庞大的身躯，竟然在姜问潮撤手的这一刻，朝着海面坠去。

轰隆！龙身砸回海中，溅起浪涛无尽。

姜问潮的眼里闪过几分复杂的神色，随后回头看去。

见愁等人都站在阵法的边缘，用一种探寻的目光看着他。

"姜道友，可是有了什么结果？"问话的是隐身的如花公子，听他的声音，竟然像是已经进到了阵法中，人就在姜问潮的不远处。

姜问潮回道："结果暂时没有，不过原因却清楚了。"

"原因？"见愁顿时好奇了起来。

姜问潮微微一笑，只是眼底有几分沉重之色。他解释道："这一条蚯蚓，原本并无任何化龙之意，只被人捉住，扔进这空海之中，而后便有龙筋自动附体，强行将它变成了现在的模样。"

"姜前辈的意思是……"左流脑子里灵光一闪，问话的时候已经带了几分惊喜。

姜问潮点头，算是认同了左流的猜测："我已与它交流，它愿意让我们一查龙筋，看看原因何在。若能由此将龙筋从它身上剥离，算是皆大欢喜。"

原本不过是一条在泥里生活的普通蚯蚓，一入空海便有龙筋附体，于是变成了一条威风凛凛的巨龙。

在所有人看来，这都应该是一件从天而降的大好事。

可落在小蚯蚓的眼中，这却是一场空前的灾难。

见愁想起先前由姜问潮转述的那一句"它想回地里吃土"，忽然觉得有几分好笑，可嘴唇一弯，要露出笑容的时候，又不知怎么，一下子笑不出来了。

反倒是小金、左流等人兴奋无比。

"这么好？没想到大家竟然志同道合啊，这下不就简单了？如果它是因为龙筋附体才变成了龙，那么只要抽掉龙筋，它就可以变回原样了吧？"

"是啊是啊，我们要不试试看？"

如花公子也说道："看来先前没有直接动手，竟然是对的。若是贸然取龙筋，只怕我等双方都不讨好，必定有一场大战。多亏了见愁道友有先见之明，又幸有姜道友能与之交流，如今算是与这一条龙志同道合，省了几分打斗的力气，大好，大好。"

"见愁道友呢？"姜问潮听完了其余几个人的言语，看向一直没说话的见愁。

见愁微微皱了皱眉，压下自己心底那些忽然冒上来的奇怪想法，吐出一口气，放松了口吻，也笑道："诚如如花公子所言，若确定这一条黑龙肯配合，的确省了不少力气。余下的，便是抽龙筋的事了。"

蚯蚓身上根本没有"筋"这一种东西，而姜问潮先前施展的那一道灵光，原本应当于其无害，偏生它露出几分痛苦神色来。

想来，这外来的"龙筋"，于原来的一条蚯蚓而言，不是什么好东西。

对于寻常人而言，一旦获得龙筋，成为可上天可入海的庞然巨物，绝对是天上掉馅饼的好事，纵使有万般的痛苦，也难以拒绝。

这一条蚯蚓一心想要回到泥土之中去，倒是难得一见地质朴。

在所有人看来，这多半是蒙昧未开灵智，才会蠢得想要放弃龙筋。不过，蚯蚓想要放弃，对见愁等人而言却是好事。

如花公子听了这话，微微一笑，只道："只怕这龙筋之上有残余的伟力，若将龙筋抽去，龙身重新变成蚯蚓之身，应当不会对这一条蚯蚓产生伤害。我曾在古籍之中看过类似的事，抽出龙骨之后，巨龙化凡，重新变成了海底一条鱼，只是过程似乎痛苦了一些。不如请姜道友对蚯蚓兄言明，若不介意，我等愿意一试。"

这话里带着些微的笑意，听起来措辞客气又儒雅，可众人却很分明感受到了一种"心黑"。

简直是得了便宜还卖乖。

得了龙筋，还算是施恩于这一条蚯蚓，天下真没有比这个更划算的买卖了。

见愁看向了落回海中，在海水之中游弋的巨龙，回想着方才的场景，却思考起扶道山人设置这一局的用意。

这种事情，便像是科举的时候，士子们去揣测考官的用意一样。

只是眼下见愁实在猜不出什么来。

她并未反对。

"便请姜道友一问。"

姜问潮遂点头，重新对着那黑龙开口问道："我等欲取君龙脊上所附龙筋，恐痛苦难当，不知蚯蚓兄可愿一试？"

海底的巨龙闻言冒出头来，惊喜地凑近了姜问潮，一颗硕大的龙头竟然使劲儿朝着下面伏了伏。

巨大的龙身做出一个低伏的动作，像是愿请他们帮忙。

数百丈长的龙身带着几分笨拙的憨态，忽然便有了一种诡异的喜感。

这一回，不用姜问潮细说，他们都能看出，这是同意了。

"好了，现在就看何人来动手了。"如花公子拍手，总算是松了口气，便提出了下一个问题。

见愁看向了姜问潮，道："姜道友修为不弱，又与它有所交流，当是最熟悉，不知能否请姜道友抽取龙筋，见愁将与如花公子在旁为道友护法。"

"姜某正有此意。"

姜问潮自己心里也是这个打算，见愁所言与他心中所想不谋而合。所以，他并

未拒绝，只一颔首，便重新面向了巨龙。

同时，见愁穿过阵法，持斧上前，站到了姜问潮不远处，周身灵力运转而出，已经蓄势在身。

另一边的如花公子，众人虽然看不见人，却知他早就到了姜问潮的身边，原本就已经在阵法之中，所以并不担心。

就连左流与小金也分别找了两个不同的方位站定，防止出现什么意外。

一切就位，姜问潮放心地将后背交给了空海之中的朋友们，他唇瓣翕动，发出了几声旁人难以听到的声音，而后伸出手去。

轰！

巨龙顿时腾跃而起，再次将自己的颈部伸了过去。

再高大的身影，在巨龙庞大的身躯映衬之下，也显得渺小而单薄。可在空海之上，巨龙身前，姜问潮那一身枫叶红的衣袍被风鼓荡起来，霎时间如同在风中燃烧的烈火，有一种说不出的绚烂。

这一刻，一切都显得沉静无比。

见愁的眉是舒展的，身体却是紧绷的，她平静的目光落在姜问潮身上，注视着那边的变化。

同时心中升腾而起的，却是一种佩服——

从始至终，姜问潮都从容不迫，没有半分紧张，光是这一分气度，已可让她断定：出第二试，眼前之人，必是她后试之大敌！

姜问潮并不知身旁两位"护法"之人到底有何心思，他也并不关注。

伸手出去，并指如刀，他在黑龙颈部一切——

噗！

坚硬的黑色龙鳞瞬间被如刀的指力划破，一股龙血顿时从伤处冒出，其色玄黄。

古书云：龙战于野，其血玄黄。

玄黄者，天地之杂也，天玄而地黄。

龙乃遗留自上古甚至荒古的神种，至今已极少见到，乍一见龙血颜色，便是连见愁都忍不住心中一惊，同时隐约有一种奇异的感觉从心底冒出。

上古神龙有玄黄之血无可厚非，可近古之龙，却已普遍与寻常妖兽无异。

眼前这一条黑龙，因一条龙筋而出的血脉似有几分不同。

其余人的脸上倒是没有什么异色，只是紧紧地盯着姜问潮的动作。

巨龙因伤而震颤不已，玄黄的鲜血顺着它身上的片片龙鳞滴落到蓝色的海面上，顿时染出一片青黄之色。

一点隐约的红光，从横切的伤口之中冒出来。

那，便是龙筋的位置！

姜问潮瞳孔一缩，目光一凝，出手却迅疾如雷霆，双指朝着那伤处狠狠一夹。

指力精细，弯曲如钩，瞬间钩住了那一根龙筋，然后猛力一拽！

"吼——"

痛吟之声顿起，黑龙半个龙身都如被雷电轰击过一样，剧烈颤抖起来，甚至隐隐有痉挛的趋势，就连这一处的海水，都跟着它颤动了起来。

龙筋赤红如血，可这红太深，竟隐隐发暗。

在姜问潮的手指钩住它的一瞬间，它忽然在他手指之间扭动了起来，像是要死命从他手中逃开一样，疯狂地朝着那龙肉之中缩去！

"是活物！"站得近的见愁，几乎瞬间就判断出来，骇然开口。

声音出口的同时，天明斧之上已经腾起了一片灿烂的金光，防备着，如有万一就要出手。

姜问潮手指之间便拉扯着那一条龙筋，自然更清楚目前的感受。

它扭曲着，不断地挣扎着，死命地要朝里面缩去。

越是朝龙身之中缩，黑龙的痛苦越重，那一双龙目已经隐隐赤红，有力的龙尾翘起来，狠狠地拍击到了水面之上，似乎想要借力将这一条龙筋从自己身体之中震出去。

只是龙筋在它身体之中，这一番挣扎又如何能有效果？

换来的，不过是那龙筋借力，如倒刺一样朝着它身体之中缩进一分！

姜问潮见状，眉头顿时一拧，眼底已是一片霜寒。

龙筋上有微红的光芒，与姜问潮控制住它的指力相碰撞，竟发出了一种冷水溅入滚油的爆响。

它在竭力地挣扎！

整条巨龙像是承受不住这样强烈的疼痛，立刻翻腾了起来。

啪！

姜问潮另一只手直接拍下，将龙头死死按住！

在他的手掌落到龙头之上的同时，一座直径两丈又五的巨大斗盘，轰然旋转而出。

斗盘之上某个道印一亮，便有一道赤红色的朱雀虚影出现在了姜问潮的背后！

它如同火凤一样灿烂，站在一片熔岩之上，就连赤红色的羽翼都缠绕着熊熊烈火，高贵却无情的双目呈现出一片深红。

呼啦！双翅一扇，便有一道焚风从它身上发出。

几乎同时，姜问潮手上用力，那一道焚风竟然汇集到了他手掌上，顿时便有一

层薄红的光芒覆盖了他的整个手掌。

扑哧扑哧！龙筋像是忽然被什么灼伤了一样，痉挛一样地颤抖了起来，像是鲜肉被扔到了火红的铁板之上，顿时开始吱吱冒烟。

眼见着已经将龙筋压制住，姜问潮更不犹豫，眼神一冷，再次狠狠一拽！

"刺啦"！原本只冒出龙肉一寸的龙筋，被他这一拽，竟像是无力抵抗一样，生生被他抽了一尺出来！

黑龙剧烈地挣扎了一下，甩动的龙尾四处乱拍，险些拍到姜问潮身上。

砰砰砰！海面之上顿时激起了无数的浪花。

站在姜问潮身侧不远处的见愁，不得已撒开了一道青光，将自己护在其中，却不敢离开姜问潮半步。

海面顿时喧嚣了起来，唯有姜问潮那平静之中藏着霜冷的眼神，没有任何变化。

他的两只手都很稳，一只手死死地按住黑龙，让它不能脱离自己的掌控，另一只手钩住龙筋，继续以一种难以抵抗的力量往外狠拽！

在黑龙痛苦的龙吟之中，在越来越高的浪花之内……

一寸一寸。

龙筋如同一条深红色的线，缓慢却持续地被抽离出来。它恐惧地反抗挣扎，不断有深红色的光芒从它身上分离而出，撞击到姜问潮掌心上，只是没有任何效果。

朱雀之火护体，这一个小小的邪物，如何能从他掌心之中逃离？

姜问潮凛然不惧，龙筋越是挣扎，被他握得越紧。

一点儿一点儿，一寸一寸，一尺一尺……

只在这一会儿，姜问潮已将这龙筋抽出了整整两丈！

黑龙的尾部顿时被解开了束缚，它将尾部狠狠地一甩，竟然在海面之上借力，弓起了自己庞大的身躯，向着与姜问潮相反的方向一退！

噗！又是一股玄黄龙血洒出。

"吼"！巨大的疼痛让巨龙忍不住嚎叫出来，可同时竟然伴随着一种痛快！

众人都忍不住露出了惊讶的神色。

见愁见状更是生出了几分佩服：虽然是一条志在吃土的小蚯蚓，可这回去吃土的决心还是有的。

在它这狠狠的一退之后，原本被姜问潮死死拽住的龙筋竟然又脱出了十丈！

一条暗红色的长线震颤，一头在姜问潮的手中，另一头却还深深地埋在黑龙的颈部，绷得死紧。

这大好的机会，姜问潮当然不会放过。

手腕一翻，他竟将这十余丈长的龙筋收成一圈，任这龙筋再怎么回缩，也无法从姜问潮手中收回半分。

深红色的龙筋终于颤抖了一下,像是对眼下发生的事情感到恐惧。

嗡嗡……

一阵疯狂的震颤。

深红色的光芒如同血一样,霎时间将整条龙筋覆盖,原本深红色的龙筋,竟然渐渐红得发黑。

一股诡异莫测的气息随着这光芒,一下子从姜问潮的心中浮现。

几乎就在这光芒出现的同时,巨龙那痛苦的眼神忽然一闪,竟然变得凶恶起来!

"当心!"

见愁知道只怕是事情有变,便立刻出手。

姜问潮听见声音的时候,还觉得见愁在自己的身侧,可抬头的时候,却发现前方一道浅淡的月白色身影忽然出现,竟然是……水空遁!

毫无预兆地,见愁已经站在了那巨龙的身后,正好在尾部的位置。

龙筋之上,深红色光芒再闪,霎时间已漆黑如墨。一股叫人发冷的气息,凛冽而出。

黑龙龙目之中顿时再无其他情绪,先前对姜问潮的亲近也在此时消失无踪!

有力的龙身死命一拱,坚硬的龙角直直地朝着姜问潮按住它的左手撞去!

姜问潮全身的力气几乎都落在双手之上了,左手固然可以放开,可也就失去了对黑龙的掌控;右手固然可以帮忙,可放开就失去了对龙筋的掌握。

一只手也不能放!

在那一瞬间,姜问潮脑子里电光石火地闪过一个念头,但消失得太快,根本来不及细想。

啪!

在那龙角朝着他撞来的瞬间,他竟然直接迎向龙角,狠狠一握!

巨力一撞,虎口登时崩裂,鲜血四溅。

黑龙眼底一片深红,显然已经被附着于身的龙筋控制,露出一种极其阴险的得逞,随后再次一拱,想要撞烂姜问潮的手掌,脱出困境。

龙身太长,若要蓄力,须得从身体而起,尤其是腰部。

黑龙眼见着便要拱起龙身,蓄势而发——

可下一刻,它竟然发现自己无法将后半截身子收回。一股恐怖的力量,竟然从龙尾处传来,生生将它向后方拽去!

这……到底是什么?

赤黑的龙筋上,一阵光芒乱颤,又是惊恐又是愤怒!

空海之中,包括姜问潮在内,都将目光投向龙尾处,而后齐齐傻眼,倒吸了一口凉气!

站在那龙尾处的,不是方才借了水空遁瞬移过去的见愁又能是谁?

在龙筋即将控制着黑龙朝姜问潮发动第二轮攻击的时候,她已经赤手空拳,将那巨大的龙尾一抱!

纤细的手掌,在纯黑色的龙鳞映衬下,看上去白皙得仿佛透明。只有一道道的青筋从手背之上隐隐突出,骨节泛白,显然已经用上了巨力。

一人之力,柔弱女子。眸底神光收敛,一派铮铮的硬朗!

一抱之下,竟然生生拽住了龙尾。

抱紧,一拽!

"吼!"巨龙顿时发出一声凄惨的痛嚎!

龙筋之上覆盖的光芒,在这一声痛嚎之后,竟然轰然破碎,"嗡"地一下,露出来十余丈的龙筋顿时萎靡。

眼里的红光消失了,黑龙叫得越发凄惨起来。

这于"蚯蚓"而言,真是一场无妄之灾。

姜问潮此刻抓住了机会,便松开了龙角,牵着那一条作妖失败的龙筋,朝着后方扯去!

一人向东,扯着龙筋;一人向西,拽着龙尾。

"咻——"

一声悠长又令人牙酸的鸣响传来,尖锐刺耳。众人头皮一麻:这两个人,简直丧心病狂!

那可怜的黑龙无力挣扎,又被放了不少玄黄的血出来。

更可怜的是那方才还耀武扬威的龙筋,就这一会儿竟然被扯出了数十丈。最后一刻,也就留了一小节在龙身之中。

被扯出来的深红色龙筋其实纤细无比,像是一道细线排布在空中,颤抖个不停。

姜问潮与见愁都不是什么好心之辈,自然不会去可怜这一条不安好心的龙筋。

手上用力,两个人极有默契地要给这龙筋最后一击,彻底将它从巨龙身上拔出。

"嘿嘿。"

昆吾主峰之上,无尽云海,诸天大殿就在那云海的尽头。

不知何时,扶道山人与横虚真人已经站在那飘浮于主峰三百尺之上的广场上。

眼见着见愁与姜问潮两个人就要成功,扶道山人忍不住发出了一声奸诈的笑声。

横虚真人注视着那一条无力反抗的龙筋,皱紧了眉头,像是看出了其中的端倪。

其余各门派的掌门长老也都站在了广场之上，只是在更远一些的地方。

一身深灰色长袍的周承江，站在师尊龙门长老庞典的身边，说了几句话，脸上看不出半点儿的愧疚来，反倒藏着一种替人背锅的无奈。

庞典那张苍老的脸上充斥着怒意，两只眼睛瞪着周承江，简直不敢相信他刚才说了什么！

整个龙门都为见愁对战唐不夜时使出的"龙鳞道印"而耿耿于怀，众人已经磨刀霍霍，就等着向崖山问罪，问清楚这独属于龙门的功法怎么就到了崖山弟子的手中，还被使用了出来。

可他哪里想得到，现在周承江竟然说这是他与见愁"交流切磋"之后交换给对方的！

气炸了，庞典简直要气炸了！

"你，你……"满布着皱纹的手指伸了出来，指着周承江，"逆徒"二字就在舌尖上，就要骂出来。

周承江已经准备好了迎接师尊狂风暴雨般的训斥，一副听天由命的架势。

这时，前方忽然传来一阵幸灾乐祸的大笑："哈哈哈哈，出来了！哈哈哈哈……"

庞典听这笑声耳熟，像是扶道山人的声音。

难道是第二试结束了？

他不由得转过头去一看，只见扶道山人手中挥舞着鸡腿，仰天大笑起来。他头顶的空海之上，却出现了一片恢宏的异象！

那一条只剩下少许几寸还在龙身之中的龙筋，像是知道自己气数将尽一样，狠命地挣扎了起来。

姜问潮手中握着龙筋的一端，原本柔软的龙筋竟然化作了一根利刺，朝着他掌心狠狠一扎！

轰！

滔天的烈焰顿时从姜问潮掌心燃起，瞬间传到了姜问潮的整个身体。

海面之上，顿时布满一片熊熊烈火。

见过了这龙筋折磨蚯蚓时的惨状，更知道对方一附骨，自己便会变成下一条蚯蚓，姜问潮宁愿将这龙筋毁去，也万万不敢让它近身。

烈焰一起，龙筋被烧灼，顿时在表面燃起一层火焰。方才刺破姜问潮手掌的龙筋，立刻被烧得蜷缩了起来，狠命挣扎。

细细的龙筋，竟然有恐怖的力量。

姜问潮一时竟然没有握住，被它挣脱出去。带着火焰的龙筋，竟然渐渐透出金色来。

砰!

一朵小小的红梅从虚空之中飞来,朝着那龙筋一撞,随后立刻炸开。

花瓣爆出无限的华光,震得整条龙筋一阵萎靡。

这是如花公子出手了。他与见愁一直在姜问潮旁侧,便是为了防止出现现在这种情况。

见愁见机出手,只是她下手比如花公子要狠辣果断得多,她的目标,竟不是那龙筋,而是巨龙!

手臂一举,天明斧已腾起森然的玄光。

"嗷呜……"

无尽黑影从那锈迹斑斑的铸纹之中钻出,狰狞地嚎叫着。可它们再凶恶,也敌不过此刻的见愁。持斧一挥,锋利的斧刃向着巨龙颈部一划!

原本是蚯蚓的"黑龙"此刻大惊,刚刚被龙筋控制着,又被后面那疯狂的女人死命一拽,那股恐怖的力量,简直要自己整条身子断掉了。

现在好不容易摆脱了龙筋的控制,还没来得及高兴呢,原本那活菩萨一样的女人,竟然对着自己举起了恐怖的斧头。

娘呀!被骗了!这群坏人!嘤嘤嘤……

黑龙顾不得多想,死命朝着前面一蹿!

只是它再快,又哪里比得上已经结丹的见愁。

精粹的力量凝练无比,同样是一挥斧头,力量猛增,速度飞快。

唰!如一道闪电!

黑龙只觉颈部一阵剧痛,猛地嚎叫出声。

一声龙吟,顿时响彻天地。

见愁一斧头劈落,从黑龙颈部一划而过,一块拳头大小的血肉便被一斧劈下,连着那龙直直朝着海面落下。

扑哧!又是一股玄黄龙血喷出。

巨龙的颈部并没有断掉,见愁对这一条小蚯蚓还算有好感,能不下杀手自然不会下杀手。

龙筋只留有一小部分在龙身之中,与其让它有机会借着这机会反扑,不如直接一斧头断掉!

人没了一块肉尚且不会死,更何况是生命力顽强的龙,或者说……生命力更恐怖的蚯蚓?

见愁这一斧头来得果断而迅猛,很多人根本没来得及反应过来,便见整条龙筋已经被彻底剥离,长蛇一样在海面之上翻腾,周身燃着姜问潮的朱雀之火,还缠着如花公子那朵红梅的破碎灵光。

原本深红的龙筋在诸般折磨之下，颜色隐隐消退，透出一点儿淡薄的金色。在这金色出现的瞬间，整片空海忽然震颤了一下，快得像是错觉。

见愁正警惕迟疑着，还没来得及思考其中的关窍，更为猛烈的震颤出现了……

龙筋之上的金光渐渐强烈起来，在震颤起来的时候，它竟然完全不受见愁等人的控制，朝着高处的天空飘去。

轰隆隆……

整片海底都在震动，像是有什么庞然大物要从深海之中探出一样。

在这震动出现的一瞬间，一种无端的恐惧从黑龙的心中升起，它慌张地一甩尾巴，缩到了才砍掉它一块肉的见愁身后，瑟瑟发起抖来。

这场面十足地滑稽，只是此刻谁也笑不出来。

小金、左流、如花公子与姜问潮四个人，几乎在同时朝着见愁靠拢，注视着周围的情况。

咕嘟嘟……海水沸腾。

一道恢宏的灰白色光芒渐渐从海底升起，转而变成浅淡的金色，它越接近海面，光芒越发强烈。

忽地，见愁等几人的周围，九根十数人环抱粗的白色龙柱一下子破开深海，冲天而起！

同时，在他们正前方，刺目的金光忽然覆盖了半个苍穹，照亮了颜色深暗的海洋。

一座宏伟的金色巨门缓缓从海底升起，越来越高，越来越高……眨眼之间，巨门已有一百二十丈！

古拙的金色花纹盘旋在巨门之上，一片片鳞片一样的雕刻闪烁着淡金的流光，涌动出来的却是一种亘古苍老的气息。

强横，浩瀚，古老！

那粗大的门框之上，竟然是一条条首尾相衔的巨龙，足足九条，十八只龙目皆是紧闭。

可在金色巨门停止的瞬间，十八只龙目竟然像是感应到了什么，倏地睁开！

毛骨悚然！

那感觉像是被九条来自上古的金色巨龙盯上，顿时有一种寒意从心底而起，继而侵袭全身。

威压深重！

在这十八道威严又沧桑的目光之下，见愁有一种被压制的感觉，就连灵力运转

都变得极为艰难,她的脸色顿时惨白了起来。

轰!

几乎在龙目张开的一瞬间,龙鳞道印不受控制地启动。以见愁眉心为中心,一片片淡金色的龙鳞将她全身覆满,一股神秘悠远的强大气息弥漫开来。

来自这金色巨门与九条巨龙的威压,霎时间减轻。

可站在见愁身边的人就没这么好运了,个个脸色通红,气血翻涌!

黑龙更是蜷缩成了一团。在失去龙筋之后,它的身体似乎变小了,只是依旧没有变回蚯蚓。

它恐惧无比,目光却落在了巨门前方飘浮着的那一条龙筋上。

近百丈长的龙筋,在金色巨门出现的刹那竟然完全变成了金色,而后猛然一缩,变成了五丈长。它自动盘成了一个金色的符文,朝着巨门印去!

嗡!

像是打开了什么古老的封印,金色的巨门猛然一颤,爆出一团强光来,令天地为之失色。

盘桓在门柱上的九条巨龙几乎同时龙头一转,十八只龙目齐齐地向着门内望去,同时龙口一张,便有九声龙吟一同响起,震得人心中一片激荡,除了龙吟回响,再无任何杂念。

紧闭着的大门,终于缓缓打开。于是,那门后壮阔的场景,便忽然朝着众人迎来。

那是一片比空海更加广阔的海域,呈现出一片灰暗的蓝色,像是被人从无尽的岁月之中打捞而出,沾满了尘土。

一根根满布着裂痕的龙柱,无声地伫立在深海之上。

在这一片暗淡的颜色之中,却有一道道绚烂的色彩吸引着所有人的目光。

一条条银蓝、赤红、金色的巨龙,或是盘于龙柱之上,或者潜于海水之中,或者嬉戏于海面之上……

远处的天空尽头,铅灰色的阴云仿佛没有尽头,让人无从探测这一片海洋到底有多广阔……

上古龙域!

一种莫名的气息,在这巨门打开的瞬间全数倾泻而出,如同巨浪一般席卷了众人。

他们分不清这到底是真实,还是虚幻。

那一条条的巨龙在这灰暗的背景之下,有一种莫可名状的凶狠与凄凉……

烈风刮来,将龙域上空深重的阴云拂开,一只巨大的金色龙角出现在云缝之中。

沧桑而浩瀚的声音,从巨门之中传出。

"汝辈蝼蚁,既得吾族无法无天无定无常之龙脉,何不成龙？"

何不成龙……

浩瀚回声震荡海上。

那一条蜷缩在见愁身后的黑龙,原来的蚯蚓,在这声音传来的瞬间,竟然不受控制地朝着那巨门飞去,像是要扑向无尽龙域之中的同族!

"吼……"一声无力而悲愤的龙吟!

何不成龙？见愁心中一片激荡。

成龙？这一条蚯蚓根本不想成龙!

黑龙数百丈长的龙身,飞快地从她身侧飞过,眼看着就要没入巨门之中。

关键时刻,见愁眼底爆出一团冷光,毫不犹豫地伸手一抓!

纤细却有力的五指,竟然在最后一刻抓住了黑龙的龙尾!

又来!

那一瞬间,黑龙简直就要眼前一黑。

虽然人家只想回地里吃土,但是你能不能换一种抱我的方式？

吐血了……

轰!

另一只手跟上,一把抱住龙尾,见愁竟然在这间不容发之际,凭借着龙鳞道印与金丹期的巨力,一把将黑龙拽回,狠狠扔回海面之上!

巨浪腾跃而去,霎时溅湿了海上五个人的衣衫。

见愁就站在这一片巨浪之间,拖着黑龙无力的龙尾,傲然朝那巨门内的天空望去:"它不过是一条蚯蚓,不想成龙,尊驾何苦相逼？"

此言一出,巨门之中那亘古的存在便陷入了沉默,昆吾主峰之上更是一片寂静。

第三章
战绩第一

下方观战的糙汉子孟西洲这会儿简直都要放声大叫起来,他死命地拽住了钱缺的衣领:"是……是……是……"是前辈,是前辈啊!这等的英姿,除了前辈还有何人能比!

别说她是个女修,跟自己想的不一样了,就算她是个不男不女的妖怪,他孟西洲也只佩服这一个人!

因为太过激动,他舌头打结,一时之间竟然难以完整地表述自己的意思。

可怜钱缺此刻有伤在身,再被他这样一拽,只觉得脖子被勒紧,面色顿时涨紫,险些就要背过气去,急得直翻白眼。

崖山那边,众人全陷入了"见愁大师姐徒手提龙抡来抡去"的震骇之中。

四弟子沈咎一直巴望着继大师姐之后,崖山再多点儿可爱娇羞的女修,这会儿见状眼前一黑,用桃花扇在自己脸上一拍,蹲到地上哀号:"杀了我吧!"

"崖山大师姐的形象",从来都是谜一样地在变化啊……

这么生猛。

"……好想跟大师姐打上一场啊!"

抱剑而立的寇谦之眼底已是一片熊熊战火,望着空海之中那一道纤细却傲然的身影,竟有无数向往。

其他人则都是一脸生无可恋的表情。

好想装作不认识大师姐啊!

可是在周围无数惊讶中带着探寻的目光投过来的时候,这些崖山弟子下意识地将腰杆挺直,坦然且无所畏惧地回视:看看看,看什么啊?我崖山大师伯的风采岂是你等凡人可以测度的!

众位崖山弟子都是一副"大师伯乃我崖山弟子楷模"的骄傲表情。

于是,围观众人忽然明白了:崖山弟子,就是不一般啊!

人人心中都有一种莫可名状的激越。其中,尤以龙门长老庞典为甚。

砰,砰,砰。

是热血冲撞着他的身体,向他脑袋里奔流的声音。

他呆滞地望着那空海,望着那一道花纹古拙的金色大门,望着那门内荒芜又凄厉的世界！

"龙域……"

竟然是他龙门的"龙门"开启之后的龙域！怎么会出现在这里？

脑子里一道光芒爆闪而出，庞典顿时想起见愁那"速成"的龙鳞道印，又想起之前输出去的小龙门水底湖，霎时间气炸了！

不行了，要喘不过气来了，要气死了……

他的身体剧烈颤抖起来，身形一转，便朝着前方扶道山人张牙舞爪地扑了过去，状若疯狂："哎呀呀呀呀扶道老贼我跟你拼了！"

扶道山人眼见着众人落入自己的圈套，正得意地大笑着，哪里想到庞典忽然发狂，顿时大叫起来："你又发什么疯？谁知道这是你龙门的龙门，山人我……"

"你知道那是龙门！"

原本就怒极的庞典闻言，原本三丈高的怒火顿时再涨一截，险些将他整个人都烧了。当下便毫不犹豫地朝着扶道山人撞了过来！

一不小心说漏嘴了！扶道山人在心里骂了一声，眼见着庞典来到身前，就毫无良心地把啃了一半的油腻鸡腿扔了出去！

啾！

鸡腿十分精准地砸到了庞典的身上，留下一块污渍。

同时，扶道山人手肘一撞，把站在自己身边的横虚真人朝前面一推："左三千小会之上竟有人闹事，横虚老怪你还不出来管管？"

"……"横虚真人无话可说。

龙门众位弟子虽不明白到底发生了什么事情，可扶道山人的动作被他们看了个清清楚楚。就连站在原地的周承江都有一种骂人的冲动：这还执法长老呢？简直无耻！

一时间，气氛剑拔弩张起来，眼见着一场恶战就要发生在眼前。

七百五十丈高的接天台上，夏侯赦却半点儿没有注意那边的动静。

他拎着自己得来的赤红龙筋，在看见那巨门出现的刹那，顿时眉头一皱：龙门之内的世界，似在召唤那一条黑龙进去？

当时，他是直接放了一把毒火，将整条黑龙烧了个干干净净，最后只剩下这一条龙筋，倒是没有那么多的波折。也不知，这样省事，是不是错过了什么机缘。

夏侯赦目光深沉地望着见愁的身影，只有一种无端升腾而起的压力：进可攻退可守，战之有神力，领之有神助，龙域之前，凛然无惧，竟是真英雄一个……

天空之中的空海，此刻有一半阴云密布。海水倒悬在头顶，却始终不曾坠落一滴。

庞大的龙门之中一片森然压抑，感觉不到半点儿生机，只有一种飘摇的死寂，恍如一座坟墓。

见愁说完那一句之后，便站在这"坟墓"之前，半点儿不曾退缩。

龙域天空之上那仿佛至高无上的存在似乎没有想到，竟然还有人敢反驳自己，插手龙族之事，顿时沉怒无比。

低沉的阴云一阵滚动，竟然覆压而下。

方才那道声音再次响起，却不复先前的从容，带了几许森然。

"汝何人，敢妄议我龙族之事？"

依旧是强烈的威压。

见愁满身龙鳞，折射着与那龙域之中一条条游龙身上一般无二的光芒，强行将脊背挺直，笑道："一介凡人而已，妄议不敢，不过路见不平。"

"不平？"那声音的主人似乎觉得好笑。

见愁亦觉可笑："蚯蚓不欲成龙而君迫之，岂敢言'平'？"

半截身子垂在海水里，近乎奄奄一息的蚯蚓听了此言，也不知道怎地，竟觉一股寒意无端端透体而入：娘呀，怎么觉得这一句话就把战火引到了自己身上？

可是……好像也没什么不对的地方啊，它就是不想成龙。"龙"是什么玩意儿？模样恐怖，看着都害怕，不如自己原来的样貌。再说了，在水里钻着简直要喘不过气来，哪里比得上自己在地里吃土舒服？

所以，见愁说得很对。

头朝下的小蚯蚓思索了一番后，竟然点了点自己的尾巴，表示同意见愁的话。

这一幕，着实有几分滑稽。

站在见愁不远处的小金险些没绷住笑出声来。

门内层云之中的存在却忽然开口，声音里蕴蓄了沉沉的怒意："不欲成龙？这世间万物，竟还有不欲成龙的？"仿佛是听见了什么精彩的笑话一般，那声音在质问过后，竟然仰天长笑起来。

整个龙域，仿佛都为这笑声而震动。

层云激荡，飘飞而去；怒海翻涌，冲刷天际。整片天空越发阴沉，一股幽暗而虚无的气息随之而来。

九龙门内的世界仿佛陷入了黑暗。伸手不见五指，只隐约能听到这无尽黑暗之中的声音，仿佛有很多东西在黑暗里穿行。

见愁觉得这画面有些熟悉。脑子里灵光一闪，她记起来了：是混沌的宇宙！

唰！

就在她这念头闪过的一瞬间，几缕细微的光线忽然出现，破开了黑暗，一道伟岸的身影显露在她面前。

那是宇宙之中的第一缕光，被这一缕光照到的"东西"有很多。

它们形状各异，看上去奇奇怪怪，唯有那道身影让人觉得熟悉。

因为……那是一条金色的巨龙！

沐浴在宇宙的第一缕光里，巨龙闪烁着金色的光芒，无尽的光辉被它身上一片片的龙鳞折射，照亮了身边无尽的黑暗……

那一道笑声，不知何时已经停止了。

见愁听到那云层之中的存在，沧桑开口："吾之一族，与世界同生于一片蒙昧混沌中，乃为荒古神祇，与天同寿。"

下方的黑龙不是很明白他的意思，不安地动了动身子。

由于后半截尾巴还在见愁的手里，所以黑龙没有大幅度动作，只是极力将头抬起，看着九龙门内，硕大的龙目之中似乎露出了一点点的震撼。

那一道声音方落，见愁等人眼前的画面便忽然一变。

虚空消失了，无尽的宇宙消失了。星空之中有无尽的恒星，发光发热，巨龙游走在星辰之间，忽然钻入了其中一颗，于是蓝天白云出现。

金色的鳞片，反射着金光，熠熠生辉。

巨龙腾跃在白云之间，一声龙吟，风云变幻！

霎时间蓝天白云消失了，取而代之的是浊浪排空，一道深蓝色的闪电划破阴暗，于是整个世界风狂雨骤！

地面上洪水滔天，无数凡人被大水一卷，消失无踪。

没被大水吞没的人们则望着云层之中隐现的金色身影，虔诚跪拜，以香火供奉。

"吾之一族，翱翔于九天之上，一声龙吟，可行云布雨，有无上伟力。"

下方的黑龙看见这些场景，也不知道是因为害怕还是因为什么，竟然颤抖起来。

见愁见状，拧紧了眉头。她有点儿明白九龙巨门之中这存在的意思了。

果然，一念过后，眼前的画面再次变化，无尽幻象，像是忽然变成实实在在存在的东西一样，朝着他们扑来。

这一次，是在海面之上。

金色的巨龙从云层落下，坠入了无尽深海，百丈长的身躯猛然一变，竟然入水就涨，一会儿便已经有千丈。它并未跃出海面，能看到有一条金色的影子在深海之下游动。

嘭！

在它游出海面的一瞬间，海面之上无数红的、蓝的、黑的巨龙，竟然跟随着这一条金色巨龙，从海中跃出！

那场面,震撼到了极致。

幽冷的龙鳞将海天之间的光芒,折入所有人的眼底。

"吼……"

那金色巨龙长长的龙尾在海水之中狠狠一掀,便有无尽的浪花翻腾。一片怒浪过后,九条颜色不一的巨龙竟然首尾相衔,在海面上构成了一座百丈龙门!

这一座门,与见愁等人所见的何其相似?

心神震动之下,见愁抬眸看去,但见那龙门之上的九龙齐齐转头,双目紧闭,却发出了一片炽烈的光芒。于是,海中的生物都被吸引而来。

一条条小小的鱼儿带着无比的兴奋,奋力腾起,想要跃过这一道龙门。可它们之中的大多数,顶多跃起数尺或者数丈,便无力地坠回了海上。唯有海族之中的佼佼者,才可一跃百丈,翻过龙门!

这,便是"跃龙门"!

一条红色的鲤鱼从远方游来,小小的尾巴在海水之中奋力一拍,顿时借力飞起,竟然真的一口气跃起了百丈。

晶莹剔透的鱼鳍在空中翕动,闪耀着夺目的光华。

它跃过了。

于是九龙全部睁开了双目,一股浩荡的龙气顿时从大门上散出,九条巨龙同时一吐,各自吐出一道气息来,凝成了一条赤红色的龙筋,一下子没入了那小小鲤鱼的身体里。

于是,原本巴掌大的鲤鱼脊骨,瞬间化作百丈龙骨,原本脆弱的血肉全数崩碎,新的血肉以龙骨龙筋为中心,重新凝聚。

无数金红色的龙鳞,从新生的龙身之上渐渐生出。

砰!

待这一条红色的鲤鱼跃过龙门,重新坠落在深海之中,已经成为一条新的巨龙,龙族的一员!

画面顿时又模糊起来,开始破碎。

每一枚碎片里都有一座龙门,有的在湖中,有的在江上,有的在海底深处……水中无数的物种祈求天地,向龙神祷告,希望龙门出现……

"世间种种生灵,无一不渴求无尽的寿命、强大的力量,顶礼膜拜、香火供奉,祈求风调雨顺,祈求能降龙门于世,给生灵一个跃过龙门,得到吾族传承之机会……

"孩子,你有缘得龙筋附体,已有龙形,何不跃过龙门,化去凡身,炼去凡骨,洗去凡血,成无上真龙!

"吾族后辈,还不速速跃过龙门!"

还不速速跃过龙门……

还不速速跃过龙门！

还不速速跃过龙门！

……

一声比一声高，呼喊声恢宏如惊雷！

见愁心神不稳，竟生出一种不如听从、一跃龙门成为无上真龙的冲动。

下方那一条黑龙更是在这一刻一摆龙尾，挣脱了见愁的手，仿佛受到了什么吸引一样，从海中腾跃而起，龙首一扬，仰天长啸！

一声悠长的龙吟，冲破无数的幻象。"啪啪啪"！一片又一片幻象的碎片在龙吟之中消失。

金色的阳光穿破了天上的阴云，重新投落到空海之中，还空海以本来颜色。

一片蔚蓝中，只有九龙门内依旧一片阴惨灰暗，唯有那巨龙龙鳞之上的颜色，绚烂到极致，是龙域中唯一的色彩。

见愁、如花公子等人，全为这龙吟之声所震，头皮发麻。

"它要干什么……"小金的声音里带了几分担心。

"那还不简单？那可是真龙，千百年都求不来的机会，谁不化龙，谁脑子有病！"接话的是头脑昏昏的左流。

在见识过了龙族悠久的历史、强大的能力，还有龙门的来由之后，谁人能不向往那等操纵风云、抬首扬尾之间毁天灭地的威能？

修士为何修道？不就是为了追求永恒的生命，追求强大的力量吗？

如今捷径在前，又有几个人能不动心？

就算那小蚯蚓再蠢，在见识过眼前这一切之后，总不能不开窍吧？

左流说出的话，亦是其他人的心声。

只可惜，面临这个选择的，是那一条幸运的小蚯蚓，而不是他们这些渴求长生与力量的普通修士。

众人将目光投向了黑龙，想知道它最终的选择。

那悠长的龙吟到此时才渐渐低沉下去，像是力量用尽，又像是激荡的情绪慢慢恢复了正常。

黑龙甩了甩龙头，龙身一缩，就像是一个人忽然一缩脖子，充满了一种后怕的滑稽感。

像是……它也很诧异自己为什么就仰天长吟了一般。

后半截身子沉在海水之中，黑龙看了看那九龙门内，一双龙目倒映着里面阴惨又瑰丽的场景。可下一刻它就转过了头来，看向见愁，像是在征询见愁的意见。

这一瞬间，见愁竟然觉得有几分好笑。

她不想说话。

化龙或者不化龙，都是蚯蚓自己的选择，她无权置喙，就像是旁人亦无权替它做决定一样。

就在这犹豫的一会儿，龙门之内的存在仿佛终于不耐烦了，又发出了一声震彻心神的大喝。

"还不速速跃过龙门，更待何时？"

这声音颇大，吓得黑龙立刻缩了一下。

它盘踞在海面之上，迟疑了许久，终于还是张开嘴，发出一声龙吟，却比先前低沉了不少，像是询问着什么。站在见愁背后的姜问潮顿时面色古怪。

见愁头也不回地问："它说了什么？"

姜问潮深深地看了她一眼，叹道："它问，龙住在哪里，吃什么东西……"

"……"

合着人家给你看了那么多的幻象洗脑，结果你心心念念的还是住在哪里，吃什么东西！

真是烂泥扶不上墙，烂蚯蚓当不成龙！

简直没救了！

空海内外，众人皆为之绝倒，有一种晕厥的冲动。

左流气得直翻白眼，想给这条"不知天高地厚"的蚯蚓跪下：你赢了，你真的赢了！

黑龙，或者说蚯蚓，半点儿都不知自己有多惊世骇俗。它只是困惑地歪了歪头，依旧眼巴巴地望着龙门内，等着那至高无上的存在给自己一个回答。

然而，只有无尽的沉默。

这时，见愁的脸上忽然绽开了笑容。

龙，可潜于海，可飞于天，却绝不会住在地里，兢兢业业地以吃土为生。这无知蚯蚓发出的疑问，于拥有荒古血脉的龙族而言，简直是莫大的侮辱！

果然，云层之中一直隐匿着身形的存在终于被它触怒了。

呼啦啦！狂风一卷，竟然从云层之中刮出，在抵达龙门的瞬间一转，形成一个巨大的旋涡。巨大的拉力瞬间将黑龙扯了过去！

黑龙只觉得自己庞大的身躯就要不受控制，便慌乱地大吼了一声，发出了一声惊惧的龙吟，然后将粗大的龙尾朝海面上狠狠地一拍，试图对抗旋涡的吸力。

这日子真是没法过了！

一言不合就拉人家去当龙，还死活不回答它的问题，不用说，当龙之后肯定就不能住在地里，也不能好好吃土了，那还当什么龙啊？

谁爱去谁去！当龙了不起啊？

黑龙愤怒地咆哮了一声，死活不肯就范。

九龙门之中的存在仿佛听懂了它的抗议，彻底被激怒！

"身覆龙鳞，已有龙身，更有龙骨，敢不归入吾门……"

哗啦啦……海水激荡。

黑龙龙尾处的海面竟然忽然掀起了巨浪，一瞬间推高了黑龙的龙身，霎时间黑龙距离旋涡又近了数十丈！

轰隆隆！

九龙巨门内同时钻出了无数银蛇，一阵乱劈，照得整片龙域如同一片雷池。雷电的方向一转，竟然像是被旋涡吸引，便朝着龙门外猛扑而去！

一时之间，无数雷电从悬浮于巨门之中的旋涡里疯狂涌出，眼看着就要被劈中的黑龙简直魂不附体，吓了个半死！

不过，它还没死……

只因为，一双熟悉的手，带着冰冷的温度，再次在间不容发之际抱了过来！

还是见愁！

她全身覆盖着金色的龙鳞，面对着袭来的电光，眼底微芒闪烁，面上露出一分冷笑来。

"强扭的瓜不甜，尊驾怎么就不懂这道理？"

"区区凡人，亦敢妄议吾族？"

该死！

凶猛的雷电原本已经扑向见愁，在这一刻竟然又炽烈了几分，像是要将见愁吞没！

姜问潮等人哪里想到见愁竟然还会再次出手，与那云层之中至高无上的所在相抗，如今简直傻眼了。

小金狂擦冷汗的同时，也不忍见见愁落难，他狠狠一咬牙，一跺脚，便有海水化作冰山，在见愁与九龙巨门之间的海面上升起。

只是那雷电迅疾无比，也凶猛无比。

噼啪！

一阵恐怖的爆响后，坚硬无比的海冰竟然轰然破碎、没有对奔行的雷电产生任何影响。

小金却脸色一白！

那雷电来势极猛，见愁避无可避，也没打算避！

周身金色的龙鳞被她以灵力加持,陡然爆出一片耀眼的金光。

只是转眼之间,金光便被雷电覆盖,一团又一团的电光在龙鳞上炸开,像是在见愁身上披了一件由蓝色电光织成的战甲。

一时威风赫赫!

空海内外,所有人的嘴巴顿时张大到仿佛能吞下整颗鸡蛋!

"龙族道印!"

眼见着见愁在这雷电之下安然无恙,云层之上的存在似乎终于判断出了见愁全身覆盖的到底是什么东西。

他的声音里翻涌的怒意更甚:"汝竟敢以龙族之印对抗龙族!"

唇边溢出了一丝鲜血,见愁眼底也难得地带着几分狠厉的意味:"用你龙族道印又如何?人能以人制之器杀人,我还不能以龙族道印战龙不成?"

说完,她竟然将手中提着的龙尾狠狠举起,问了一句:"可愿成龙?"

"嗷吼……"死也不要!黑龙狠命地摇头。下一刻,便彻底后悔了自己的回答……

一只纤细的手顿时并拢如刀,竟然在它给出明确的回答之后,狠狠地朝它脊背上一插!

扑哧!玄黄血液四溅!

见愁白皙的手顿时被龙血染上了颜色,看上去越是纤细,越是狰狞!

左流小金压抑不住惊呼了一声,如花公子与姜问潮也是同时震惊:她在干什么?

剧痛袭来,比先前抽取龙筋之时更甚!

黑龙死命地挣扎着,完全不明白见愁到底要干什么。它快要因这恐怖的疼痛晕厥过去。

见愁手很稳,一手拽住黑龙,一手在黑龙的血肉之中摸到了坚硬的龙骨,五指霎时扣紧,而后死死往外一拽,一撕!

"吼——"恐怖至极的痛吟!

一瞬间,一道血柱如箭一样激射而出,甚至染了以见愁为中心的数丈海面!

所有人只觉得头皮一麻,眼见着见愁竟然硬生生地从黑龙血肉之中将龙骨拔了出来,顿时只觉得自己的脊梁骨跟着一冷,像是她这一下也把所有人的脊梁骨都拔了出来一样!

如此狠辣!

黑龙简直都要疯了:这是要干什么?

见愁眼底一片绚烂的神光,在拽住那一条龙骨的瞬间,心中十分平静。

因有龙形，这龙门才会出现；因有龙形，这旋涡才会对黑龙产生独特的吸力；因有龙形，龙门之中的存在才会要求黑龙归于龙域。

可……它又算是什么龙？

如今既然没有什么好办法，它又一心想要回地里吃土，见愁便来了一手狠的。

抽去龙筋还不够，龙骨尚在，不如抽去！龙鳞尚在，不如剥离！

如此，一切龙的特征都已消失，还怎样召唤黑龙？所以见愁下手，堪称狠辣果决。

她目光一移，便发现巨门之中的所在似乎对自己的所作所为十分恼怒，一点点金光已经渐渐从云层之中溢出，隐约有一条巨大的龙尾显现了出来。

不能再等了！若等到这一位出手，真是半点儿生还的机会都没有了。

要"帮"蚯蚓，不过是突如其来的任性，但见愁很少做完全没有把握的事情。眼下，只要掐准了时间，一切皆有可能！

在那龙尾露出形状的一刹那，见愁毫不犹豫地拽着龙尾，朝着龙门之上狠狠摔去，扯着龙骨的右手却没有松开。

这一瞬间的情形，就像是之前姜问潮抽着龙筋，而见愁拽着龙尾时一样。

一声更加凄厉的龙吟传来。

见愁眉头都没皱一下，已经"嘶啦嘶啦"地从龙背之上拉出一条挂着血肉残渣的龙骨来！

"还想回土里，就把你身上的龙鳞蹭掉！"

砰！

见愁的话，伴随着黑龙撞在九龙巨门上的恐怖巨响响起。

黑龙痛得打滚，一双龙目已然赤红，可见愁的声音却清晰地传到了它的脑中。

回去吃土！蹭掉龙鳞它就可以回去吃土了！一时间，它满脑子都是这个声音，让它忘记了浑身的剧痛。

没有了龙骨的身体变得柔软无比，尽管鲜血横流，可身为"龙"，血量大，死不了！

于是，黑龙竟然围着那巨门缠绕而上，像是一段缠在龙门之上的麻绳，然后死命地磨蹭着。

咔！

一枚龙鳞蹭到了龙门上古拙粗糙的浮雕，顿时从黑龙身上剥落，带出一点点的鲜血。

嗷，这感觉好痛快！那是一种把不属于自己的东西排斥出去的巨大爽快。简直上瘾！

有了第一枚,很快就是第二枚、第三枚……

见愁一看,忽然觉得自己没看错蚯蚓,要的就是这一股子的疯劲儿。若不逼迫自己,她哪里知道,自己也是个合格的疯子呢?

完全不顾背后队友们惊骇的目光,见愁眼底燃烧着一簇小小的火焰。

手中握着一条百丈长的龙骨,一抖,便在"啪"的一声响后化作了一条长鞭,朝着那一扇已经打开的巨门抽去!

众人一开始以为见愁的目标是那一扇巨门,可仔细一看,才知道她抽的居然是那一条化作印符的龙筋!

那一瞬间,如花公子忍不住倒吸了一口凉气:"够聪明!"

之前众人皆被九龙巨门之中上古龙域的景象所震撼,却都忘记了这上古龙域因何而开。

不正是因为那小小的一枚由龙筋化成的印符吗?

龙域之中虽有各色巨龙,可天空灰暗,龙柱满布斑驳裂纹,已然是一片残败之景,显然是发生过什么事。

他们虽然不能判断眼前的龙域是真是幻,可只要关闭它,一切问题便迎刃而解!

啪!百丈龙骨鞭带着悍然的气息,抽中了那一枚金色的龙符!

那一瞬间,所有人仿佛都听见了一声惨叫!

原本固定成某个形态的龙符,竟被见愁这一鞭抽得瞬间扭曲起来,不复之前的样子。

轰!整扇巨门顿时一颤,尘土飞扬!

门上的龙符越是扭曲,巨门越是颤动。

云层之上的巨龙像是感觉到了威胁,那一条巨大的金色龙尾,竟然像是覆盖了龙域的天空,一枚枚金色的符文从龙尾之上亮起,玄奥莫测,神秘悠远。

"凡人,你有龙鳞道印在身,金筋铁骨,资质上佳,不如也跃我龙门,化为真龙,享无尽之生命,御无穷之伟力!"

震动四野的声音照旧带着一股浩瀚的气息,所有人闻言一怔:这是……

看上了见愁的资质?

目光一转,都一下子落到了见愁身上。

她纤细的身体覆盖着看似柔软的金色龙鳞,给人一种莫可侵犯的感觉,伴随着她挥鞭的动作,有一道道金色的流光从龙鳞之上掠过。

重要的是她的眼神,看似狂热,实则深藏冷静,这让她如同一柄出鞘的宝剑,锋锐得让人不敢直视。

龙鳞道印,资质上佳,堪跃龙门? 这一位恐怖的存在,眼光还不错嘛!

众人霎时羡慕起来：见愁若是答应了，这可是个一步登天的好机会啊！

只可惜……见愁嗤之以鼻。

没有人知道她为什么忽然要去帮助一条黑龙变回蚯蚓，也没有人知道她此刻为何讽笑出声，所有人能听到的，只有她凛冽冷然的话语。

"我本人中之龙，何求你来施舍，化我成龙！"话音出口，见愁没有半点儿迟疑，再次狠狠地甩出了手中的白骨长鞭！

啪！又是凶猛的一鞭！

不管那龙域天空之中的是何等恐怖的存在，见不惯便是见不惯。

天底下哪里来的逼人化龙的道理？仗着自己有本事，便蛮横无理、横行霸道？就像是仗着自己有本事，便可滥杀无辜一样。

不成龙，有什么不好？

有的人只喜欢一辈子平平静静、简简单单地生活，能在地里吃土，于蚯蚓而言又何尝不是一件幸福的事呢？

也许人人觉得它目光短浅，人人觉得它错失良机，人人觉得它不识好歹，是一条蠢得不能再蠢的蚯蚓，蒙昧不曾开化……

可它又何尝不觉得那无数死命也要跃过龙门的生灵可怜？

天地亦不能迫使我俯首低眉，区区一不知是何来历的龙域，又怎能让她不战而退？

战意熊熊燃烧。

见愁挥出的第二鞭子抽得那龙符顿时挣扎起来，却依旧紧紧地贴在巨门之上，不想这一道门就这样关上了。

而盘旋在巨门边缘的黑龙已经蹭掉了自己身上大半的龙鳞，尽管全身鲜血淋漓，可它竟然越发兴奋……

自由，似乎就在眼前了。

九龙巨门之内，那一条巨大的龙尾朝着外面拍来。

飓风被龙尾挟裹着，从巨门之内刮出。见愁顿时觉得浑身如刀割，"扑哧扑哧"，只听得一声又一声的响声，她身上坚硬的龙鳞竟然被风刀割破，洒出一股又一股鲜血来。

来不及了！

见愁头皮一麻，看着那越来越近的龙尾，心知只有下一击必中，才能在这千钧一发之际夺得生机。

虽惊不乱，见愁心中发狠，看着那龙筋形成的龙符还死死地贴在巨门之上，不断地挣扎蠕动着，便挥出了第三鞭！

前两鞭都不能使龙符脱落，第三鞭又如何能做到？所有人的心中浮现出同样的疑惑来。

只是片刻后，他们便发现了异常——

这第三鞭上，竟然多出了一层青色的灵火，从见愁指尖蔓延开来，霎时间覆满了百丈的龙骨鞭。这次，她挥出的已经不是一条鞭子，而是一条着火的青色长龙！

呼啦！长鞭生风。

一声结实的脆响后，龙骨抽在巨门上，力道暴烈到了极点。

一团青色的灵火在长鞭落下的瞬间炸开，狠狠地击中了龙符。

"吱吱吱……"一阵被滚油淋上的声音传来，同时伴随而来的，还有一阵又一阵凄厉的惨叫！

毛骨悚然！那竟然是一条龙筋的惨叫！

青莲灵火之威何等强大？远远不是这样一条龙筋所能承受的。

几乎在灵火蔓延而上的一瞬间，那龙筋便失去了所有的抵抗之力，从一枚龙符化作一条着火的龙筋，从巨门之上脱落！

轰隆……

巨门忽然发出了一声响，竟然从两侧朝着中间合拢！

"吼！"门内爆出一声饱含着不甘的嘶吼，恐怖的龙吟像是要毁灭整个龙域！

门缝越来越小，越来越小！

见愁一抖龙骨长鞭，鞭尾一卷，便将那一条已经被灵火烧去意识的龙筋带了过来，然后伸手一接，已经稳稳地将之握在掌心之中，原本恐怖的灵火一下子变得温驯了。

目光一转，见愁看向了龙门边缘之上盘绕着的黑龙！

"来不及了，快下来！"

最后一枚龙鳞了！黑龙在龙门的浮雕上使劲儿地磨蹭着。只差最后一枚，它就可以回地里吃土了！

一时间，黑龙兴奋了起来，将自己已经光秃秃的龙头朝着龙门上狠狠地一撞！

那是一枚生在黑龙额头正中的鳞片，只是生长的方向似乎与正常龙鳞有些不一样。

见愁脑子里灵光一闪："逆鳞，别碰！"

砰！

已经迟了！

见愁话出口的瞬间，黑龙已经将这一枚鳞片撞在了龙角形状的浮雕上。那一瞬间，它痛得全身痉挛，竟然直接从龙门上坠落。

此刻，那一道巨门只剩下一条缝了，可旋涡还在，里面是即将出来的龙尾，外面是刚刚掉下的黑龙！

情势危急，间不容发。

见愁不愿看见不想成龙的蚯蚓重入那荒芜龙域，更不知这里面是否有什么陷阱，在那一瞬间，她咬紧牙关，再次一抖长鞭，将遍体鳞伤的黑龙一卷，然后险之又险地避过了那袭来的龙尾！

随后，一声巨响传来，震天撼地。

龙门终于轰然闭合！

轰隆！

巨门一阵震动，那巨大的龙尾在最后一刻撞在了闭合的大门上，险些将整座龙门拍碎！

一声愤怒的龙吟从巨门另一边传来。

龙门闭合之后，周围的龙柱便开始缓缓沉落，龙门也不例外，没一会儿便朝着海底降了下去，消失了踪影。

海面之上，所有的幻象顿时消失。

没有了阴森如坟墓的龙域，也没有了那五颜六色的龙影，更没有了苍穹之上那恐怖的威压……除了见愁与黑龙身上的伤痕，一切似乎都是一场梦。

唰唰唰唰！

四道毫光几乎同时来到了见愁的身边："没事吧？"

见愁抬首一看，正是姜问潮等人。

她身上鲜血淋漓，可实际上并没有受什么重伤，便对着他们摇了摇头，而后看向了奄奄一息的黑龙。

龙角撞断，龙骨被抽，龙筋已无，就连浑身的龙鳞也只剩下可怜兮兮的一片。

此刻的黑龙哪里还有先前的威风？

或者说……此刻的黑龙更像是一条虫子。

黑龙勉强从海中游了出来，晕乎乎地晃着龙头，似乎觉得额头上还有一枚鳞片很是糟心。

可刚才触碰到这一枚鳞片时近乎让它崩溃的剧痛一直萦绕在心间不去，让它没有尝试第二次的勇气。

或许蚯蚓不知道这是怎么回事，可见愁却一清二楚。

那是龙之逆鳞，触之即死。难道，它终究没办法变回蚯蚓了吗？那么她先前又何必费那些力气？

心中忽然一阵怅惘，只是念头还没落实，黑龙身上便忽然腾起一阵乌光！

刺溜！原本近百丈的黑龙在乌光腾起的刹那竟然急剧缩小，眨眼间，百丈身形已经缩成了三寸！

一条土色的蚯蚓出现在海面上，与之前被扶道山人随手扔进空海之中的蚯蚓一般无二！

变……变回来了？所有人都有些傻眼！

就连见愁都没想到竟然还会发生这样的变化，那龙之逆鳞呢？

她仔细一看，竟在那三寸小蚯蚓的头上发现了一个小黑点，如果没有猜错的话，龙之逆鳞跟随小蚯蚓变小了。

"这也行？"左流简直目瞪口呆。

那一条小蚯蚓骤然变回了原来的样子，还傻了好一阵，接着才欢快地游动了起来：可以回地里吃土了，可以回地里吃土了！

它用力一躬身，竟然从海面上跃起，弯曲着身子朝见愁鞠了一躬，仿佛很是感激。

这时，一道浩渺的声音响起："龙筋已抽，黑龙归位。"

咻！

蚯蚓立时化作一道小小的影子，一下从空海之中飞出，消失不见。

想必，是回去吃土了吧？

只是……

它历尽劫难，重回泥土之中，却带着空海一行的印记——那一枚奇异的龙之逆鳞，这样还算是原来的那一只蚯蚓吗？甚至，它已经在不知不觉间失去了另一个"自己"。

见愁望着空无一物的天空，心中竟多了几分迷惘。

不过，这样的迷惘也就持续了一小会儿。危机既然已经解除，见愁直接并指如刀，将那一条龙筋切为五段！

原本缩小之后的龙筋仅有六丈长，见愁半点儿没客气，自己分走了两丈，其余四个人平分掉了剩下的四丈龙筋。

左流与小金有一种受之有愧的感觉。

见愁却道："我等通力合作，才能围住黑龙，抽得龙筋。管黑龙死活是我自己的事，纵使牺牲再大也与龙筋无关。所以，我两丈，诸位一丈，还是诸位照拂于我，不必有任何客气之处。"

"有见愁道友此言，姜某便承道友之情，收下了。"

姜问潮没有太过客气，却许给了见愁一个"承情"。说句实在话，这可比一段龙筋值钱得多。

有了姜问潮，小金与左流也不再纠结，各自取了一段抓在手中，同样谢过见愁。

唯有如花公子拿起那一段龙筋看了又看，兴致缺缺："跑一趟就为了这东西，咱们叫龙筋，之前上古龙域之中的所在却称之为'无法无天无定无常之龙脉'，这东西难道还有什么古怪不成？"他一阵嘀咕，却没人能回答他的问题。

"第二试空海猎龙结束，请诸位小友持龙筋，出空海！"这一次响起的，竟然不是扶道山人的声音，而是横虚真人的声音。

见愁一怔，忽然觉得脚下空海竟然像是受到了什么吸引一样，朝着远处奔流而去，像是它形成时一样，无尽的海水退去，横虚真人长袖一挥，便由东而西，重新归于西海！

原本因为被左三千小会借海而变浅的西海，顿时一涨！

昆吾主峰穹顶之上，那一片遮天蔽日的蔚蓝深海已消失了，露出了立于高空的五道身影。

那一瞬间，底下众人仰头而望。

大多数人的目光，不约而同地落在了那一道月白染血的身影之上！

轰隆！

四十四座接天台从下方飞旋而上，托在见愁的脚底，带着她扶摇而上！

一千三百二十丈！

眨眼之间，见愁已经能清晰地看见那无尽的云海广场，还有上方高高伫立的诸天大殿！

扶道山人不知去了何处，只有昆吾横虚真人一个人站在广场边缘，缥缈的云气围绕在他身周，高空之中冷冽的风亦吹得他衣袍飘荡。

横虚真人睿智的目光在这一瞬间，与见愁的目光触碰。于是，他的脑海之中忽然闪过她一鞭飞出时那一句凛然的话："我本人中之龙，何求你来施舍，化我成龙！"

横虚真人的眼底飞快地掠过了什么，转眼消失不见。

他微微一笑，带着一种昆吾领袖独有的道骨仙风，从容通达："恭喜见愁小友，第二试后，一千三百二十丈，四十又四座接天台，战绩第一，果人中之龙！"

第四章
叛出崖山

白云悠悠，眼前这一名老者好似要乘风而去。

在看见对方的刹那，见愁已然微怔；在听见这一番言语的刹那，她却察觉出一种难以言喻的讽刺：不是因为对方昆吾首座的身份，不是因为对方名传十九洲的声望，只因为他是那个收谢不臣为徒之人。

于是，片刻的沉默。

见愁注视着横虚真人的眼神坦坦荡荡，无所畏惧。唇边挂上了一分近似于后辈对前辈的恭敬，她拱手行礼时，让人看不出半分的破绽来。

见愁站在接天台上，对着横虚真人一揖到底。

"真人谬赞，晚辈尘缘未斩，心性不佳，此试不过侥幸，唯愿后试竭尽全力，不堕崖山威名。"

这话，隐约有些耳熟。

——尘缘已斩，心性绝佳。他日寻仙问道，通天大能，必有你一席。

脑海之中忽地冒出一句话来。横虚真人抬眸看见愁，面上一片平静，甚至还有一点点的笑意，他颔首道："胜而不骄，已是心性难得。见愁小友倒不必妄自菲薄了。"

说着，横虚真人向着下方看去。

"第二试已结束，余者有六。尔等已渡过重重险关，抽得龙筋，皆可持龙筋进入第三试。"

接天台上，包括见愁在内共计六人，只怕是历届小会之中颇为罕见的一次"人数众多"。

见愁为首，四十四座接天台稳居第一。

夏侯赦次之，累计接天台二十五座。

剩下的四个人里，如花公子接天台十六座，小金十三座，姜问潮十一座，左流十座，虽然数量看起来不多，可他们却是实实在在持着龙筋进入第三试的人，怎么着也算是如今中域左三千新一辈之中的翘楚了。

横虚真人一开口，所有人的目光便被吸引了过来。

"此次空海猎龙，诸位各有收获，空海道印一出空海，便不可继续使用。不过，它们却会在各位小友的体内留下一枚'印种'，算是留下了修习之法。小会过后，尔等勤加修炼，用心体悟，未必不能尽复这道印的威能。"

竟然有"印种"？站在接天台上的几个人，这会儿都忍不住露出了惊讶的表情。

他们在空海之中使用的道印，威力颇为强大。

见愁从没想过，这道印出了空海还能使用，没想到如今横虚真人竟然说出这样的一番话来。

印种……她思索着，立刻沉下心神，内视一番。

意识沉入眉心祖窍，几乎瞬间就来到了灵台。三枚虚虚的灵光飘浮在灵台上方，受到见愁心意的影响，微微晃动。

三枚！御岛，水空遁，深海之缚！

除了见愁一开始就有的道印之外，后来击败唐不夜夺得的两枚道印竟然也留下了"印种"！

这个消息可真是意外的收获，一下子让众人高兴起来。

横虚真人将这一切看在眼里，又说道："此刻崖山扶道长老有俗务在身，暂不得空，所以尔等可借机休整一二，照旧闻钟为令，自便即可。"

"多谢横虚掌门……"

下面不少人听见"俗务在身"四个字都忍不住露出几分古怪的神情，不过当着横虚真人的面，自然都齐声道谢。

见愁可不觉得扶道山人能跟什么"俗务"挂上钩。她皱了皱眉，却不知中间到底发生了什么事。

站在云海广场之上的横虚真人也不多言，只笑对见愁说道："不必担心你师尊，怕过不了多久便会出现。"

"是。"见愁心里的疑惑刚冒出，就听横虚真人开口说话，顿时有一种被看破之感，当下也不多言，只应了一声。

横虚真人淡淡点了点头，一个转身，竟也没再多说什么，直接迈步向着诸天大殿而去。

昆吾首座一走，原本还算安静的昆吾主峰顿时热闹起来，众人纷纷议论起空海一战。

什么"今年竟是野路子出身的占了两个"啊，"崖山大师伯那道印到底是什么来头"啊，"有那道印在手，一人台简直毫无悬念嘛"等乱七八糟的事。

概括起来，无非是见愁太强，众人都觉得下一试是她稳赢了。毕竟，她身负帝江风雷翼。唐不夜，也不是随便什么人都能打败的。更何况，帝江风雷翼反击的是"两张机"。

想来，在众人想法之中，这一届小会的结果已经定下来了。只是于见愁而言，一切还充满变数。

她再次向着四周看去，却没看见白月谷的人，陆香冷更是半点儿踪迹也寻不着，于是不由得眉头一皱。

云海广场的边缘，此刻还有各大门派的掌门、长老，似乎他们观战的位置也从下面换到了上面。

周承江正好也在上面。

他站在两个年长的龙门长老面前，似乎正说着什么话。那两位长老交代了几句，便朝着诸天大殿的方向看了一眼，周承江似乎会意，点了点头，目送两个人下了云海广场。

见愁远远看见这一幕，思索片刻，便直接御空而去，到了周承江前面，含笑打了声招呼："周道友。"

这声音……周承江一听就知道是谁来了，转过脸来看见愁的时候，只有满脸的苦笑。

"唉，若周某没猜错，道友前来，想必是要问问龙鳞道印一事的后续。"

"还有香冷道友。"

要问的事可真不少。

她眼见着周承江离得近，心知他人在上五，知道的应该也多，所以顺便过来一问。听到周承江已经猜出了她一半的来意，见愁干脆补上了另一半。

只是……

在听到"香冷道友"四个字的时候，周承江已经无声皱眉："白月谷陆道友，怕不是很好……"

见愁一下子怔住了。

云海广场的尽头，恢宏的诸天大殿飘浮在最接近苍穹的高度。

灿烂的光辉洒落在它身上，为其披上了一层耀目的光芒。

横虚真人拾级而上，穿过了一层薄薄的浅蓝色光幕，便听见了里面你一言我一语的争吵声。

"还我龙门！"

"别瞎扯了，龙族鼎盛时期那么多座龙门，还能全是你龙门的？"

"你的意思是这龙门还不是从我龙门出的了？"

"废话，要真是你龙门的我敢拿出来用吗？这分明是我那徒弟曲二傻孝敬山人我的小玩意儿，不过借了你留在小龙门水底湖的功法给它'开了个光'，这才能用……"

"孝敬？小玩意儿？"

龙门长老庞典听着无耻无赖的扶道山人这话，整个人都要炸了，一张老脸已经涨成了猪肝色，眼见着就要撸袖子跟扶道山人再战几场。

"庞长老。"一道淡漠之中含着威压的声音忽然从他背后传来。

眼见着就要动手的庞典一听到这声音立刻收手，转身便瞧见横虚真人来了，于是道一声："真人。"

之前在云海广场上，他与扶道山人少不得过了两招。横虚真人眼见着这两位中域鼎鼎有名的人物掐了起来，只怕坏了两派的名声，便请他们入诸天大殿好生说话，还布置了一道隔绝旁人查探的结界。哪里想到现在回来没见争端止息，反倒有几分变本加厉。

横虚真人走上前来，一眼便看见了庞典气呼呼的样子，反倒是"罪魁祸首"扶道山人跷着二郎腿，淡定地坐在一旁。

在心里叹了口气，横虚保持着那波澜不惊的口吻开口："扶道兄做派，我向来了解，倒不至于在此事上撒谎。只是……孝敬一说，倒是有点儿意思。"

谁不知道龙门保留了遗留自上古的"龙门"，以保证给后世弟子的传承。龙门的存在向来是机密，曲正风一个崖山弟子，哪里得来的一座"龙门"孝敬扶道山人？

扶道山人未必撒谎，只是这龙门的来历，颇有几分出奇。

扶道山人跷着腿，听到横虚此言，只哼了一声。

"曲正风那二傻子难得尽尽孝心，看把你们一个个紧张的。你龙门只管放心，我崖山还不稀罕用此物来谋算什么。更何况此门残破，门内世界又透着诡异，我曾探测过，才敢扔到空海当作这一局的小惊喜。"

惊喜？确定不是惊吓？

那么恐怖的威势出现在小会之中，当时观战之人有多少被吓得面无人色？

庞典已经无力再反驳扶道山人了：这老浑蛋胡扯起来还真是一套一套的。

好在龙门检查过，门中有大小龙门十数座，一座没少，估摸着扶道山人这龙门的来历的确与他宗门无关。

既然有这一座九龙门在，那见愁的龙鳞道印便好解释了。

庞典暗叹了一口气，又想起周承江主动为见愁背锅，还得了《人器》炼体之法作为交换，一时也觉得没什么气了。

他干脆一甩袖子："成，这么多年的交情，我也不跟你计较了。反正承江倒霉，今年的一人台算是没机会了……"

"嘿嘿，你门中此子也算是天赋卓绝……"扶道山人本想要客气两句，可话没

说到一半，诸天大殿之外的天空之中却陡然炸开一团霞光，一下照亮了整座大殿。未出口的话瞬间被卡住。

像是被人咬了一口一样，扶道山人一下站了起来，将震惊的目光投向了外面。

"问心？"

云海广场上，周承江还慢慢对见愁说着话："……白月谷来了人，带走了陆仙子。我听人说，出现在陆仙子身边的那一条巨蟒，是邪物……"

话音未落，西面天空忽然传来一股恐怖的气息。

见愁一下抬首望去，只见西面一片深紫色的云渐渐扩大，绵延数百里。

云层厚实，电光隐约攒动，不时有震荡人心的轰鸣传来。

那个方向……

见愁暗惊，如果她没记错的话，前段时间师弟们说，曲正风已经回崖山闭关，准备突破元婴！

天地之间，忽然起了一点点玄奇的变化。

昆吾之上，还未来得及离去的人群立刻沸腾了起来。

"是崖山的方向！"

"有人在突破吗？"

"是不是问心？"

"好大的劫云……"

西海边，九头江尾，望江楼。

江水横流而去，浪涛声阵阵，传到高楼之上。

绣金线的地毯铺满，桌台之上放着美酒千盏，一柄宝剑横在案上，妖娆的美人儿将那酒盏端了，朝榻上华服男子身上凑。

"侯爷……"软糯的声音，只听得人骨头都要酥了。

被称作"侯爷"的男子剑眉星目，带着一种凛然的贵气。他穿着一身近似于蟒袍的华服，倚在榻上，似乎醉生梦死，眼见得又一杯美酒倒来，便忍不住一笑，就着美人手饮了，叹一声："好酒！"

"那您多喝两杯？"

这可是千年的玉液琼浆，寻常修士难以得到，珍贵无比。只是，在剑侯眼中，又算得了什么？

望江楼紫衣剑侯薛无救，向来只爱美酒佳肴相伴，名剑美人作陪……

美人想着，拎起了酒壶，又倒了一盏，便要将男子服侍服帖。

没料想，就在她第二盏端来的时候，一直懒洋洋地倚在榻上的紫衣剑侯，忽然之间睁开了一直眯着的眼睛，带了几分诧异，看向西面的崖山方向。

宝剑之上，划过一道流光。

多少年了，昔年齐名的"东西一剑"，他这"西一剑"已成紫衣剑侯，"东一剑"曲正风却还停滞于元婴修为，多年不得进。

"终是想开了吗……"一声感叹，他笑了一声，便将案上宝剑提起，消失在高楼之上。

那一片已经许久没有在十九洲出现过的劫云，吸引了近乎十九洲所有大能修士的注意。

出窍是一道坎，一旦能迈过，便算是进入了一个全新的境界。

此境界，像是一道壁垒，划分了一般与超凡，纵使之前再厉害，跨不过这一道坎，也是白搭。

望江楼、望海楼，通灵阁，北域阴阳两宗，西海禅宗，雪域密宗……

一道又一道强大的灵识，跨越了无尽空间的阻隔，来到崖山的边缘。

这里，便是劫云的正中心。

无尽劫云翻涌而出，像是在崖山的天穹上出现了一片海洋。

或是在修炼，或是在闲聊，或是在山林之间行走……崖山境内，不管是寻常人，还是崖山的弟子和长老，此刻全数抬起头来，看着头顶的天空。

执事堂前。

毕言与羲和两位长老，一个严肃死板，一个诙谐稳重，此刻都又是惊喜又是担忧地望着还鞘顶之上。

在那里，一道身影在鼓荡的风中站立，已经许久不曾动一下。

满地的尘土尽数被狂风卷走，只有大一些的砂石还留在原地。

粗糙的地面上满布着刀剑的痕迹，似乎是曾有人在这崖山最高处切磋比画。

陡峭的平台，像是被人一剑削平。

高大的崖山巨剑，如同亘古不醒一样，伫立在曲正风视线的尽头。

他望着这把剑，像是听不见耳边呼啸的风声，也听不见头顶噼啪作响的雷电之声，更听不见那冥冥之中响起的喝问——

问尔修士，心何所向？

已经过去了四日，昆吾谢不臣虽还未归来，只怕也不远了。

只可惜……他们再快，也快不过他突破的速度。

三百余年困囿于同一境界，堪称十九洲少有之事，而且还是曲正风这样的天才。

漫长的时间，让他几乎吃透了这个境界之内的每一样东西。

可以说，他是整个境界唯一的噩梦，是所有同境界的修士难以企及的存在，甚至有修士刚踏入元婴期的时候，曲正风是元婴期第一人，在这个修士突破元婴到达出窍之后，曲正风还是元婴期第一人……

九重天碑之上其他人的名字换来换去，唯有"曲正风"三个字三百年如一日，风吹雨打不动。

如今，是时候了。

曲正风没有看头顶随时会发难的劫云，也没有理会这一场问心道劫。

他的心，不必问。

劫云覆盖数百里，就连很远处的白月谷也被覆盖在内。

曲正风迈步前行，走在还鞘顶上，像是走过他在崖山的一段又一段的岁月。

往事如沙，悉数从回忆里流过去。

他来到那一柄崖山巨剑前，伸出手去，抚摸着它石质的外壳，感觉着那被岁月雕琢出来的粗糙，和六百年不曾出鞘的寂寞。

"喝了我六百年的酒，如今我将行，你可愿同往？"

冰冷的剑身，像是屹立在还鞘顶上的一块顽石，沉默着没有回应。

可曲正风也没有等待。仿佛，他只是自语这么一声，也仿佛他半点儿不在意崖山巨剑的回答。

一抬手，曲正风飞起，宽大的织金黑袍在阴惨的苍穹之下闪过一道炽烈的亮光，他终于还是伸出了手，一掌拍下！

"咔咔咔……"

在元婴期停留三百余年的恐怖修为，瞬间爆发。

澎湃的掌力透过这一柄顽石一般的崖山巨剑，一下传入了整座崖山的山体之中，颤颤震动了起来。

轰隆隆……

山体摇晃，甚至连坚硬的山石也从山体上剥落，掉进了下方九头江中。

曲正风五指猛然朝着那石上一扣，顿时只见露出剑柄一点点的崖山巨剑，竟然缓缓朝着上方被拔出了一寸来长！

只这一寸，已地动山摇！一时间，仿佛山崩地裂！

不少灵照顶上的崖山弟子只觉得脚下震动，站立不稳，纷纷大叫起来："这是怎么了？"

执事堂前，几名长老的面色也凝重起来。只是此刻的他们，还不知道即将发生什么。

它，愿意跟他走！

乌黑的眼中，有一种奇怪的沧桑与伤怀。

崖山剑，崖山剑。

崖山弟子的心中都有一把剑，如此才能遇事拔剑，无所畏惧。

他忘不了的事，崖山剑也忘不了。

弥天镜上的枯骨终于睁开了眼睛，血肉重新覆盖全身。

他抬首而望，便看见那无尽黑暗的天空中，那一柄从还鞘顶插下的巨剑缓缓从底部脱离，慢慢朝上，很快消失在了山岩的岩缝之中。

"唉……"一声长叹，枯骨终于还是闭上了双眼，重新陷入了无尽的沉寂。

金光炽烈，划破无尽阴云。

整座崖山，如同一柄坚硬而古老的剑鞘，而剑鞘之中的剑，沉睡在山体之中已久。

此时，它却被曲正风从还鞘顶上缓缓拔起，一寸一寸，缓慢却坚定。像是从剑鞘之中将宝剑抽出，寒光乍破，刀枪铮鸣！

呼啸的剑吟，响彻天地。

没有人知道这声音从何而来，是何物发出，只觉得四面八方都是声音，除此之外，天地再无第二种声音。

崖山巨剑，长有千丈，出鞘之时便已刺破苍穹。

曲正风的身影，在这巨剑之侧，又算得了什么？

然而，他只抬手一接，如同一座山雕刻而成的巨剑便化作一道傲然于天地的金光，落在他掌心之中。

一片灿灿的金色弥漫，仿佛连天际的劫云都要被金光逼散。

没有人看得清曲正风手中握的是什么，众人只能看见这一刻，他昂藏的身躯隐在那一片燃烧的金光之中，整个崖山都被照亮。

没有人能分清，到底哪个是他，哪个是剑。

也许他就是崖山剑，剑就是崖山他。

抬首而望，崖山剑在手，三百年苦修不辍，眼前问心道劫又算什么？

问心问心，心志不坚者易受其苦……

可他从不怀疑自己。

在这一片金光之中，曲正风朝着那乌云盖顶的苍穹，持剑斩去！

"轰"的一声，剑气纵横三万里，袭天而去！

数百里的劫云被这剑气拦腰斩断，就连天地之间游窜的电蛇也难以抵御这一剑的剑光，刹那便像青烟一样湮灭。

整片天际，安静了片刻。而后，炸响一片。

狂风吹卷而来，声音凄厉无比，压抑厚重的劫云终于承受不住这一剑的威压，

由凝聚而破碎，竟如退潮之水一般，被风一卷，轰然散去！

崖山一剑斩，光寒十九洲！

曲正风回眸一看，脚下群山茫茫，原野苍苍，他只将唇角弯起一分，而后自还鞘顶一跃而下，向西面剪烛派而去，很快便消失不见。

唯有……那朗朗的声音，还在众人耳边回荡。

"不复崖山门下，我自入魔而去，后会有期！"

什……什么？

下方诸位长老只看见曲正风将崖山巨剑拔起，震惊于他一剑劈散劫云的赫赫威势，还没反应过来，便听得这样一句凛然的话，一时间震悚无比！

慌忙之间，毕言、羲和等四位长老身形一闪，已出现在还鞘顶上。

古拙如顽石的崖山巨剑，此刻已消失无踪，整个还鞘顶上空荡荡一片，只有原地留有一个数丈方圆的巨大孔洞，朝下一看，幽深黑暗，通向崖山未知的地底……

昆吾主峰，诸天大殿之上。

崖山之外有护山大阵，隔绝一切灵识的查探。

横虚真人与庞典亦无法穿破这一层隔膜，窥见劫云崩散的全貌，只勉强感知到了那一股惊人的剑气。

劫云既散，来得快去得也快，想必是曲正风已经成功渡劫，突破元婴，成为出窍修士。

震惊之下，庞典好不容易才回过神来，大笑起来："三百年啊，厚积而薄发，恭喜扶道兄，恭喜扶道兄了！"

曲正风多年以来，多有携崖山之名外出行走，人人都知他处事有度，分寸拿捏得当，是难得的人才。不管是样貌、品行、见识，都格外出色。纵使在天才辈出的崖山，他也是叫人难以移开目光的存在。

唯一的美中不足，便是他困囿于元婴期已久的修为，过了某个时限，困在一个境界越久，突破的可能越小，多少人为他捏了一把汗，私底下认定他再无突破的可能。

谁想到，如今竟然上演了这样震动十九洲的一幕！

就连上千年修炼得心如止水的横虚真人，在瞧见那劫云崩碎的一刻，心中也不禁起了些微的涟漪。只是，与庞典不同，他心底隐隐有一种难言的压抑……

兴许是因为曲正风对昆吾始终难以放下当年的仇恨吧？

他叹了一声，也笑着看向了前方的扶道山人："恭喜扶道兄了，崖山又出一出窍大能。"

扶道山人站在最前面，站在这昆吾的最高处。

他身形枯瘦，穿着一身不知多少年没洗过的油腻腻的道袍，手里还拿着鸡腿，此刻正怔怔地望着那一片已经散开的劫云，许久没有说话。

与横虚、庞典不同，他是崖山明面上辈分最高的那个人，崖山的大阵不会阻挡他的灵识进入……

乱糟糟的眉毛下面，那一双透亮的眼睛似乎涌出了什么，可很快又消失不见。

他向西面剪烛派去了……

扶道山人脑子里钝钝的一片，听见横虚与庞典的道贺声，他好半天才反应过来，脸上没有什么表情，而后竟然如常般笑了起来，道一声："是可喜可贺……"

不复崖山门下，我自入魔而去。

能不是喜事吗？

为什么觉得有些不对劲儿？

这念头刚起，横虚真人便瞧见扶道山人念叨完了那一句话，转过身来。

把鸡腿往嘴里一塞，他已经是一脸得意扬扬的猥琐样儿。

"哈哈哈！怎么样，还是我徒弟厉害吧？哎呀，总算是突破了，也好也好，免得被你们这些人的徒弟骂。现在啊，他们也可以去第四重天碑上一游，也不算是虚度此生了！"

横虚真人与庞典长老，闻言彻底无话。

说什么扶道山人似乎有不对劲儿的地方？扯淡！压根儿就是错觉，他就这样一张破嘴！

横虚真人隔着缥缈的云气，听见了外面的讨论之声，只道："后辈各有后辈的机缘，一切随缘就好。如今小会第三试在即，扶道兄……"

"对啊！"

忽然"啪"地一拍脑门，扶道山人像是终于想起来一样："都叫你们给我折腾忘了，你进来了，第二试也就结束了，我的小见愁！"

"哎！"

庞典还有话想问呢，才一抬头，就看见扶道山人的背影了。

他手里拿着鸡腿，看背影简直荡漾得没边儿了，一边走一边用一种肉麻得让人起鸡皮疙瘩的声音嚷着："见愁，小见愁，你得第一了没啊？"

云海广场之上，才跟周承江说了没两句话的见愁，便听见远远从诸天大殿那边传过来的声音，顿时头皮一麻。

"见愁，小见愁……"

亲昵的称呼，带着一种十足不搭调的违和感。除了扶道山人，还能有谁？

在周承江愕然的注视下，见愁近乎生无可恋地僵着一张脸，回头朝声音的来处

看去。

果然，扶道山人手里拿着鸡腿，一蹦一跳，很快就来到了她面前。

"见愁丫头！"

"徒儿拜见师父。"强忍住内心的挣扎，见愁躬身行礼。

扶道山人瞅了旁边的周承江一眼，似乎奇怪他怎么在这里，不过眼角余光一扫，一下就看见了那一座飘浮在上方的巨大接天台，简直像是一座飘浮在天空中的巨岛。

"好像没有比这一座更高的接天台了。看来你这次拿了第一？"

原本见愁只有十余座接天台，如今变成了惊人的四十四座，几乎是瞬间便从中游水平，蹿升到了顶尖。

这里面倒有大半都是唐不夜的功劳，所谓的"为他人做嫁衣裳"，说的恐怕就是他了。

见愁如实说道："龙筋第二，接天台第一。"

夏侯赦独自料理了一条黑龙，得了六丈龙筋，可见愁这边统共也就六丈，自己只得了两丈，不过她的接天台数目远远超过其他人。

若论龙筋，自然是夏侯赦第一。

"那没事。"

见愁原以为扶道山人会不大高兴，没想到他竟然一脸不在意的表情，说道："第三试是看心看运气，龙筋多少倒是不怎么影响，顶多选择多了一点儿罢了。"

"有影响？"

见愁一下听出了扶道山人话里的意思。

扶道山人嘿嘿一笑，摸出一只鸡腿来，破天荒地递到了见愁手里："来来来，当初你师弟们要决战的时候也吃了一只，好好补补。至于到底有什么影响，哼，到时候你不就知道了。"

油腻腻的鸡腿，落到手掌之上。见愁听着扶道山人的话，脑子头一次有些转不过来了。

见愁有些傻愣地看了看扶道山人，又忍不住用一种诡异的目光看了一眼自己手里的鸡腿，她结巴了一下："师父，我……你……鸡腿……"

师父给自己鸡腿了？他不是向来最讨厌别人觊觎他的腿，不，鸡腿吗？

太阳打西边出来了，扶道山人竟然给别人鸡腿了！

站在一旁的周承江看着见愁的目光奇异起来：眼下这个时候的见愁，跟战斗中的见愁有那么一点儿的不一样。

他没说话，也插不上话。毕竟他不是崖山门下，扶道山人也没有搭理他的意思，他就乐得假装自己不存在。

扶道山人半点儿没觉得怎么了，塞完了鸡腿就摆了摆手说道："你师弟们都是吃过的，这辈子估摸就这一次，除非日后山人我的脑袋被驴踢了。吃完了赶紧收拾，嘿嘿，第三试可在等你了。"

哦。所以这一只鸡腿，算是给历代参加小会弟子的犒劳吗？

这个……

见愁不禁想到了当初扶道山人随手塞给自己的九节竹，这礼物，总是一言难尽啊。

手里的鸡腿色泽鲜嫩，带着一点点的焦红，外表的皮透着一股油腻的光泽，只拿在手里，便能闻见那扑鼻的香味。

对扶道山人的鸡腿好奇已久，见愁低头就是一口。

周承江好奇地看着她。

下一刻，见愁脸上的神情就变了："好吃！"

鸡腿鲜香肥美，肉质劲道之中带着一种被烤得正到火候的酥软，一口下去，咬下外面那一层焦红色的皮，便是满口浓郁的醇香。

难怪扶道山人走到哪里吃到哪里！

眼睛发亮，见愁抬起头来，就想问扶道山人这鸡腿到底是哪里做的。

结果没承想，不待她开口，扶道山人已经朝着后方看去：一身灰白色道袍的横虚真人从诸天大殿那边慢慢走来。

扶道山人说道："第三试要开始了，你吃着。"说完，他就直接转身朝着广场中央而去。

第五章
最后一试

　　巨大的昆吾云海广场，飘浮在距离天最近的地方。

　　最中心的位置呈现出一种古旧的深灰色，像是中间的石头曾经被什么炙烤过一样，古老的圆形图腾覆盖了距离中心三十丈距离的范围。

　　一柄柄剑形的浮雕，剑柄向外，剑尖向内，拼在了整个图腾上，有一种磅礴的剑意。

　　横虚真人远远地看了见愁与周承江一眼，便在这图腾前停住了脚步，笑道："果真第一，如今高兴了？"

　　"自然是高兴了，这一届必定是我崖山见愁丫头获胜。只可怜了你昆吾，虽与我崖山齐名，却连一个进入第三试的弟子都没有，实在是丢人哪。"

　　扶道山人这伤疤揭得够狠。

　　只是横虚真人也不生气：顾青眉与谢定二人，原本都是夺冠的大热门，只可惜都折在见愁手里，技不如人，也没有什么好说的。

　　"胜败乃兵家常事，无甚可在意的。时辰不早，我倒是对第三试有些期待了。"

　　"成，就让你看看什么叫无限潜力、无限战力吧。"

　　扶道山人评价见愁的话可不是吹的，他哼了一声，站在原地一挥手。

　　霎时间，百丈的云海广场上一片震动。

　　站在广场上的各大门派的掌门和长老，几乎瞬间就感觉出来了。

　　咔嚓……第一声响后，众人脚下的石板地面竟然裂开。一道圆形的裂缝忽然出现在了图腾之外三丈处。裂缝之外的地面猛地一阵膨胀，朝着外面狠命一扩，竟然将云海广场分割成了内外两个部分，像是在一个方形之中切出了一个"圆"来。

　　图腾，正在圆形小广场的正中。

　　这是要做什么？所有人的脑海之中几乎都浮出了这个疑惑。

　　原本站在下方的众人，能御空御器的此刻都飘了起来，想要看得更清楚。

　　扶道山人手上动作不停，随后又拍出了一掌。

　　咔嚓咔嚓……

　　原本剩下的一个圆，竟然直接碎成了六块，风一吹来，便立刻翻立而起，竟然形成了六座分布在六个方向的十丈石门。

除了一柄从上插下的长剑浮雕之外，石门之上没有别的花纹，看上去简单朴素。

六座石门围绕着的中心处还留有一个悬浮的十丈平台，是图腾的最中心。

若有人从石门而入，推开石门，便可看见那一座平台了。

见愁看见这一座石门，就想起了自己曾遇到过的那一扇又一扇的石门。

想必与之前的迷雾天和空海一样，眼前这就是他们第三试的"主战场"了。

只是不知道扶道山人又会给众人怎样的惊喜，这又到底与龙筋有什么关系……

当！

昆吾主峰上的铜钟终于被敲响。

扶道山人与横虚真人站在诸天大殿的台阶附近，周围众人则站在外层的广场上，中间的六扇大门自成一体，所有人的目光都汇聚在上面。

"入试六人，都上云海来吧。"扶道山人朗声开口。

下面接天台上的修士，闻言都直接飞升而上，落在了广场上。

原本便在上面的见愁直接走了过来，站到扶道山人与横虚真人面前不远处。在她右手边第一位的是夏侯赦，下来依次是如花公子、姜问潮、小金、左流。

几个人齐齐向着前方两个人一揖："拜见真人、长老。"

横虚微微一笑，示意大家不必多礼。

扶道山人也一笑，随即环视了周围一圈，发现即便是在云海广场这个高度，也有一群修士不怕死地御器上来，围了一圈，真是好不热闹。

"小会第一试、第二试已过，第三试如今已经准备好。能走到这一步的，无一不是我中域将来的大能修士。鉴于六位小友修为都不低，为了不造成不必要的伤亡，最后一试，将不会由你们直接对战。"

"啊？"

"还能这样？"

"这是什么意思啊？"

"之前还在想崖山大师伯铁定是这一次的第一了，其他人没法比，没想到这一下就变了？"

"不直接对战，难道是比文？"

扶道山人这一句话一出，众人顿时议论起来，显然是完全不清楚这要怎么操作。

扶道山人只让众人少安毋躁，随后以眼前这六座门开始，将第三试的规则细细讲解。

"此门名为六扇是非因果门。

"叩门而入者，须手持无法无天无定无常之龙脉，即第二试中的龙筋。

"以龙筋为引，入此门者，将见常人所不能见之事，玄奥异常；出此门后，将

得一身外化身幻象。

"身外幻身,有别于身外化身,乃为半个幻象,保半个时辰的战力,但是不能长久,也并非真实存在。

"幻身乃六扇是非因果门视入门者在门内之经历、见闻、选择而幻化,也许它事关你的因果,事关你的执念,事关你的信仰,事关你的过去和未来,事关你的喜恶……甚至……"说到这里,扶道山人忽然顿了一下,然后恶劣一笑。

"也可能毫无关系。"

众人正听得入神,到这里齐齐翻了个白眼。

见愁听了也拧紧眉头:影响身外幻身的因素未免太多,到底出来的幻身又是什么情况?

仿佛是明白众人的疑惑,扶道山人没有拖拉,继续解释道:"幻身的实力,与入门者本身的实力关系不大。本试的交战,便由你们唤出的幻身替你们完成。负责交战的,可能是你心中的某个信念,可能是过去的你,可能是现在的你,也可能是未来的你。它可能是你的反面,也可能是曾与你有过交集的他人、他物……"

"是非因果门,无法无天,无常无定,这一试倒是高明。"

横虚真人听了这一番话,再看看前面那六扇是非因果门,颇为赞赏。

不过周围却是一片寂静。

谁也没想到,第三试竟然会是这般地别开生面。

让入试的弟子进入六扇是非因果门中,唤出自己的幻身与人交战,而且还说"幻身的实力与入门者本身的实力关系不大",也就是说,现在战力再强,都没什么用!

谁知道代替你出战的,到底是个怎样的幻身?

的的确确是无法无天,无常无定,甚至无法预料,无法控制!

这……这不是专门坑自己的弟子吗?

其实因为崖山大师伯见愁战力太高,在第二试之中就已经具备了压倒性的实力,一个打三个估计都死不了,最后一试恐怕没人能越过她去,所以大家伙儿之前对第三试的结果基本都已经有了预测,变得有些兴致缺缺。

可如今扶道山人这炸雷一般的消息使主峰上下顿时热闹了起来。

专业坑徒弟啊!

如果比的是幻身,谁能确定见愁唤出的幻身便是所有人之中最强的?

影响幻身的因素太多了,而且幻身的选择也太多了,众人肯定都是第一次见到六扇是非因果门,在这一点上是同样的。

这最后一试的规则公平吗?不公平吗?谁也没办法说清楚。

唯一没有疑问的是,热情又回来了!

在场六个人，即便有侥幸的成分在，其实力也无一不是同辈之中顶尖的。

这六个人进入六扇是非因果门之后，各自会有怎样的变化？众人一下就期待起来了。

而且，最终能登上一人台的人选，也变得扑朔迷离了起来！

没有人可以预知自己的幻身到底是怎样的，更没法子比较强弱。从某种程度上来说，的确就是扶道山人所说的"看心看运气"。

在心里细细思量了一番，见愁已经明白了扶道山人的用意。

"能走到这里，一时的成败已经无关紧要。世上没有人可以永远成功，心性绝佳者，才堪当大任，踏上通天仙路。"

扶道山人听着周围沸腾的议论声，面上倒是一副"全在山人我意料之中"的沉稳表情。

"尔等六人，都在门前站上一站，看看会有怎样的是非因果，唤出什么幻身吧。"

无法无天无定无常之龙脉，无法无天无定无常之幻身。

十丈高的门，那一柄剑像是从头顶插下，显出古拙的凌厉与锋锐来。

见愁等六个人，全数回头看去。

如花公子笑了一声，姜问潮面上一片平静，左流则带着一种想要看穿这一扇门的好奇，小金跃跃欲试，夏侯赦眼底却有一片带着侵略气息的压抑与阴郁。

"走吧。"

见愁垂下眼帘，笑着说道，同时掩了眼底奇异的晦涩，走向了距离自己最近的那一扇正东的是非因果门。

崖山向西南三百余里。

剪烛派。

巨大的平湖被高山环抱，如镜的湖面倒映着苍青的山峦，照旧带着那种文人墨客吟咏的秀雅。无尽竹海被风吹动，沙沙作响。

平湖的尽头，矗立着剪烛派的大殿，飞檐高翘，亭台楼阁凌立空中。

排云殿前，有不少剪烛派弟子进进出出，这一片山野幽静之中，因此多了几分带着人气的热闹。

水面波平，只有风吹来的时候会有一道道的水纹。太阳洒下光辉，照得整片湖面烟波浩渺。

一道玄黑色的身影悄无声息地出现在了湖面之上。

腰上插着两柄长剑，一柄剑的剑鞘暗蓝，透着一股深海的沉静气息；一柄剑的剑鞘灰白，像是石壳，死气沉沉，看不出半分灵气。

　　黑袍之上织着的赤金在阳光之下，有一道道的流光掠过。

　　在剪烛派大殿走廊之上行走的女修们偶一抬头，发现了来人，纷纷停下脚步，看向那一身玄袍之人。虽是阳光满身，却无端给人一种刺骨的冷意。

　　一个女修冷声喝问："来者何人，竟敢擅闯我剪烛派！"

　　曲正风此刻眼底闪过了几分赞叹，将殿堂亭台修建在这两山峭壁夹缝之间，也算是略有几分奇丽之色。

　　只可惜……不久将不存焉。

　　听了那个女修的喝问，他想到了在青峰庵隐界之中发现的关于《九曲河图》的文字，想来剪烛派野心勃勃，皆因此起，不知此图现在是否还在门中。

　　不疾不徐，曲正风平静却森然的声音从湖上清晰地传了过去，传遍整个剪烛派。

　　"三息后，助剪烛派为虐者——杀。"

　　昆吾九头江湾外，小镇驿站。

　　"噗……"

　　又是一小口鲜血吐了出来。

　　许蓝儿周身灵光散尽，身形委顿。

　　剪烛派掌门烛心连忙收了自己度给许蓝儿的灵气，将她一扶："蓝儿，你可还好？"

　　许蓝儿脸色灰白，就连眼角那一颗泪痣都没了生气。

　　回想起"到了战"中的遭遇，她眉间顿时浮上一股煞气，眼底尽是凄厉！

　　"师尊，徒儿不甘心……"

　　经脉尽废，形同废人！苦苦练成的修为，在见愁一击之下全数化为乌有！

　　她连那深藏了许久的绝技都不曾使出，便再也没了机会，此生都不会再有。

　　"徒儿不甘心……"

　　若没遇到见愁，谁可阻拦她登上一人台？

　　若没遇到见愁，她还有大好的前途可以追寻！

　　若没遇到见愁，她怎么会变成现在这个鬼样子？

　　恨，恨得心里戳刀，眼底淌泪！

　　"好恨！"

　　她那一张已经瘦得只剩下皮包骨的脸已经扭曲了起来。

　　与烛心一起留在屋内的其余几个人都有些不敢去看，少女江铃有些畏惧地将头埋了下去。

　　坐在许蓝儿身旁的是剪烛派掌门烛心，她向来美艳的面容之上也笼了一层阴翳。

恨？谁不恨？

许蓝儿是她千挑万选之后，觉得最适合继承剪烛派的人，如今被见愁一轮红日斩劈下，竟成了废物。

看了许蓝儿一眼，烛心只觉十分烦躁。

"经脉被废，师父他日自会为你找寻修补之法。只是你也别哭了，哭有什么用？若彼时好生修行，今日何至于被人一巴掌打在脸上！"

"师尊……"

这话里藏着的不耐烦，许蓝儿几乎立刻就听出来了。她颤颤地抬起头来，只看见向来对自己颇为重视的师尊，眼底藏着几分冷淡。于是，心头一凛。

她已经不是昔日的许蓝儿了，于此刻的剪烛派而言，她更像是一个累赘……

"崖山如此嚣张，迟早会付出代价。我派有《不足宝典》在手，待小会之后，各大门派重新排定位次，中间的数十宗门已经联合好，就连通灵阁也答应了本座。"烛心在屋内踱步，声音里含着满满的冷意。

"此次，势必要将扶道老儿拉下执法长老宝座，只要让我得到了皇天鉴，再加上蓝儿你从隐界拿回的《九曲河图》，何愁没有翻身之日？届时我自会为你报仇。"

说着，烛心轻蔑地笑了一声，白皙的手在身前一握，仿佛万事尽在掌握："我就不信……"

噼啪！

话未说完，一道雷信忽然划破了晴空，竟然从窗户缝中钻入，直直朝着烛心而来。

烛心一怔，眉头紧皱，一看便知道这雷信是从剪烛派门中发出的，也不知道又发生了什么事。

她伸手一接，五指用力，便捻碎了雷信，一行带着惊恐的文字出现在了眼前……

在看清雷信所言之事的刹那，烛心只觉得眼前一黑，有些站立不稳。

怎……怎么可能……这跟她想的不一样！

摇摇晃晃地，烛心退了好几步，竟然连眼前都模糊了，下一刻险些跌倒在地。

剪烛派弟子见状骇然："师尊！师尊，你怎么了？"

"崖山……崖山……"怨毒的声音从齿缝之中磨出，烛心手指掐紧，美艳的面容瞬间扭曲！

青天白日。

那边已经发生的事情，还没来得及传入昆吾。

主峰正上方，悬浮着的广场已经变成了一个圈，圈中立着六扇十丈高的巨门，巨门之内，则有一座十丈方圆的小型广场。

此刻,入试六个人,已经全部站在了这六扇是非因果门前。

所有人的注意力都在这里了。

只是竟然还没有人先去推开门,似乎这六个人都在迟疑。

见愁也在迟疑。

每个人都只能看见自己,而无法窥探旁人的情况。她无从得知旁人怎样了,只将两丈长的龙筋取出。细细的一条,看上去像是一段金色的线,躺在她手中的时候,似乎有一点点的流光。

看向面前这一扇巨门,见愁挪一步上前,伸出了自己的右手,却又忽然停住。

龙脉无法无天无定无常,入此门后,出来的幻身可能是某种信念,可能是入门者的过去、现在或者未来,可能是她的反面,也可能是曾与她有过交集的人。

推开这一扇门,自己会遇到什么?又会经历什么?会暴露怎样的心性?最终又会出现什么幻身?

一切都是未知。而未知,则代表了恐惧。

见愁沉下心来,右手重新探出,终于慢慢地接近了那一扇巨门。

温热的指腹触到了冰冷的石门,也触到了石门之上雕刻的剑刃。像是一只手按进了湖中,一阵涟漪竟以见愁手指所触之处为中心,朝着周围扩散开来,原本有几分粗糙的灰色大门霎时间有了色彩。

在见愁按下的瞬间,它竟然变成了一扇简单的木门,浅黄褐色,一条又一条年轮像是湖面的波纹一样扭曲,有时候变成一张笑着的娃娃脸,有时候又变成无数呼啸的黑影……

从上插下的长剑,化作一道恐怖的剑痕,留在木门之上。

见愁按在门上的手掌,忽然僵硬。

门,以心证。

除了稍微大了一些,这两扇门见愁有些熟悉。

只因为,这样的门她来到十九洲之后便再未见过,它只存在于那有着一棵古榕树的小山村里,伴随着袅袅而起的炊烟,金黄的落日,还有那掩在一层层轻雾之中的墨色山峦……

唯有,这一道恐怖的剑痕划在这门上,也仿佛划在她心上。

此门,心门?

这就是扶道山人说的"看心看运气"吗?

若以此而论,她的运气着实算不得好。

一颗心微微颤抖起来,可见愁却不知自己为什么还能笑出声,甚至只在片刻的僵硬之后,便将脑海之中的一切杂念抛开,伸手慢慢推开了这一扇门。

悄无声息。

只有龙筋发出了淡淡的金光，分出一缕又一缕，进入了这一扇十丈大门。

像是推开了一扇富户人家的园门，精致玲珑的景致顿时出现在眼前。

那是一座不小的庭院，两边是长长的抄手游廊，假山立在清澈的水潭之中，偶尔有金红色的小鱼从水下游过，碧树已凋零，只有园子深处一丛一丛的红梅绽放着。

一层薄薄的白雪铺在园中的地面上，像是洒了一层白银。

红梅树林间，隐约露出一角高高翘起的飞檐，黑色的影子在红梅白雪之中格外醒目。

见愁站在大门之前，像是站在刑台上，只觉脚下是一片又一片锋锐的刀刃。

"天欲雪，正合红梅煮酒，饮一杯否？"一道声音，从那飞檐下传来。

虽见不着人，可光听那声音，就已经有一种凉沁沁的感觉，格外舒服。

这不是见愁认识的任何一个人，她的记忆里没有这个声音。

尽管重新看见这场景，多少有那么几分糟心，可一种亟待破局的好奇又萦绕在她心头。

会是谁？

脑海之中闪过了很多念头，见愁终于还是向前方走去。

手持无法无天无定无常之龙脉，一步进入。

一瞬间，木门消失了，狰狞的剑痕消失了，甚至就连背后的昆吾也消失了。只一步，见愁就走入了另外一个世界。

脚下有九级台阶，一级一级地延伸下去。

雪薄，见愁一步落下，便能将之踩实了，留下一个又一个脚印。

庭前的道路还算宽阔，可一靠近梅林，便显得清幽了起来。

见愁走到林前，将横在面前的一枝梅拂开，侧身走过，脑海之中的回忆却一个接着一个，恍惚之间听到欢声笑语传来，又有五弦琴音飘荡在林间，伴着男子清隽的吟咏之声……

"英雄一去豪华尽，唯有青山似洛中……"

哗啦！

红细的手指轻轻推开另一根欹斜的梅枝，从深红色的梅瓣上落下点点摇曳的积雪，沾在见愁月白色的衣袍上，很快染出一点点微微的深色。

她垂眼，无声地从旁侧经过，才放了手。再抬头，一座精巧的石亭已经在眼前了。

亭中有一张石桌，上头摆了一些粗陶的酒器，黄黑色的花纹勾勒，有一种朴素和简单，竹制的托盘上放着新采的一朵朵红梅，娇艳无比，暗香浮动。

桌旁放了一座红泥小火炉，绿蚁酒新焙，已在炉上温着。

一只素白的手挑了一朵红梅出来,将花瓣扯下,一瓣一瓣扔进酒中。

隐约的红梅香气没一会儿便融入了美酒的醇香之中,顿时变成了一种勾人无比的冷香,于空气之中散发着凛冽又勾人的味道。

是好酒。

也是美人。

见愁站在庭前,只能看见那侧对外面而坐的女人。一身墨绿色的长裙,上面有复杂的绣纹,基本以藤蔓和绿叶为主。光是瞧这侧影,见愁竟十分熟悉,想起了杀红小界之中的绿叶老祖来。

不过,眼前这个人显然不是。

"待得这冷香几近幽无,便可起而饮之。"凉沁沁的声音起伏很小,带了一点点的笑意。

那窈窕女子回首,朝自己身前一摆手:"请入座。"

一样的景致,不一样的人,也是不一样的心境和经历。

见愁心知这便是这一局的考验所在,便不拒绝,只走上前去,拂去身上沾着的雪花,坐到了绿裙女子的对面。

见愁抬眼打量对面的女子,却发现了奇异之处。

不管她打量的时候这个女人的五官有多清晰,一旦视线离开她的脸,脑中便是模糊一片,竟然想不起那个女子到底是什么模样了。

这绿裙美人的模样,在一片真幻之间。

"是非因果门,即是心门;是非因果境,即是心境。"

美人将粗陶小碗放到了见愁的面前,翘起的手指艳丽中带着优雅。

美人唇角一勾,是千万的旖旎:"你在此境之中所见、所未见、所将见,皆与己身所思所想所历所渴盼有关。而我,说不定也与日后的你,有所关联。"

这倒是奇妙。

"意思是,此境或与我过去有关,也或与我未来有关。"

见愁微微一笑,看向这绿裙女子的目光顿时带上了几分探寻之色。

"正是如此。"

那女子放下杯盏,又拿起一朵红梅,扯了花瓣,一片一片扔进炉上酒中。

"我非惜花人,只做摧残事。你入此境,便要经受我的考验,否则休想得到你的幻身。钥匙可带来了?"

钥匙?

先前扶道山人说,那龙筋便是钥匙。

见愁一伸手,将龙筋放在了石桌上,竹托盘旁:"此物?"

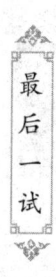

那绿裙女子点了点头,似乎目测了一下龙筋的长度,便饶有兴致地抬眼看见愁:"在此境之中,我的名字叫因果,你可以称我为因果道君。"

撕下最后一瓣梅,点进酒中。

热酒冒着热气,氤氲在冷风之中,酒液上有涟漪荡开,很快便将那一瓣梅的香息吸入。

自称"因果道君"的女子狠狠吸了一口,露出一脸陶醉的表情,叹息道:"你听说过极域吗?"

"……"

曾经见愁是没有听说过的,但自打进入十九洲后眼界变得开阔,此地又似与崖山有点儿关系,她还真的有所耳闻。

没有记错的话,那是一个极为奇异的地方。只是,对方平白无故提这个干什么?

她不由得掉转目光,看着炉上的酒。

问完这一句莫名其妙的话后,因果道君用一把竹制的素勺舀了酒出来,慢慢注入酒觚之中,再起身,娴静地将酒觚捧起,为见愁斟酒。

粗陶的碗,怎么看也算不上精致,也与眼前这一位因果道君不搭。可偏偏给人一种一切归于尘土的质朴感。

人从微末而来,再见这微末之物,忽然便有一种奇怪的感觉。

一摆手,因果道君又是一笑:"人间孤岛,四百六十年前,曾有过一本《南柯见闻录》。著书人自述归隐山林,与三二好友寻仙问道,只求得逢仙缘。一日游山,竟失足坠崖,亲朋皆以为其身死,谁料下崖搜遍却不见其尸首。"

"是入了传说中的极域吗?"

先前因果道君提起极域,如今又说了这看似毫不相干的故事,必定有其深意。见愁想也不想,便这般问道。

"你猜得不错,的确是极域。"

因果道君见她如此敏锐,便是一笑,也为自己倒了一碗酒,端起来抿了一口,眼底顿现满足之色,近乎迷醉。

"此人失足坠崖,于外人而言,是早已粉身碎骨。他并非真的身死,而是被极域吸纳。那是一个完全不同于十九洲的地界,暗无天日,地无灵气,其仕民小非我人族,繁衍生息甚为困难。又自命承天而生,要肃清三界罪恶。于是常开两界之门,引人入内,以供其驱使。美其名曰:赏善罚恶。若想要出去,除非极域之族为你划定的'刑期'已满,而且还要抹去有关于极域的一切记忆,再将人重投世间……"

见愁听着听着,竟想到了很多。想到了人间孤岛传言中的阴曹地府、轮回转世。

"难道?"

"哎……"

那因果道君知道她已猜到,也不卖关子,只是嘲讽地一笑。

"这著书人命有奇遇,得出之时不知为何不曾失去记忆。他在极域之时,虽眼见周遭世界诸般恐怖,又受了无数苦楚,但因其百年未死,还重回了人间孤岛,便以为此界是人'死'之后可延续生命之界,引得无数凡夫俗子以为人死还未结束,也真有意思……"

"想想连修士踏入修行之门,这命都只有一条,凡夫俗子却还想凭借肉体凡胎求得长生,何等的蒙昧无知?这天地间,一人,不过渺渺一粟,纵使寿数再长,比之于这浩瀚无垠的宇宙,又能算什么呢?长生,长生,当真有能共天地寿的所在吗……"

一时迷惘。

见愁往日从未想过,原来极域的渊源竟是这般。而因果道君这一番话,似乎也藏有奇异的深意。

谢不臣求的可不是长生吗?

可因果道君却慨叹疑问,这世间是否有真正能与天地同寿的长生。人的一生,要长到什么程度,才算"长生"呢?

见愁垂眸看着自己眼前这一碗酒,闻着几乎快要消散的梅花香,忽然问道:"道君说这么多,到底想告诉我什么?"

"呵呵……"

因果道君似乎没料到她竟会问得这样直白,微微一怔,随即便笑了出来,那声音有一种天然的不羁。

她通达又晦涩的目光微微闪烁着,终于还是悠悠然道:"告诉你,总有我的理由。这极域乃我十九洲最特殊的一界,传闻人之十念,三善七恶,却是能飘游其中而不受躯壳束缚。你今日不懂,他日总会明白的。毕竟你那杀妻的夫君不是什么普通人。不过还好,修士一死,身死道消,不管躯壳还是掌控躯壳的十念,都会被这宇宙重新化为混沌。所以,你若要杀什么人,一击毙命,他便再无翻身的机会……"

见愁眼睫微颤。

因果道君的红唇在她耳边翕张,一字一句,清晰无比。

"此酒名为'照见',饮之便可照见是非、正邪、善恶……它可以让你看见一切你想看到的、不想看到的,敢面对的、不敢面对的。你饮下此酒,照见你自己,本道君便指点你幻身所在……哈,我的见愁,你敢吗?"

敢吗?

见愁缓缓转头,目光正好与因果道君的目光对在一起,她只轻嘲一笑:"我饮此酒，于你无干。"

因果道君忽然一愣，似乎有些没明白见愁这一句话。

在她微怔的目光之中，见愁将粗陶碗端起，一饮而尽。

酒液入口，顿时一片烧灼。

凛冽的香息缠绕在每一滴酒液中，顿时弥漫见愁的全身。

"有意思。"因果道君忍不住叹了一声，而后随手朝桌上一指，那两丈龙筋竟然腾跃而起，直直朝着灰蒙蒙的天空射去，化作一个小光点，消失不见。

转瞬间，周围的场景全部消失。

雪，下了起来。

没了原来的庭院，没有了满庭的红梅，也没有了假山小池……

灰蒙蒙的天一下暗了下来。

耳边忽然有"哗哗"的水声，像是流水拍击在石头上，忽大忽小，就连脚下也开始晃荡起来。

见愁低头一看，石亭竟然瞬间化作一只小船，趁夜行驶在江面上。

前方有行船无数，亮着的灯笼漂在江面上，沾着江上的雾气，有一种世俗的安宁。

可他们这一艘船上，却没有半点儿光亮。

照着小船的，只有天上一轮素白的月。

哗啦啦……

江水从船侧流过，波纹切碎了月光，起起伏伏。

见愁抬眼一望，江上数峰苍青。

可这夜，竟如万古一样长。

一道瘦削的身影俯在船边，嶙峋的五指探入了那江水之中，长发被江风撩起，勾连着衣襟，仿佛依依不舍。

他眉峰如那江上的青峰，疲惫之中藏着伤怀，一张苍白的脸上带着病后的憔悴。

"逝者如斯夫，不舍昼夜……"

因果道君的影子已经消失不见，船上的见愁站在这一道身影的背后，不由自主地朝前面走了一步。

细微的脚步声响起。

他没有回头，只将手慢慢从冰冷彻骨的江水之中收回，像是不用猜都知道站在自己身后的人是谁一样，他分开那两瓣干裂的嘴唇，道："见愁，我们成婚吧……"

第六章
我心无妖魔

那是独属于谢不臣的温柔和缱绻。

嗓音里有隐约的沙哑,因为连日来不分昼夜地亡命,他终于病倒,昏迷了整整三日,直到这个深夜才醒了过来。

他的眼里也带着将浮华都淹没的沉静,望着她,满心满眼都是她,等待着她的回答。

而这一刻的见愁,浑身僵硬。

她险些分不清自己到底是在什么地方,看见的是什么人,又到底是在经历什么。

船行江上,随着江流荡漾。

见愁的心绪,却像是大海上猛烈的浪涛,汹涌澎湃。

"是答应,还是不答应呢?"戏谑的声音从虚无之中响起,落入见愁耳中。

她僵硬地站着没动。

因果道君忍不住笑了起来,却不是一般女子那般的温柔,反而有几分爽朗:"厄运的起始,恨意的开始……

"如果再给你一次选择的机会,你是答应,还是不答应呢?这是你真实发生过,难以面对的过去……

"六扇因果门,果真是好东西,不是吗?"

见愁依旧没有说话。

她凝视着站在自己对面的谢不臣,瘦削的脸颊,透着几许冷峻的眉,似乎因这几日突发的种种事端染上了霜寒之意,可那眼神是微暖的。

曾记得,便是谢不臣这一刻的眼神,在满江揉碎的波光之中让她终于投降,从此与他生死不离、患难与共。

谁许她一世共白首?如今只有仇满心、恨满腔!

站在谢不臣面前,站在这飘摇的小船上,天上的月亮照在两个人的身上。

兴许是因为她持久的沉默,兴许是因为她脸上晦涩的表情,船边的谢不臣似乎有些担心,忍不住朝她走了一步。

那向来平静的眼底少见地出现了几分不确定,甚至还有一种希望可能破碎的脆弱。

他似乎，有些害怕，害怕从见愁的口中得到一个否定的答案。

"待安定下来，我们便隐姓埋名，不再颠沛流离。从此以后，你我是彼此唯一的家人，我们生儿育女，慢慢白发满头……"

他的声音平缓柔和，又低沉，像极了这江上浪涛的声音。

一字一句，清晰无比。

谢不臣朝着她走了过来，将她冰冷的手握住，慢慢搓了搓，似乎想要帮她暖手，可下一刻他好像才意识到自己的手也是一样的冰冷，因为才从江水之中抽出来。于是动作一僵，他忽然摇头一笑，似乎是对自己这般难得的考虑不周全而发笑。

这一瞬间，笑容点亮了他那张苍白的脸。

见愁的心，忽然颤了一下……

多熟悉啊。

她眨了眨眼，似乎觉得眼底藏了什么东西，又像是在思考什么。

最终，见愁也轻声一笑，如同叹息一般："生儿育女……"

缓缓闭上眼。

夜，还有这样、这样长。

昆吾主峰之外，还看着木门之上场景的众人，顿时都一头雾水。

"那是什么地方啊？"

"那个人又是谁？"

"太模糊了……看不清啊。"

细碎的议论声在云海广场的四周响起。

横虚真人没有说话。

扶道山人以前所未有的凝重表情注视着那一扇木门，那一扇见愁走入的木门。

"见愁丫头啊……"

"担心了？"听见他这一声，横虚真人终于开口问道。

扶道山人看他一眼，冷哼了一声："只怕最担心的人不是我。"

话中有话，不是他熟悉的扶道。

可他们……的确在很早以前就已经开始生疏了。

横虚真人没有回话，只是看向了那十丈高的巨门，一片模糊的月亮，像是镶着毛边，江水上漂着渔火与行船，影影绰绰的。

所有外间人都只能看见那片像是被水雾蒙着的画面，一点儿也不清晰，只能隐约从这些画面中猜测到底发生了什么，或者入门者究竟遇到了什么人。

而见愁，站在这小船上。

071

她的面前出现了一名身材颀长的男子，人人都能看见他的身影，却少有人可以猜出他的身份。

只有昆吾门中少数几个人有点儿熟悉的感觉，可又有些不敢相信。毕竟，如今风头正盛的崖山新一辈第一人，怎么会与昆吾近几年天赋最高的真传弟子谢不臣有交集呢？

或许……见愁看见的是未来？

横虚真人座下三弟子吴端，不由得有些困惑地皱起了眉头。

接触过谢不臣的人或许有那么一点儿隐约的感觉，但没接触过他的人自然无从猜测。

从一开始，他们就在关注见愁了。

毕竟，同样一扇是非因果门，别人的门可没有见愁这一扇"触目惊心"。

在恐怖剑痕出现的刹那，全场的目光便差不多都奔着见愁那边去了。只是没想到，第三试并不像上一试，观战之人不再能清晰地看见里面的场景。

入试者进入门后的场景，通通变得模糊起来，也许是扶道山人不想让这些弟子的弱点暴露在众人面前，于情于理都讲得通。

但越是这样半遮半掩，越是能勾起人们的兴致。

就像此刻，所有人都忍不住在心里想：这一位近两年才成为崖山大师伯的女修到底拥有怎样的内心世界，又经历过什么，那个握住她手的男人又是谁？

偏偏没有更多的线索。

不少人也在看其他人的情况。

六个入试者进入六扇是非因果门，却展现给所有人截然不同的画面。

东北，左流。

手腕上缠着的一丈龙筋已经化作一条蛟龙腾跃出去，投入万丈虚空之中。

左流的手上还拿着那本蓝皮簿子，嘴里叼着一杆快要秃了的毛笔，这会儿一头雾水，还没明白到底发生了什么。

说好的幻身呢？他迷茫地眨了眨眼。

刚想要继续往前走，便忽然发现自己眼前冒出一片又一片的金光，金光之中夹杂着一缕又一缕幽暗的墨气，一下抽离了出来。

"哎哎哎，这什么鬼东西？"

幽暗的墨气，简直像是一缕又一缕森然的鬼气。

左流胆子不大，此刻差点儿被吓趴下，可下一刻他就瞪大了眼睛，惊呼："我的姥姥！"

一缕墨气从他的蓝皮簿子上飞出，在虚空之中凝聚了，霎时间化作一个活生生的人。

而且，还是一个左流见过的人！

白发苍苍的老头儿不苟言笑，却偏偏有个红色的酒糟鼻，发际线还高得很，只怕离秃顶不远了。

在看见这个人的第一眼，左流就认了出来："望江阁的护法长老张鸣前辈，我崇拜的第六千八百九十六个人！"

咻！

又一道墨气飞了出去，蓝皮簿子上的名字消失不见。

这一次凝聚而出的是一个一身素色道袍的道姑，微胖，看上去有种怨妇的气质，不是很好相处。

左流再次脱口而出："天雪楼的芙蓉仙子！我崇拜的第九千九百七十五个人！"

一道道的墨气飞出，一个又一个的名字消失，一位又一位活生生的修士出现在他面前……

几息间，虚空之中像是排了无数泥塑木偶的神殿一样，出现了无数表情形态完全不一样的人，他们都是在左流死缠烂打之后，勉强将自己的名字写在了蓝皮簿子上的人，都是左流崇拜到了极点的人！

"幻身，你们就是我的幻身，对不对？"

环视一眼，密密麻麻的都是人，少说也有上百位修士！

天哪，简直发了！

左流摸着眼前一个壮汉的臂肌："壮士，我的幻身……"

砰！

一个沙包大的拳头在左流靠到那壮汉怀里的瞬间，落到了左流的脸上。

"噗！"

左流被这一拳揍倒在地。

壮汉冷着一张脸，嫌恶地看着左流，慢慢收回了拳头。

左流蒙了："难道你们不是我的幻身吗……"

这完全符合之前扶道山人说的啊，这就是他心里最在意的东西，这些人都是他最崇拜的人啊。

为什么……为什么"幻身"竟然会打他？

彻底不明白了！

左流不信邪，一骨碌从地上爬起来，走向了旁边一个挂着拐杖，看起来异常慈祥的老奶奶："寿姥姥，晚辈左——"

咔!

浑圆的拐杖头在左流话音出口的瞬间，打在了他的膝盖上，顿时发出了一道令人心颤的声响。

紧接着响起的，是左流的惨叫声："嗷嗷嗷嗷，我的膝盖骨啊！"他直接跪倒下来，惨呼不已。

可惜，围在他的身边的上百"人"，竟然都对他的惨叫无动于衷。

西北，姜问潮。

在无法无天无定无常之龙脉投入混沌的瞬间，通灵阁那高高的殿堂出现在了姜问潮的面前。

"抱一殿？"

似乎是惊讶于自己眼前所见，他皱了眉，却又忍不住朝着前方踏出了一步。

于是，大殿之上的场景顿时清晰。

门中的师长一个比一个严肃，皆冷漠地坐在大殿之上，所有冰冷的目光都聚集在一道身影上。

那是一个跪伏在大殿中央的青年，他穿着一身枫叶红长袍，却不复昔日的热烈。

那个青年有着一张年轻的脸。

天才的荣光，此刻全数从他身上退去，只剩下难言的惶恐。

他无措地抬起头来，看向大殿之上，企图从所有人的表情里找到一点点希望。

可是没有，一点儿都没有。

每个人都用那张从模子里刻出来的带着冷漠和失望表情的脸看着他，又或许懒得再看……

那一瞬间，姜问潮忽然浑身僵硬，将拳头握紧。

大殿之上端坐着的师长们好像忽然感应到了姜问潮的心绪一样，豁然转头，冰冷的目光落到了他的身上……

正西，小金。

"西瓜……"

"好多西瓜，天哪！"

简直是一片西瓜的海洋，翠绿的瓜皮、深浅不一的花纹，像玉石一般。

小金进了是非因果门后，便看到了一片广阔的瓜田，他毫不犹豫地冲了过去，抱抱这个瓜，拍拍那个瓜，脸上露出一种幸福得就要晕倒的表情。

"世界上最幸福的事情，就是当一个辛勤耕耘的瓜农啊！"

西南，如花公子。

"洒家从未见过如此厚颜无耻之人！"

"来啊，干一场！"

"大口吃肉，大碗喝酒，好男儿当如是！"

"力拔山兮气盖世……"

大地上，一名又一名身姿壮硕的男人破土而出，像是从地里种出来的一样，他们拍着如花公子的肩膀，在他绣满繁花的衣服上留下了一个个脏兮兮的手印。

丑陋而遒劲的肌肉，没有丝毫美感；弥漫而微酸的汗臭，更是难以忍受；满脸络腮胡，一口黄褐色的牙，快要扎出来的黑色鼻毛，张口时喷吐而出的口臭……

不管哪一样，都让人无法忍受！

无花公子衣袍之上秀美的繁花在被那手掌印上之后，惊恐又嫌恶地缩回花瓣。于是一朵原本盛开的花，便在如花公子的衣襟之上变成了一朵含苞待放的花骨朵。

每一片花瓣，都紧紧闭合起来，将自己死死地保护在内。

眨眼之间，华丽的衣襟之上竟然连一朵开着的花都没有了。

手指之间掐着的那一朵小花终于一折，顿时在如花公子指间枯萎。

那一瞬间，他慵懒的脸终于沉了下来："污秽如泥的臭男人们……"

五指紧握，而后一张！

如花公子抬手就是一巴掌，扇飞了面前一群壮汉！

"真是让人不舒服的是非因果！"

东南，夏侯赦。

"从此以后，你便是万器之皇，万兵之主！

"天下再无人是你的朋友，举世皆敌！

"你不再需要这些人，也不再需要虚伪的朋友，只要你一个人，便可纵横十九洲……"

虚空之中回荡着一道威严却猖狂的声音，夹杂着镣铐的金属撞击之声，格外瘆人。

夏侯赦踩在云端之上，每一片云都是诡异的赤红色。

下方荒凉的原野上，枯黄衰草接天而去，凄冷的断茎在风中颤抖。

一座座的坟墓伫立在原野上，每一座坟墓都是一把尘封的武器，等待着有人挖开坟墓，撬开棺材，让它们一一重见天日……

这是他无比熟悉的场景了。

夏侯赦在云端之上走了两步，脑海之中却回忆起别的什么东西来。

"哼,让他这个怪物一边儿待着去吧!"

"就是他,就是他,就是他搞的鬼!"

"怪物,滚出去!"

谩骂,斥责,讥讽……

"嗤!"

可是那又如何?

今时今日,他已经成为封魔剑派新一辈弟子中最强的所在,前途不可限量,还有谁敢站在他面前,说出那些不逊的话语?若有,他势必拧断他们的脖子。

举世皆敌又如何?

孤独的强大,多少人羡慕不来。

夏侯赦嗤笑着一步迈出,便要下到那原野去。

可就在这一瞬间,一道柔和的白光从红云之中飞出,缓缓停在了他的面前,那是一颗圆润雪白的珠子……

每个人的际遇都不一样,也没有人知道,这些画面到底意味着什么。

它们可能真实,可能虚幻,可能是入试者的正面,也可能是入试者的反面,可能是他最渴盼的东西,也可能是他最恐惧的东西。

而对见愁而言,早已有了答案。

那是她一直应该面对,却不愿意面对的——

过去。

"答应他,便是苦海和地狱,苦痛与折磨,你已经经受过一次,还要重蹈覆辙吗?"

因果道君的笑声,似乎就在耳边,见愁却像是听不见一样。

见愁,我们成婚吧。

好。

这是她当年的答案。

她曾以为从此以后幸福来临,她拥有了天下所有女子梦寐以求的一切……

可事实告诉她,她只是打开了厄运之门,让不幸降临到自己的身上。

脑海之中有无数的回忆闪过,见愁的脸上却看不出半分的异样来。

"唉,懦弱的女人啊,你的心在犹豫……到底是个英雄,还是个懦夫?"

依旧是因果道君的声音,见愁却觉得她有些聒噪了。

懦弱的女人?

自己到底是哪里给了她这样的印象?

见愁那满布着伤怀的脸上忽然出现了一抹笑，一抹难以言喻的笑，像是对着那不知在何处的因果道君，也像是对着站在自己面前的谢不臣，缓缓勾起。

她回握住他冰冷的手，凝视着他染了风霜之色的面容，只启唇道："好。"

好，我们成婚。

"你疯了！"

因果道君简直无法相信见愁的选择。

凶猛的业火忽然从眼前一身墨绿色长袍的男子身上涌出，一瞬间将见愁吞没。

她看不清大火之中谢不臣的表情，甚至连轮廓都模糊了。

整片江面上，一点一点的渔火瞬间蔓延，一瞬间将这江面烧成了一片业火地狱！

天上月，一片血红！

见愁的脸上，却没有半分痛苦之色，平静而森然。

"懦弱？

"道君从何处来的误解，竟以为我是个懦夫？"

因果道君忽然一怔。

业火狂舞着，要将她拉扯下去，焚毁一空。

见愁身上的血肉似乎都要为之侵蚀，可骨骼之上却有一层淡淡的青莲灵火浮出，抵御在外。

"这不过是我的过去，是我过去的选择，是我过去的回答，是我曾经历过的一切，在答应他的这一刻，我心里终究欢喜……

"否认过去，便是否认过去的我。

"没有昔日的回答，又何来今日的见愁？"

纵使往昔不堪回首，亦不必回避。她无法改变自己的过去，却还可以掌控自己的未来。

因果道君彻底愣住了。

是非因果门内，多少人困囿于此，不得真门而出？

如今竟然叫她听了这样一句话。

谢不臣的身影已经化作无尽业火之中的一部分，再也分不清到底哪个是他，哪个是业火。

或许，他便是见愁的业火。

而她就被业火包裹，似乎难以挣脱，只有那一双眼眸，像是早已经看穿了世事的变幻，波澜不惊，喜怒不形于色。

此时，虚空之中隐约露出了一点儿翠色的轮廓。见愁的目光便移了过去。

那一瞬间，因果道君看见了见愁的笑容。

业火顿时小了,最终渐渐退去,重新凝聚成了江面之上的点点渔火。

一艘小小的行船重新出现在见愁的脚下,只是面前没有了谢不臣。

"咳咳……"船篷之中,隐约传出了几声咳嗽,压抑着,又像是人在毫无意识时发出的。

见愁站在陈旧的船上,冷淡地看着船篷内。

可就在听到这道声音的同时,有一道身影从她身体之中走出,像是另一个她忽然从她站的位置走了出去,脸上带了几分忧心和焦急,很快进入了船篷。

船篷里有一个侧卧的身影,蜷缩在狭小的空间中。

略带着几分潮气的棉被裹住了他的身体,谢不臣苍白的脸色在昏暗中也是十分明显。

清俊的眉紧皱,人并没有醒,只是无意识地咳嗽着。

"见愁"蹲了下来,摸了摸他的额头,眼底露出了几分隐忍的泪意。

"还在烧……"

得去取清水来,这样烧下去不是办法。

她就要撤回手离开,没想到却被一只忽然伸过来的手握住。滚烫的掌心,一下灼得她无法动弹。

谢不臣紧闭的双目睁开了,疲惫和病弱之感并未散去,眼底却有了一点点的笑意。

他手上一用力,将她拽回来,让她朝着自己跌倒过来。

"见愁……"呢喃声。

"你……"

"见愁"被他抱在怀里,他尖尖的下巴搁在她温暖的颈窝处,她可以清晰地感觉到谢不臣脸颊上滚烫的温度,像是一只火炉挨着她一样。

他没再说话,只是沉沉地耷拉下眼皮,像是什么也不知道了。

见愁就站在船篷外,而另一个她就像是根本看不到她一样忙碌了起来。

慢慢拿开了谢不臣的手,她起身走到外面,从水壶里取了干净的水来,拧了湿的绢巾搭在他的额头上,守了半夜,见他烧退了,才在黎明时分撑了船篙,朝着不远处的渔船靠去。

一家一家地问,她用身上微薄的积蓄换得了自己需要的东西。

那是一些还算新鲜的鱼,一些旧的锅碗瓢盆。她一一洗净了,仔细地熬了一锅不算精致的鱼汤。

分明也是一身的虚弱疲惫,可她不过尝了两口鱼汤,便端进了船篷。

这分明是一段俗世生活的场景。

昆吾那些围观的人都有些不明白，她在照顾谁？又为什么要照顾那个人？那是崖山大师姐踏入修行路前的经历吗？

疑问不但没有减少，反而多了起来。

旁边的吴端忍不住倒吸一口凉气。

第一眼便觉得熟悉，而在那男子将手探入江水之中的时候，一幅画面便从吴端脑海深处奔涌而出——在九头江的江心之上，谢不臣曾抽江流为剑！

还能是谁？还能有谁？

吴端瞬间感到毛骨悚然，可又不敢确定。没有人知道六扇是非因果门之中发生的到底是什么事，可能是过去，也可能是将来……

怀疑又不敢确定，吴端还是忍不住，将目光投向了站在诸天大殿台阶之上的横虚真人。

一道电光忽然由远而近，噼啪作响地朝着横虚真人飞来。

周围顿时有不少人惊讶地看了过去。

雷信。

扶道山人瞥了一眼，面色如常："你们昆吾的弟子真是越来越不懂事了，竟然敢对你发雷信，真是嫌命长……"

附近有昆吾长老听见了，忍不住对扶道山人翻了个白眼。也不知当初是谁把雷信发到了诸天大殿上，险些炸翻大殿。现在还有脸说别人！

横虚真人自己倒是并不介意，只是将手中那小小的电蛇一捻，霎时间雷信成形。

这封信的内容，于是了然于心。

只是在看完之后，横虚真人的脸色沉了下去，十分凝重。

与此同时，天边竟然飞来了密密麻麻的雷信。

场面壮阔！

因为左三千小会，整个中域各大门派的掌门和长老几乎都在此处，此刻无数的雷信分别飞向了不同的人，有的早，有的晚。但在捻开雷信的瞬间，无数人面色大变！

中域中等宗门剪烛派被屠戮大半，生者寥寥！

仗剑行凶者，崖山，曲正风！

一时间，整座云海广场上一片死寂。

其余人为这场面所骇，纷纷交头接耳起来。

人群之中，一名一身白衣的修士见此情状不由得沉思起来。

他的眉宇之间带着几分英挺，给人一种阳刚之感。

右眉染着几许灰白，正是见愁等人之前在飞天镇偶遇的北域修士裴潜。

眼见着周遭众人震悚，纷纷议论了起来。他凝神细听一会儿，便见所有人似乎都若有若无地看向了扶道山人，心中便有了猜测。

唉……中域竟是这样一个是非之地。

裴潜思索片刻，悄无声息地向四周看去，便瞧见了不远处聚在一起的崖山弟子。

手一翻，一只乾坤袋便已经被他勾在指间。

身形一闪，他化作一道风，向着那边还在谈笑的崖山众人而去。

崖山戚长老之子戚少风看着前面的情况，疑惑地眨了眨眼。

颜沉沙站在他身边，手中摆弄着那一管箫，眉头紧皱，正待说话，便见前面一道残影忽然卷了过来。

"什么人？"他一声断喝，便要出手。

没想到，那一道影子竟然从戚少风身边一晃，便飘然而去。

"咦？"戚少风怔住，只觉得自己手中像是被塞了什么东西，低头一看，竟然是一只乾坤袋，看上去普普通通，不过袋口系紧，却没有神识印记，这只乾坤袋竟是无主之物。

"这是什么？"他疑惑了起来，犹豫着要不要打开看看。

颜沉沙早已没了人影，显然是追着那一道残影而去。

某个角落，正注视着六扇是非因果门的唐不夜也像是忽然感应到了什么，眼底闪过一道精芒，霎时间回首看去，而后纵身一跃！

找了半年多，没想到啊，踏破铁鞋无觅处，得来全不费工夫！

那不是叛徒裴潜，又是何人？

唐不夜顿时一阵冷笑，再也顾不上看什么热闹，直接化作一道弧线，投向远处……

此刻，正西方的大门中，那一片辽阔的瓜田场景忽然消失。

巨门之上，光华闪烁。

依旧身穿兽皮短裤、赤着脚的小金竟然从那扇巨门之中走了出来。

一个巨大西瓜的虚影，也缓缓从巨门的这一侧浮现出来，并且随着小金踏出的脚步，慢慢凝实，而后竟然猛地从门上一拔，凭空出现在了小金头顶两丈高的地方。

那是一只……巨大的西瓜，上面还有两只眼睛，一张小小的嘴巴！

"那是什么？"

"难道这是他的幻身？"

"我的娘啊，这不会是西瓜精吧……"

昆吾之上的气氛原本有些诡异的沉重，可在这大西瓜出现的一瞬间，便有修炼已久的长老嘴角狂抽，脑子里有再复杂的念头这会儿也消失了个一干二净！

小金抬起头来，好奇地看着头顶的大西瓜。

只有眼睛和嘴巴，却没有手脚。

"天啊！好大的西瓜……"

那巨大的"西瓜精"在半空中转过了硕大的身子，居高临下地瞥了他一眼。

"呸！"嘴唇一歪，嘴巴一张。

扑哧扑哧！

一把黑色的西瓜籽竟然被那"西瓜精"吐出，暴雨一样落到了小金身上，砸得他哇哇大叫起来！

"妈呀！好可怕！"

小金万万没想到可爱的大西瓜竟然会变成这样，再仔细一看，那大西瓜眼睛一错，竟然又朝自己看来。一瞬间，他后背汗毛都竖了起来，怪叫了一声，开始逃命！

大西瓜见状一转身，便追着他去了。

昆吾之上，众人慢慢地将难以言喻的目光投向了扶道山人。

扶道山人险些被鸡腿噎着，再一看，就连横虚真人都看向了自己。

他吞了一下口水，眼珠子转了转，咳嗽着解释道："这个……想必是他平日吃多了西瓜，所以头顶上这个西瓜精幻身，是他的报应吧……"

这也行？不少人被他这样的解释气得眼前一黑。

第一个从门中走出的人，幻身居然是一只大西瓜，不知道其他人……

一时间，顿时有人为还在门内的其余五个人担起心来。

正东方，见愁那一扇是非因果门内。

小船顺江而下，一路漂了很远。

一个"见愁"在船上，另一个她，冷眼旁观。

在逃命的路上，他们遇到了形形色色的人。

曾因为盘缠用尽，"见愁"当掉了自己身上仅有的首饰，还有老夫人送的玉佩。也曾为了几粒米，去沿岸的渔家帮忙，学会了织网，甚至自己捕鱼。她也曾与沿江的贩夫走卒斗智斗勇，从盐帮的小混混手里拿到治病的药材，也曾一把剪子横在自己脖子上，逼退觊觎的登徒子……

似乎一切都没有白费，因为一切似乎都有了圆满的结果。

谢不臣终于醒了。

他带着她，很快找到了一个偏僻的地方，那里有没被谢家牵连的人，他改名后与她成亲，一切似乎都平静了下来。

那种着一棵大榕树的村子，被人们称为古榕村。

树上挂着一条又一条新新旧旧的红绳、红布或者红绸，还有一些祈福的小福包，整棵榕树绿荫浓密，点点的红被风吹起，飘荡起来，透着安宁又朴素的祥和。

"见愁"站在树下，用难得欢喜的目光，望着这一棵老树。

细细的和风吹拂着她的脸颊，被树枝切碎的阳光铺在地面上，也铺在她身上，让她整个人看上去宁静又温和。

就是这里了吧？

她双手合十，像是这天地间众多的善男信女一样，祈求着。

谢不臣就站在她身边，带着一身跋涉的风尘，也抬首而望。只是没有人看见他那一时难言的眼神。

同样在这一棵树下，见愁也抬首而望。

满树枝丫，一条又一条的红绸，是无数人美好的愿望。

"把你那一把银锁也挂上去吧。"离开村子的时候，路过这一棵老树，扶道山人如是说。

这一刻，心念微动，见愁觉得像是回到了过去。

像是感觉到了什么一样，站在树下，双手还合十的"见愁"忽然朝她站的位置转过头来。

于是……她的过去，她的如今，四目相对。

过去的那个她，眼底带了几分迷惑，几分惊讶。脚向前一迈，她似乎便要向她走来。

见愁一下想起了方才在船上的时候，从她身体里走出去的那个"她"。

眼见着她一步步走来，似乎就要回到自己的身体里，见愁忽然笑了一声，摇了摇头。

弃我去者……

昨日之日不可留。

唰！

在她惊讶的目光之中，见愁拔出了天明斧，朝着身前一划。

平坦的地面顿时被划开一道巨大的裂痕，如楚河汉界一样分明。

这一瞬，身在昆吾的所有人同时惊诧异常。

割裂过去！

鸿沟，天堑，裂缝逐渐扩大。村庄顿时被割裂为两半。

今日的见愁站在这头，昔日的见愁站在那头。

她凝视着她，她也凝视着她。

一个的眼神里带着不解与疑惑，一个的眼神里只有冷漠与平静。

一个一袭素衣，身无挂饰，带着对生活的期待和向往，美好得让人舍不得打破；一个一身月白，手中持着狰狞的巨斧，一颗心已渐如止水。

素淡的唇，缓缓勾起。

在昔日之见愁的凝视之下，今日的见愁转身而去，一身云淡风轻。

隔着鸿沟，昔日的她只能遥遥注目，却无法跨过。

小山村的道路，一如既往地朴素。

可就在见愁转身跨出第一步的瞬间，脚下的长路忽然变成了一个铺开的巨大竹简，一个又一个刻下的文字，随着她迈开的脚步慢慢在她脚下生成，记载着她走过的路。

前方的道路，一片空白，一个字都没有。就像是近在眼前的未来，等待着她去书写。

无数的画面，走马灯一样出现在这竹简长道的两旁，很快掠去。

是小山村的大榕树，是雨中孤独的新坟，是倒在地上沾了泥土的墓碑……

是青峰庵隐界门外乱窜的光芒，是扶道山人持剑而立的身影，是茫无际涯的西海剪影……

是聂小晚紧握住她的手，是陶璋蒙着的一只眼，是张遂背着的带鞘长剑，是寒夜里飞舞的蜉蝣……

是西海之畔九座厚重的天碑，是崖山长长的索道，是无数崖山同门的面庞……

也有无尽的声音在她耳边掠过。

见愁一步步走去，也就慢慢能看清了，站在尽头的那一道深碧的身影，因果道君的面容依旧不清晰，却带着一抹奇怪的笑意，注视着她。

"娘。"一声奶声奶气的呼唤，天真又懵懂，忽然从见愁身后传来。

用刻刀刻下的文字之中忽然冒出了一团光，很快就变成一个唇红齿白的小娃娃，他挥舞着胖乎乎的小手，望着前方见愁的身影，眼里全是渴望。

"娘，娘……"

他跌跌撞撞地朝着见愁跑去，还伸出自己的手，似乎想要牵住娘亲的手。

这一瞬间，见愁的眼底忽然涌出了几分潮意。

留？走？

一念挣扎，小孩子终于跑了上来，开心地拉住了见愁的一根手指："娘！"

是孩子的声音，软糯、香甜。是孩子的手掌，软软的，让人舍不得挣开，生怕伤了他。

这感觉是如此陌生，以至于见愁恍惚了起来。

那小手拽着她的小指，有些无力。

一根红绳缠了两圈，系在他的手腕上，下面还挂着一把小小的银锁，正轻轻晃动着。

那一瞬间，见愁几乎控制不住自己，就要回过头去。

可是——怎能回首？怎敢回首？

那是她已斩断的过去，无法回首的昔日。

霎时间，泪如雨下。

她心里像是有千把刀在划，她却只将双眼一闭，挣开了那没有什么力量的小手，大步向前走去。

空白的竹简之上新的文字出现，刻下了新的篇章。

背后，却是一声声颤抖无助的哭喊。

"娘，娘……"

"娘亲不要我了……"

"等等，等等……"

"娘——"

"哇呜呜呜……"

像是忽然摔倒在地，然后便是撕心裂肺的哭喊。

她的心，在哭声响起的一刻忽然麻木了。

因果道君的一声叹息穿过了似乎没有尽头的竹简长道，落入了见愁的耳中。

"你的血，是冷的吗？"

见愁没有回答，脸上泪痕未消，她只抬手擦了个干干净净。

冷？不，她身体里流动的血一片滚烫，灼得她快要迈不出步伐，走不完这脚下漫长的路了。

见她不答话，因果道君又开口："那是你的孩子，你的骨肉，你都不回头看上一眼吗？"

"道君有逆转生死之力吗？"

见愁抬首望向她。

忽然沉默，过了好久，因果道君才答："没有。"

"所以无尽的幻象，又怎值得我回看一眼？"见愁呢喃了一声，似乎要用这样一句话说服自己。

若真有那么一日，叫她窥见了真正的希望，自当为之疯狂。可如今……何苦用过去羁绊自己？

"该有的仇，该有的恨，我一样不少。只是我心里，并没有这一路上诸般鬼怪妖魔。"

过去的她依旧站在时光鸿沟的另一头，无法跨过这恐怖的天堑。她用一种莫名的目光注视着不断前行的她，似乎是祝福，又似乎是祷告，还有深切的怜悯，不知到底是怜悯她，还是怜悯自己。

这时，长道之上忽然出现了一扇新的大门。

因果道君便站在门前，看着渐渐走近的她，忽然想起一句话："道君从何处来的误解，竟以为我是个懦夫？"

她不是懦夫，是个英雄。

见愁已来到门前。

在因果道君的注视下，她看向了这一座巨门，仿佛感知到了她的目光，原本黯淡无光的大门忽然一变，一半化作冰冷的纯黑，一半发出灿烂的金芒。

因果道君的声音在她耳边响起："你的世界，已经没有第二个选择。"

斩断过去，分割今昔。

她的世界，只有未来。

第七章
六方幻身

"入此门去,再无回首。"因果道君如是说。

见愁在门前驻足片刻,一颔首,只身入门。

诸天大殿之前,云海广场之上。

硕大的西瓜还在追着小金狂吐西瓜籽,一颗西瓜籽足有婴儿拳头大,落到人身上,一砸就是个大包。

小金被打得四处乱窜,嗷嗷直叫。没一会儿已经满脑袋是包,他也强行忍住,宁死不屈:"你就算打死我,我还是要吃瓜!吃!瓜!"

大西瓜更为愤怒,大口一张,便是更密集的西瓜籽如瀑布般落下!

"嗷嗷嗷嗷……"小金又怪叫了起来,往旁边死命逃窜。他一下没注意方向,竟然冲进了人群中。

于是,所有人都骂了起来:"怎么进来了!快跑快跑!这个怪物!"

噼噼啪啪!

西瓜籽疯狂砸落,众人都遭了殃。

整座广场上一片混乱,其余人生怕被这怪物误伤,连忙退开。原本观战的人群像是被潮水冲散了一样,一会儿的工夫就已经向外面扩了足足百丈远!

小金欲哭无泪,什么破是非因果门啊,简直坑人!

他一边死命地朝前面奔去,一边飞快地看了一眼那六扇门,只是跑着跑着就感到了不对劲儿。

"为什么不继续打我了?"

持续砸落的西瓜籽消失了,就连地面上那巨大的影子都消失了。

大西瓜不追他了?

小金停住脚步,向后方看去,顿时睁大了眼睛。

方才还追着小金跑的大西瓜在半空中转过了自己庞大的身躯,看向了下方一座巨门。

那是西北方向的门,姜问潮。

一步迈出,姜问潮的身影出现在了巨门的这一侧。伴随他身影出现的,却是……

一面石壁。

深绿色的青苔遍布，古老的文字数百，一笔一画极其工整，就连这些笔画的缝隙里也有细小的青苔。

"三省崖"，三个字笔力雄劲，又似带着黯然的忏悔，落在石壁的最右侧。

在这石壁出现的瞬间，众人顿时感觉到了一种奇怪的气息。

黯然，恐惧，还有……忏悔，拷问。

人人心里都有那么一点两点的罪恶，于是由这石壁之上让人看不懂的文字而起，勾出了隐藏的情绪……

大西瓜自然也看见了，不过它实在没什么情绪，只一张嘴巴，在众人的目瞪口呆之中，朝那面石壁吐了几口西瓜籽。

噼噼啪啪！

西瓜籽粒粒带风，全数砸在石壁之上。

没有任何作用。

姜问潮就站在自己那一扇巨门之前，面无表情地看着"飘"在半空之中的大西瓜。

小金远远地看着这一幕，头上立刻冒出了冷汗。

完了，这蠢西瓜好像踢到铁板了。不过……最后一试是幻身之间的交战，那不就是大西瓜与石壁之间的交战吗？也就是说，没他事了？

想到这里，小金顿时高兴起来，就要掏出西瓜来啃，可那笑容才露出来，天上那西瓜像是后脑勺长了眼睛一样，竟然一下掉转了方向，朝他冲了过来，继续吐西瓜籽！

"娘呀，为什么还是我？"小金吓得拔腿就跑，忍不住悲愤地大喊起来。

"哈哈哈哈……"这一幕顿时逗笑了远处围观的人，叫你刚才乱跑，自作孽不可活啊！

扶道山人倒是没笑，只是饶有兴致地看着姜问潮那一面石壁，忍不住问了一句："你这三省崖是怎么回事？"

"晚辈心念旧事，心生怨恨。可旁人的善恶与晚辈的善恶无关。若有怨恨，不过徒增烦恼，怨心起，则三省吾身；杀心起，亦三省吾身。"姜问潮答道。

也许昔日的确有很多人对不起他，可罪不至死。

在是非因果门中，他看见了自己这三十年来最深的心结所在——

只因一朝修为出错，天赋散尽，昔日对他寄予厚望的师长们纷纷责怪……

那些年的岁月里，倒退的修为没让他痛苦，只有这三十年来尝尽的冷嘲热讽让他心寒。

恨？怨？想让他们真正地认识如今的自己？

都有。

可最重要的,是一念之差,险些铸成大错。

天下人可轻他、恶他、对他落井下石,可他姜问潮,却不该是个一念之差便轻人、恶人、随时对人落井下石之人。

三省吾身,虽非圣人,亦相差不远矣。

对上扶道山人与横虚真人探寻的目光,姜问潮也不卑不亢,只拱手一拜。

"心性清明仁善,明珠蒙尘三十年,也是时候大放光华了……"横虚真人感叹道,算是给了赞赏。

扶道山人也点了点头。

场中已有两个人有了幻身,一只奇怪的西瓜精,一面死板的三省崖……

看来,要打起来,还得等其他人出来。

西南方。

如花公子的身影几乎是随后便出现在了门后。

众人立刻兴奋地看了过去,然后齐齐怔住——

为什么觉得如花公子的面色,好像有点儿不好?

岂止是不好,简直是面色铁青,甚至黑沉如锅底!

衣襟之上一朵朵的香花都像是感觉到了主人的怒意,紧紧地把自己缩成了一团团花骨朵,没有一朵敢绽开一片花瓣。

到底是发生了什么,竟然让一向笑面虎一样的如花公子露出这样的神情?众人心中齐齐出现这样的疑惑。不过很快,答案便出现了。

伴随着如花公子一步步走出,一道虚影也渐渐从大门之上凝聚起来,跟在如花公子的身后,出现在所有人的视野之中。

那竟然是一个身高三丈的巨人!

凶恶的表情,瞪着铜铃大的双眼,嘴唇上穿着数十个铁环,獠牙龇出;黝黑的皮肤,堆起的肌肉,虬结成一块一块,硬邦邦如同铁砣;肩膀展开,宽阔如小山;双臂过膝,形态好似猿猴;脚板肥厚,黑色的毛发如同杂草,覆盖其上……

所有人都傻了。

这……是个什么东西?十九洲大地之上,还有这么雄壮的"人"?

隔得老远,钱缺抱着自己的小算盘心跳加速,差点儿被这一幕吓死:"怎么觉得像是一只妖猴……"

"是肉体。"一道声音霍然传来,。

钱缺"啊"了一声,尾音上扬,他诧异地回头看去,只见孟西洲一脸惊叹之色,正盯着场中巨人，眼睛都不眨一下。

"什么意思？"

孟西洲摸摸下巴，怪笑了一声："这还不简单吗？幻身便是心之所见，如果如花公子对肉体没有渴望，怎么会出现这个东西？"

无话可说，思考了半天，钱缺对孟西洲翻了个白眼。

如花公子的幻身是一个巨人，显然与如花公子本人的审美不符。

众人全都憋笑。

只有扶道山人的目光在三个幻身之中来回穿梭，最终露出了一抹奸诈的笑容：嘿嘿，好戏要上演了。

幻身都源于修士的内心，有正面有反面，其形态一定程度上反应了修士的内心世界。一般而言，内心强大、心性稳定的修士，其幻身的实力会更高。最后这一局纯粹就是"看心"。

至于谁胜谁负，那就要手底下见真章了。

原本场中大西瓜跟三省崖打不起来，这野蛮的巨人一出现就不一样了。

第一个掉转了方向看过去的，是一直追着小金狂喷西瓜籽的大西瓜。然后，才是那一面死板的三省崖。

三省崖，顾名思义，供人三省己身。

在大西瓜朝着巨人飞去之后，三省崖上便发出了紫蓝交织的光芒，也向着巨人的方向转了过去。壁面上的每一个字都投出一道光来，直击向巨人。

巨人一声怒吼，拎起拳头朝着那石壁冲去，似乎感觉到了石壁的威胁，想要抢先将它砸碎。

只是……

在所有人精神紧绷的时候，在巨人迈开脚步的时候，大西瓜身子一抖，一块翠绿的西瓜皮竟然从它身上剥落，迅疾如闪电，朝着巨人脚下一塞！

吧唧！三丈高的巨人一脚踩中了西瓜皮，跌倒在地！

砰！魁梧如小山一般的身躯砸了下去，顿时地动山摇。

朝着巨人而去的三省崖壁光芒因此落空，直直砸到了地面上，顿时地上一片坑坑洼洼。

如花公子的脸色已经不能用难看来形容了。

这个时候的昆吾是安静的。

扶道山人拿着鸡腿，愣愣地看着，好半天才反应过来："西瓜皮，哈哈哈，笑死山人了，哈哈哈……"

捧腹大笑！姿态猖狂！毫不给面子！

其余人终于憋不住了，纷纷大笑起来。

西瓜皮！这本事真是绝了！

整个昆吾上空的众人顿时东倒西歪一片。

巨人好不容易从地上爬起来，脸上满是愤怒，放弃了三省崖，转而攻向了大西瓜。

大西瓜飞在空中，身形灵活，大嘴一张便是源源不断的西瓜籽，一颗颗皆如石子般坚硬。打在人身上，直接扎入了肉中。

那巨人竟像是毫无感知一样，继续往前迈步，拳头握紧，整条右臂上的肌肉暴涨一圈。

充满了力量的一拳，轰出！

轰隆隆！

气劲如剑，朝着前方奔去！

笃！一道气劲从大西瓜露出的一小块瓜瓤上穿过，留下一个洞。

大西瓜吃痛，横眉怒目，龇了尖利的獠牙，身上绿光一涨，周身西瓜皮顿时如玉一样晶莹。

啪啪啪！气劲打在西瓜皮上，竟然只留下一道浅浅的白印。

"哈哈哈——"笑声顿止。

众人都被眼前的变化惊呆了：这西瓜虽然长得滑稽了一点儿，可战斗力真是不差啊！

原本以为不过是一场闹剧，哪里想到闹剧之中藏着真材实料？

原本笑着的所有人，几乎同时收起了自己原来的轻视之心，重新关注起这一场混战来。

左流刚从是非因果门中出来的时候，便看见了这……滑稽的场面。

一只大西瓜跟一个三丈高的巨人掐得你死我活，一个在天上飞，一个在地上追，旁边还有一面墙壁一样的东西伺机而动，时不时射出几道蓝紫色的光芒添乱……

这到底是什么跟什么啊？

左流一个头两个大。他朝左边看了看，崖山大师姐见愁和封魔剑派夏侯赦还没出来，朝右边看了看，姜问潮、小金、如花公子三个人已经站在外面了。

场中乱战成一团的三个玩意儿，该不会就是他们的幻身吧？

脑海之中浮出这样一个恐怖的念头，左流回头一看，巨门之上空空如也，什么都没出现，他在被那一群自己崇拜的人打了一顿之后，什么也没有得到就出来了？

"你的幻身呢？"远远地，扶道山人看见了刚出来的左流，扬声问道。

左流听了，险些泪流满面："长老，我也想问您呢，怎么他们都有，就我没有？"

"没有？"

扶道山人愣了一下。

"没有你怎么玩，啊不，战斗啊？"

听见这一问一答的人，都有一种扶额的冲动。

左流一脸崩溃的表情。

"咳咳咳……"扶道山人终于意识到自己重点错了，他仔细地看着左流沉思了片刻，说出了一句异常深奥的话，"没有也是幻身，看来你要靠自己了。"

"啊？"靠自己？

左流朝着场中看去：魔王一样的大西瓜，巨猿一样的肌肉野人……还有，难以形容、见缝插针的三省崖壁……

"这战不了啊！"

他还以为他的幻身会是那些给他签过名的厉害修士，现在居然说"没有"也是幻身？

简直太坑人了！

眼前的战场太可怕，左流转身就想逃跑。没想到，这畏惧的情绪才刚起来，那一面一直追着巨人打的三省崖壁竟然立刻就感知到了，方向一转，立刻朝着左流扑来。

"娘呀！"左流魂不附体，吓得一溜烟遁走。

只是……又哪里是那么容易跑掉的？

"心生忧怖，当省之！"沙哑的声音像是石壁摩擦发出的。

蓝紫色光芒一闪，三省崖竟然速度暴涨，眨眼间就追上了左流，朝着左流一拍，蓝紫色光芒交织成网状，将左流捆成了个大粽子。

"你这是要干什么？放开我，快点儿放开我！"

左流死命地挣扎，情绪却开始不稳起来。

我是不是做了什么错事？我这样是不是不对？我怎么可以朝着别人大呼小叫呢？我怎么可以临场退缩呢？

一样一样的错处，瞬间出现。

被缠成大粽子的左流就像是个俘虏，被蓝紫色的光芒缠着，拖在三省崖的后面。

三省三省，便是这样的三省。

狠啊！

众人头一次见识到姜问潮这幻身的威力，都不由得咋舌。

不过，战况虽然激烈，却总觉得少了点儿什么。

终于有人忍不住问了："还有两个呢？"

"是啊……"

现在就四个,还有俩人呢?

众人的目光都投向了剩下的两扇门:正东见愁,东南夏侯赦。

纷繁复杂的画面已经从那两扇门上消失了,十丈高的巨门至今没有什么动静,让人忍不住怀疑起来。

"都这么久了,怎么还不出来?"

"也可能是专门晚点儿出来,坐收渔翁之利?"

"谁知道呢,都没动静了……"

"不会是在里面出事了吧?"

不想则已,一想起来,众人只觉心里抓心挠肺,恨不得扒开两扇门,看看见愁和夏侯赦到底怎么样了。

崖山门下弟子也都皱起了眉头,心中生了几分担忧。

九头江上,垂钓人将钓竿放到了一旁,仰头而视……

巨门之内。

见愁身影已去,原地只余那名绿袍女子回首凝望着这一片虚空。

像是感应到了召唤,原本投入天际的那一条两丈的无法无天无定无常之龙脉竟然又从天际抽离,钻进了那一扇巨门。

一刹那,绿袍女子这一侧的巨门彻底合拢,变成一片渐渐淡出的虚影,隐入黑暗。

绿衣女子唇角一勾,身形一散,化作一片晶莹的绿叶。一只柔嫩的手掌从虚空里伸出,指头轻轻一点,便点住了这一片绿叶。

巨门之外,异象已出。

浓重的黑气从正东的巨门之上翻涌而出,阴惨一片。可同时,也有一股浩浩之气覆盖了天地。

一道身影由小而大,逐渐拉近。

有人大喊了一声:"出来了!"

无数人侧目而视,所有人的目光都聚焦了过来。

大门之内那一道身影,越发清晰了。

一步。

见愁从门内迈出,终于重新站在了这广阔的云海广场上。

不少人松了一口气,可就在见愁站定的那一刻,她背后的天空一下阴了下来。

黑色的裂缝伴着异象出现。

千里黄云布满天空,阴沉欲雨,蓝色闪电划过天际,照亮了下方大殿的轮廓。

沉黑的地砖上,倒映着沉黑的阴影,殿堂的最前方是高高的台阶,一方漆黑的王座便立在台阶的尽头。

王座上，端坐着一名女子。

她右手持着一柄古旧的巨斧，满布图纹，赤红色的花纹像是人身上的血脉一样跳动着，斧背镶嵌着一颗黑白的珠子。左手则持着一柄带锈的六尺长剑，古拙的三个字刻于剑身，锋锐的剑刃边缘有波浪的纹路，一道深深的红痕从剑尖蔓延到剑身，血一样触目惊心。

她头上戴着华贵的十二旒冠冕，身上则披着一袭墨底红纹的衮服，繁复的花纹仿佛有生命一般在黑暗中闪烁流转。她脊背挺得笔直，满面肃然地坐在这大殿的最高处！

深邃的眼底是窥破凡尘的冷静，秀气的眉宇之间则是不容侵犯的凛然威严。

脚下，则是数万万看不清形状的阴影，犹如她最忠诚的子民，尽数匍匐在地！

朝着她，顶礼膜拜！

滔滔江水，永不止息。

还有多少人记得，这一条纵贯十九洲的九头江到底因何得名？

原本喧闹的昆吾群峰此刻陷入了一片寂静。

啪嗒！

巴掌大的黑鱼躺在鱼篓里，听见身边好半天也没声响，才翻了个身，朝坐在船头的人看去。

皮肤苍白得近乎透明，头上的斗笠在他身上投下足以遮盖半个身子的阴影。

傅朝生仰首望天。

这一刻的鲲相信，此时此刻的昆吾只怕有无数人保持着跟它，哦不，他，一样的姿势。

森罗幻象，出现在最接近穹顶的地方。

那三丈天明斧，那六尺古剑，那戴在她头顶的十二旒冠冕……

高高在上，不必垂眼去看所有人，所有人已如蝼蚁般匍匐在她脚下。

一样的眉，一样的眼，一样的轮廓。

这一位"故友"的幻身，不一定就是她自己，但却与她长了一张一样的脸。

傅朝生的目光落在那王座之上，落在大殿那沉黑的地砖上，落在她背后阴惨惨的黑暗之上……

"阎君？"

据他所知，十甲子前极域与十九洲大战后，极域便正式确立了八位统治者，号为"八方阎君"，统御着整个极域里所有的住民。

眼下的"见愁"又是哪一门子的阎君?

原本只是来此借东西,却不曾想竟亲眼目睹了这个场景。

傅朝生微微眯了眼,思索了起来,又想起那个被他陷害,最终被押入极域的廷尉张汤。

这一趟,算是意外之喜?

主峰之上,所有人都不敢相信自己目之所见。

昆吾是正道领袖一般的存在,平日有白云缥缈,金光照耀,云海广场更是日出最早、日落最晚之地。

只因其太高,太高。

如今,竟有这一层层阴云笼罩,即便是仙家圣地,眼下竟也如此阴惨。

那崖山大师姐的幻身,竟然就是她自己,高居于王座,似要藐看众生!

入是非因果门,出则有幻身。可眼前见愁这幻身,到底是什么来头?

是她的过去,她的将来?还是她的执念,她的心魔?是她曾经看见的,还是凭空捏造的?

没有人可以给出一个答案,就连扶道山人也在这一刻失去了言语。

高高站在诸天大殿前方,素来泰山崩于前而色不变的横虚真人在看清那宝座之上女子的容貌时,也没有克制住微微色变!

"她"右手的天明斧正是见愁如今的法器,只是模样略有不同;而"她"左手的那一把剑……

"一线天!"

不远处聚在一起的崖山弟子此刻终于从震撼之中醒来,有人眼尖,注意到了"她"左手所持之剑。

所有筑基期以上的崖山门下,都曾去过崖山武库。哪个不想得到那一把封存在冰山之中、剑尖向下的六尺古剑?

纵使锈迹斑斑,也无人可抹杀它的威压。

那一条从剑尖蔓延至剑身的红痕,便是它名字的由来!

如今,这一把剑,崖山一线天,竟就这样猝不及防地出现在他们面前。出现在,见愁幻身的手中!

幻身……到底是什么由来?

正道修士,虽有杀戮,却不入邪魔。

见愁这幻身,却叫人看得心头发冷、发寒,甚至忍不住微微战栗起来!

若只是幻身还好,可如果这幻身冥冥之中与见愁本人有什么关联……只这么一想，已有人头皮发麻。

场中原本混战成一团的几个幻身全都停了下来，为见愁这幻身的威势所慑。

已经失去意识的左流被那面三省崖一放，像是一块石头从云层之上坠落下去。

左流，出局。

姜问潮看着她，三省崖朝后退了三丈，似乎有些忌惮；如花公子看着她，天空之中的巨人甩了甩硕大的头，露出几分不安；小金也看着她，飞在天上的大西瓜一转眼珠子，嘴巴一张，便朝着见愁吐出无数西瓜籽！

那一瞬间小金简直想一头撞死！

蠢西瓜要死你自己死啊，别拖累我！

"见……见……见愁师姐，它不是故意的！"

见愁站在原地，小金惊惶的喊声从她耳边掠过，却没在她心底留下任何痕迹。旁人在看天空之中的"她"，她也在看天空之中的自己。

完整的天明斧，握在掌中的一线天。

那一把……对她的呼唤无动于衷的剑。

崖山一线天。

旁人都不知道这幻身与她是什么关系，只有她知道……

迈入那一道门，放眼皆是未来。

几颗西瓜籽射来，还没到那幻身身前三丈，便像是受到了什么震荡，猛然间碎为齑粉，消散无踪。

大西瓜一击不中，竟然吓得瑟瑟发抖，转身鼠窜而去。

宝座之上的"见愁"只淡淡地一抬眸。

右手举着天明斧，手腕一转，那斧背上的黑白珠子便闪过了一黑一白两道光芒。手一松，天明斧顿时飞出！

这一斧头，没有漫天的斧影，也没有呼啸的风声，更没有狰狞的黑影。

只有……迅疾的速度，黑白的淡光！

一种，令人心惊的纯粹！

返璞归真，平平无奇。

大西瓜原本已经在奔命之中，忽然感觉到背后跟来一道看似平静实则恐怖的气息，吓得凭空长大了两圈。

"嗷"！它一声怪叫，命悬一线！

嗖嗖嗖！

一根根翠绿色的西瓜藤竟然从大西瓜的头顶射出，疯狂地缠绕在了三省崖石壁之上，将那数丈高的石壁生生拔起，朝着自己身后，也就是天明斧袭来的方向猛力

一扔!

三省崖石壁之上的数百古字乱射出一道接一道的蓝紫色光芒,却不能阻挡大西瓜分毫。

姜问潮的脸色一下难看起来。

三省崖石壁于身有过错之源、心有愧疚之根之人有用,可对于这不知道什么来历的大西瓜精却是毫无办法。

西瓜精拖了三省崖当挡箭牌,三省崖竟无任何反抗之力!

砰!

就在三省崖被扔出去的瞬间,见愁的天明斧已经来到它前方。

斧刃向前,在触碰到三省崖表面的一瞬间,已破开了整个石壁。

霎时间碎石乱飞,朝着四面八方而去。

姜问潮,出局!

斧头依旧向前。

撞碎三省崖,像是捅穿了一块嫩豆腐一样,其速度竟然没受半点儿影响,依旧追着那大西瓜而去!

可怜大西瓜好不容易搬起了石壁挡天明斧,哪里想到竟然没有拦住?

小山一样的巨人奔跑在大西瓜的前方,就连它也生不出战斗之心。

在看见见愁幻身的一刹那,它内心之中深藏的恐惧便被激发出来,不敢在此停留半刻!

逃!往死里逃!

巨人迈动脚步,跑得飞快。

宽大的脚掌落在广场地面之上,震得所有人东摇西晃。

后面的大西瓜也在逃命,可一看巨人在前面挡着,背后的西瓜皮已经发出清脆的碎裂声——

撑不了多久了!

大西瓜的那两只眼睛顿时一片血红。

不想死。

他们并不知道自己只是幻身,只能存在一定的时间,可即便知道,也会为了多活哪怕一瞬而拼死一搏!

血红的双目顿时染上了狰狞之色,大西瓜大口一张,竟然从中部裂开了一条巨大的黑缝。

它的速度,也在这一刻猛然加快。

巨口一张,再一合!

咔嚓！

还在奔跑的巨人只感觉眼前一黑，那只大西瓜竟然一口将他吞了进去！

如花公子，出局。

整个巨人一下消失在所有人眼前，那大西瓜一阵咀嚼之后竟然像是吃饱了一样打了个嗝。

"嗝！"

一声响之后，原本就已经有数丈直径的西瓜竟然暴长了起来！

一丈，两丈，三丈！

像是吸入了那巨人的力量，西瓜竟然在眨眼之间变得如同一座山岳。

一只高大的怪物！

一层深浅不一的绿色西瓜皮在这时已经变成了坚不可摧的铠甲，刀剑难穿。

下方的小金极力地仰了脖子去看，只觉脖子酸痛。

这巨大的西瓜怪诞、滑稽又恐怖，只让人觉得一颗心被狠狠握住，一不小心便要爆裂！

似乎觉得自己拥有了无穷伟力，大西瓜转过身体，面向见愁，面向那与见愁一模一样的"幻身"！

天明斧上交替闪烁着黑白两色光芒，原本就紧紧逼在大西瓜身后。此刻大西瓜一吞人一转身，便浪费了逃命的时间。天明斧眨眼便到了眼前！

红绿光芒轰然腾起，霎时间挡在身前。

大西瓜花了自己所有的力量，想要抵挡住天明斧这猛烈的一击。

只是，预料之中的狂猛攻击并没有到来。天明斧竟然像是幻影一样，在撞上大西瓜的时候便消失了。

像是一下散了，也像是直接从大西瓜的体内穿过了。

大西瓜忍不住垂眼去看，它身上没有任何的伤痕，完好的"铠甲"也没有破损，不痛，不痒，没破皮，没流血。

不只是大西瓜，所有观战的人也都愣住了。

只有扶道山人与横虚真人，齐齐瞳孔剧缩！他们二人看到的，不是那滑稽的大西瓜，而是——那一道依旧端坐在王座之上的身影！

左手持剑，右手持斧！

方才明明从她手中飞旋而出的天明斧此刻竟像是从来没动过一样，诡异地重新出现在她手中，被她用纤细的手掌静静按在王座的扶手上！

什么时候回去的？到底是回去了，还是根本没有飞出过？

一个人看错是寻常事，可这上上下下如此多的修士，还能一起看错不成？

"她"像是从来没有出过手,像是一直在看戏。沉静而睿智的目光穿过这一片云海,落到了大西瓜的身上。

那一瞬间是寂静的,可所有人都听到了奇异的声音,像极了骨骼爆裂发出的声音。

大西瓜僵在原地,刚想要仰天大笑,可嘴一张,便再也动不了了。一道黑色的光芒从大西瓜的周身亮起,一闪后迅速熄灭。一道白色的光芒,一闪又立刻出现,包裹住了整个西瓜。

咚!咚!咚!

是心脏跳动的声音。

三下过后,大西瓜急剧缩小!原本巨大如山岳,刹那间便微小如浮尘!

瞬间的收缩,积攒下巨大的能量,浮尘一般微小的身体如何能承受得住?

在众人还没反应过来的一瞬间,这一粒已经小成了灰尘的"西瓜"便轰然炸裂!

自爆?当然不是!

横虚真人的眼底有一片慧光闪烁。

那是……近乎规则的力量!

尽管因为受限于幻身的存在,受限于修士原本的心境和修为而无法展露全部威力,可仅仅是这冰山一角,已足够叫人骇然!

领悟规则的修士不一定成仙,但若是不领悟规则,却一定不能成仙!

镶嵌在天明斧斧背上的两仪珠,代表的是世间万物正反相对的两面!

是至强至弱,是至亲至疏,是至正至邪……也是,至大至微!

小到肉眼难辨的微尘,几乎等同于虚无。那一瞬,如同无中生有一般,绿色的瓜皮从一片"无"中炸开,像是迸溅的碎玉,红色的瓜瓤飞溅,如赤色的霞光。

一片浮光暗影中,凝聚到了极点的精粹力量轰然炸开!

轰!

站得近的小金首当其冲,直接被掀飞了出去。

伫立在广场之上的六扇是非因果门被连根拔起,轰然碎裂!

围在广场周围,离得很远的修士也像是被人当胸狠狠捶了一拳。虽不至于受伤吐血,却也气血翻腾,险些驾驭不住脚下的法器。他们摇摇晃晃,东倒西歪,眼看着就要从高空一头栽下!

还好,云海广场及时射出了一片白光,交织起来,将混乱的气流归拢,所有人才稳住了身形。

此刻之前还来不及反应的骇然,全数涌上了心头。

狂风吹卷中,王座上的女修动都没动。甚至,就连她脸上凛然的神态如同雕刻一样，也没有半分变化。

可就是刚才那一斧，摧枯拉朽，一口气干掉了三个对手！

而他们毫无抵抗之力，甚至生不出抵抗之心。仿佛这天地间，没有任何人能挡住她的一斧！

拥有这幻身的见愁只差一步，便可成为最终登上一人台的那"一人"。

而这最后的一步，已悄然出现。

在巨门碎裂的时候，东南方那一扇巨门之中，暗红色的身影终于迈出，躲过了一劫。

夏侯赦睁开了暗红的双目，便瞧见了眼前的一片狼藉，也看见了——

两个见愁！

一个云淡风轻，静立在广场之上；一个威严至尊，端坐于宝座之上。

那一瞬间，夏侯赦的眼底闪过了几分挣扎之色。

一道身影，似宿命般在他身后的虚空中渐渐凝聚成形——

巨大的金色羽翼，每一片都闪烁着耀目的光芒。"噼啪"一声，有蓝色的雷电穿行其上，不仅未伤害羽翼半分，反而除掉了其上的杂质，让它闪烁的金光看起来更加自然明亮。

舒展开的羽翼，足足有数丈长，而且……这是众人不久前在空海之中看到过的羽翼。

帝江，风雷翼！

那道模糊的人影渐渐清晰起来。

月白的衣袍被风吹动，像是要与这天空融为一体，又像是要化进这一阵风中，游遍万里河山。

那个人眉眼柔和，有一种舒展的美。

那是……这云海广场之上，第三个见愁！

所有人齐齐倒吸了一口凉气！

疯了！

封魔剑派，兵主夏侯！

他的幻身，竟是在上试与他死战到底的对手——崖山见愁！

第八章
遍地英雄余者一

风卷起一缕缕的云烟，从众人身边飘过，悄无声息。

这一刻的昆吾，安静极了。

每个人的脸上都带着万般的不理解：为什么是？又怎么可能是？夏侯赦怎么想的？一个见愁，又要怎样对战另一个见愁？

这是左三千小会上从来没有过的情况，也可以说是整个十九洲都罕见的奇景。

同一片云海广场，三个长得一模一样的人。

一个见愁站在下方的广场上，仰头看着上方的两个"自己"，身着衮服的"见愁"也看见了对面那个身负帝江风雷翼的见愁，二者遥遥相望着。

夏侯赦站在下方，没有人能看懂他的表情。

很多年以后，近乎全知的智林叟回想起这一幕，明白了这一幕其实是宿命般的暗示。

越是强大，越是孤独。

在未来，她强大得近乎孤独。

最寂寞的战斗，无非是这世间只有自己堪为自己的敌手。

便……一如此刻。

今日的智林叟，自然还想不到那么多。只是在看见这一幕的时候，他已经两眼放光，飞快地在《一人台手札》母本上记录了什么。

场中安静了很久。

众人不敢相信自己的眼睛，可震惊过后，他们相互看了看周围的同伴，就知道这一切不是幻觉！

夏侯赦的幻身，就是见愁！

"这怎么可能？"

"天啊，这要怎么算胜负？"

"我好像闻到了什么不寻常的味道……"

"这是非因果门到底是什么道理？"

"这届小会真是没白来，花五十个灵石传送过来，真是值了！"

"要打起来了吗？"

在第一声议论之后，所有人都兴奋了起来，云海广场上顿时喧嚣一片。

就连见愁自己，也是一万个没想到。

她很清楚，她的幻身便是自己的未来。

可是夏侯赦的幻身，到底是什么来头？

执念？心魔？还是别的什么？

另一旁封魔剑派的修士们也交头接耳起来，不过皱眉的占了大多数。

"是不是搞错了？"

"夏侯师弟在搞什么啊？"

"他的幻身代替他战斗，竟然选了崖山大师伯？简直丢咱们的脸！"

"是啊，怎么回事……"

夏侯赦在封魔剑派之中本是不同寻常的存在，且其人性格阴郁，并不讨喜。也许有人尊敬他，也许有人畏惧他，却永远不会有人真正喜欢他。

如今他幻身一出，众人立刻就议论开了。

好歹也是今年封魔剑派派出的最有希望登上一人台的天才修士，其幻身竟然是自己的对手？

何等羞耻？即便赢了，谁会觉得这是夏侯赦的功劳？

在夏侯赦幻身出现的那一刹那，这一战的结果已经毫无悬念。

谁登上一人台已经完全不重要了！重要的是，最终真正的获胜者只有一个。

三个见愁同时出现，这场面诡异又奇妙。

接下来，将是前所未有的"见愁与见愁的战斗"，人人都在好奇，人人都在期待！

一身暗红色的长袍将他瘦削的身躯完全罩在里面，眉心一道深红的血痕像是要滴血一样，带着一种令人窒息的压抑。

站在原地的夏侯赦脸上没什么表情，纷繁的议论他好像听了个完全，又好像什么都没听见。

脑海之中，是非因果门内的场景一幕一幕浮现……

心绪骤乱。

另一个"见愁"端坐在上方，眼底一片沉寂。

夏侯赦的目光带着隐约的晦涩，落在了她左手之中的六尺古剑上。

剑尖之上延伸而去的那一道红痕像是一枚刺，深深地扎入了他的眼底、眉心，顿时眉心处剧痛起来，他在袖中紧握住了拳头，才能强忍住这种近乎撕心裂肺的痛！

崖山，一线天！

"一线天……"是初见时，夏侯赦口中那一声呢喃。

在察觉到他目光变化的瞬间，见愁想起来了，只是下一刻便没了心思去细想这当中到底藏着怎样的玄机。

王座之上的"见愁"，望了对面那"见愁"半晌，目光落在那电蛇金光环绕的帝江风雷翼上，终于露出了一点点感兴趣的表情。

她难得地从座上起身，动作从容镇定。

那一身威严的衮服伴随着她的动作，在所有人面前展现了全貌：纯黑的衣袍之上，深红色的绣线如同鲜血，绘出的是乱舞的群魔、腾跃的游龙，还有飘摇的云雾与白鹤……

太矛盾，也太复杂，一时竟难以形容这一身衮服给人的感觉。

一手是天明斧，古拙凛然；一手是古朴长剑，浩然中正。

矛盾的气质，在她身上交汇。没有人知道她是正还是邪，也没有人知道，她到底是怎样的存在。

来自"未来"的注视，似乎充满了危险，背负帝江风雷翼的见愁一瞬间便察觉到了。

一振翅，她已如闪电般袭来，骇人的威势顿时散开。雷电传遍全身，飓风挟她扶摇直上。

她的选择，竟然是先发制人！

轰隆！九天雷霆，惶惶降落。粗大的闪电带着一个又一个恐怖的电球，携带着让人毛骨悚然的赫赫威能，从天而降。

风雷之翼，振翅一划！雷霆震动，竟顺着风雷翼划出的轨迹，向那头戴十二旒冠冕的见愁冲去！

太快，太近！只一眨眼，已近在眼前！

一双冷肃而冰冷的眼，一双无情又威严的眼，四目相对。只那么一瞬便电光炸裂。

"未来"的见愁竟在这间不容发之际，一手穿出！

白皙的手掌，在阳光之下还能看清楚上面蜿蜒的青色血脉，放在平日，那势必是一只赏心悦目的手，然而此刻竟从这无数雷电之中穿过，那便惊人了。

"噼里啪啦"！

带着毁灭气息的雷电霎时间落在那只手上，竟不能损她分毫！身为夏侯赦幻身的见愁顿时瞳孔剧缩，想躲却已然来不及。

还挟裹着磅礴威势的帝江风雷翼这一刻被这只手狠狠按住！

衮服迤逦，威势赫赫。

未来见愁的眉眼之间带着一分煞气，一分仙气，在看着这帝江风雷翼时，眼里有了几许赞叹。

时间，仿佛静止。

手底下的触感是如此真实，仿佛这借助道印凝聚灵力而成的风雷翼是真实的一样。

一点儿一点儿，她仔细地看了过去，原本素淡的眼神里忽然出现了晦涩的沧桑，和……怀念！

身负帝江风雷翼的见愁看不懂这样的眼神，有了一瞬间的迷惘。只是下一刻，危机感便袭上了心头！

未来见愁的目光不曾移到她身上，她只是看着这一片羽翼，而后嘴唇轻勾，声音冷漠无比。

"若它永远是帝江之翼，该有多好？"

喟叹。

广场之上的所有人，包括见愁都齐齐一怔：此言何意？

可下一刻，众人便没有时间去思考这个问题了，因为……

在这话出口的瞬间，那头顶冠冕、身披衮服的"见愁"一脸平静地伸出另一只手，拽住这乘风御雷的巨大羽翼，向着两边狠狠一撕！

刺啦！

璀璨的金光与雷电交织，一股鲜血洒开，巨大的帝江风雷翼竟然被撕成了两片！

何等骇人的一幕？

可那立于半空的女人，脸上的表情却没有任何变化。

电蛇爆炸，金光碎裂！

然而这还没有结束……

"你会拥有更好的……"近乎呢喃般的低语从未来见愁的口中发出。

她两只拽着帝江之翼的手并没有松开，而是在一撕之后，继续往下！

骇然！

狰狞的表情出现在了身为夏侯赦幻身的见愁脸上。

她难以忍受地仰起了头，张大了嘴，似乎因为这撕裂的痛苦想要呐喊，可……没有声息！

何等磅礴的力量？再强的护身光芒，都难以抵挡！

隐约间，竟好似能听到那坚硬的、经过黑风雕琢的骨骼，随之折断的声音……

撕裂羽翼！也撕裂躯壳！

这一刻……画面无声，广场无声。

就连风，似乎都为这恐怖的一幕而停滞。

残忍冷漠的女修拥有与她的对手一模一样的面容，却生生撕开了对手的羽翼，

撕开了那具躯体!

漫天血色飘散!

厚重衮服上那鲜红的图纹仿佛感知到了什么,越发明亮起来,恍惚间竟似有一道光线,顺着图纹游走。

她透明圆润的指甲上却只沾染了一点点赤色,一双不带半分感情的眼睛淡漠依旧。

一个"见愁",在一个见愁的注视下,以凶猛的方式打败了一个"见愁",毫不留情!

她挺直着脊背,站在半空中,站在昆吾的最中心,站在所有人惊悚的眼神里。

孤傲、狠辣、冷艳。

冠冕之上的十二旒轻轻晃动,血绣的玄色衮服如黄袍加身,她面色沉静,森然冷漠,俨然一个暴君!

扶道山人说不出话来,横虚真人说不出话来,昆吾上所有门派的长老和弟子也都说不出话来。

就连见愁的对手夏侯赦,这一刻亦是骇然!

还有谁,可与之一战?

由六扇是非因果门幻化而出的身体,本就借规则、聚灵气而生,在被撕了个彻底之后,终于崩毁,化作混乱的灵气,重新归于这天地。

第三个见愁好像从来没有存在过,也仿佛方才的一幕并没有发生。

见愁站在广场之上,一动不动。

众人注视着高空之中的那个"她",难以移开目光,即便是她自己,也是这样。

此时此地的昆吾,只有一片寂静。

有凛冽的风从高空吹来,散尽浮云,化作缥缈的雾气,从人群之中穿过,留给众人的,只有——冷!

后背已不知何时被汗水浸透。

胜负已定,可没人预料到竟然是以这样残酷的方式。

暴君见愁在风中转过身来,"她"看着见愁,见愁也看着"她"。

"她"仿佛已经看尽了这世间的沧桑变幻,浮华褪尽,只留下平静。她的右手,缓缓朝着见愁伸出……

正?邪?这一刻的见愁看不分明。

只有一种渴望,疯狂地从她心底升起。

她无法克制自己,也不想克制!

在未来的见愁向着她伸出手的一刹那,她也将自己的手伸出。

那是两只一模一样的手，仿佛穿透了时空的壁垒，交汇了现在与未来，就这样轻轻地触到了一起。

见愁感觉不到对方的存在。

指尖与指尖相对，她触摸到的只有一片纯粹的力量，那个未来的自己，是一片虚无。

可在这一瞬，那个未来的见愁却抬起头来，朝着她露出了一个极淡的微笑。

呼啦……大风吹来，原本凝实的幻身重新化作虚影，似乎连这风的力量都难以阻挡，竟如烟尘一样散去了。

广场之上只余见愁一个人，她仍伸着手，仿佛触摸着一片看不见的幻影。没有人明白这一刻见愁的表情，就像是没有人能明白幻身见愁留下的话语。

见愁仿佛感觉不到众人或是惊骇或是震怒的目光，她只是望着前方的天空。

她站在最接近苍穹的地方，注视着一片毫无遮挡的湛蓝，仿佛一伸手便能触到天。

一种前所未有的强烈渴望此刻在她心中迅速扎根，疯狂生长！

那是未来的她，未来的见愁！

强大得令人心生憧憬，她站在更高的地方，俯视着曾经的"自己"。

而更高的地方，会有更美的风景。

她从来没有像现在这样，渴望自己更加强大，去攀那一阶一阶，去看那一景一景。

何时，可敌天下英豪，临绝顶，一览众山小？

"这是非因果门，倒是好手段……"望着场中依旧出神的见愁，横虚真人叹了一声，却叫人听不出到底是赞叹，还是忌惮。

扶道山人也盯着见愁看了许久，还没回过味儿来。

方才那一战，毫无悬念。

见愁的幻身完全具有碾压一切的实力，一个眼神，一个动作，都能叫人臣服。

尤其是，将身负帝江风雷翼的幻身撕碎的那一刻，狠辣果断。

脑子里的念头一个接着一个，扶道山人后知后觉地朝横虚真人看去，就问了三个字："你嫉妒？"

嫉妒？

这一瞬间的横虚什么想法都没了，只好挂出一丝苦笑来，摇了摇头问道："你座下首徒这幻身到底是什么来头？"

扶道山人啃了一口鸡腿，眉梢一动，用眼角余光瞥了横虚一眼，便低下头去。

"心魔。"

两个字出口，面不改色心不跳，反倒是满脸的忧心忡忡，眉头皱紧，似乎在担心自家徒儿的日后。

夏侯赦的幻身是见愁，也许还可以解释为他曾败在见愁手下，生了执念。可见愁这幻身，却透着凛冽的杀戮之感，着实叫人不安。

扶道山人说"心魔"，其实正合了其余人的猜测。只是不知为何，在扶道山人说出这句话后，横虚真人反而有些不相信。不过他也没表露出自己的怀疑。

"我方才已感知到我徒儿谢不臣出现在西海斩业岛，他从青峰庵隐界回来，必定带回了一些消息。隐界脆弱，遭到破坏，如今只能承受金丹期修士的威压。若按照你我的原计划，派数名金丹期修士再探隐界，你这徒儿……"

扶道一挑眉："如何？"

"你这徒儿，势必在这数人之列。"横虚真人顺着方才他说的"心魔"之言，只道，"若真有心魔，最好在小会之后一并解决。青峰庵隐界之奇诡莫测，你比我更清楚，若到那时再解决，只恐来不及。"

"这还用得着你来操心？"

一听这话，扶道山人一个白眼就翻了出来。

横虚不语。

扶道山人忽然又想起什么来，问道："你那座下第十三弟子，竟然没死？"

第二重天碑之上，见愁的名字出现在了谢不臣的名字之上，谢不臣的名字却并未消失，只是排到了第二。

这证明要么他在尚无人超越他的时候死了，要么他在尚无人超越他的时候突破了。

现在听到横虚真人这一句话，扶道山人才回过味儿来。

没死，看来就是突破了。

横虚真人微微笑道："大难不死，堪堪金丹。"

看似谦和罢了，扶道山人硬生生从他这笑容里看出了十足的恶心，只笑了一声："看来，待你徒儿归来，由他指路，再带数人去探隐界，那是再好不过了。"

"正是如此。"仿佛没有听出扶道山人话中隐藏的冷意，横虚真人平静地颔首，给了肯定的回答。

扶道山人摇头，拍了拍手，脸上露出几分嘲讽之色来。他没有再继续这话题，冷哼了一声："你徒弟结丹也没比我徒弟早多少。再说了，如今这一人台啊，可是我徒儿登上了！"

这才是真正的大喜事！至于谢不臣？昆吾掌门座下第十三真传弟子？什么玩意儿！

他拍了拍手，脸上挂上了喜气洋洋的笑容。

站在这诸天大殿的台阶上，俯视着整座云海广场、整个昆吾，扶道山人一本正经地清了清嗓子，咳嗽两声，朗声开口："第三试毕，一百一十九人，一百一十九座接天台，归于一人。

"胜者，崖山，见愁！"

轰……

这一句话像是将整个昆吾都点燃了一样，此起彼伏的议论声同时响起，听不清到底谁在说什么。

见愁已经收回了外露的情绪，在听见这声音之后下意识地朝着对面看去。

夏侯赦不见了，只余一道暗红色的背影逆着人潮，从人群之中行去。

咔咔咔……

原本分布于昆吾四方的接天台，全部朝着那一座最高的接天台汇聚而去。

夏侯赦二十五座，如花公子十六座，小金十三座，姜问潮十一座，左流十座。

一百一十九座接天台！

坚硬的接天台撞击在一起，山崩地裂一样。尘土飞扬，石块隆起又凹陷，很快变成了一座巨大的高台，似一块悬浮在半空中的广阔陆地。

云海广场之上，人人仰头望去，目露惊叹。

见愁亦回头看去，看着那悬在天边的巨大平台，有些怔然。

横虚真人面带微笑，深深地望了面色平静的见愁一眼，叹了一声"到底英雄出少年"，便踏前一步，站到了诸天大殿的最前方。

风冷，道袍飘摆。他须发近白，好似乘着风，仿佛已得道成仙。拢在袖中的手掌朝着自己身前一翻，手背向下，手心向上。

"请一人台！"中正平和的声音顿时响彻天地。

众人看去，只见横虚真人摊平了自己的手掌，露出了满布着掌纹的掌心，一枚复杂的黑色印符烙在掌心处，看上去平平无奇。可就在它出现的瞬间，天地间流动的灵气都仿佛为之停滞了一刹那。

目光一旦落在它身上，便难以收回。

一道金光由缓而疾，很快从黑色印符之中凝聚而出，如离弦之箭，朝着诸天大殿正前方的虚空射去！

砰！

金光仿佛撞到了虚空之中的什么东西，荡开了一阵涟漪。随后，一座八角高台在涟漪之中显现出来。

整个中域，几乎都感应到了它的出现！

古朴的花纹雕刻在底座之上，八角立着八根高高的巨柱，上面盘着上古八兽的图纹，带着一股浩渺之气。它高高地悬在诸天大殿正前方高处，像是悬浮在九天之外，天空的尽头。

太高了，高到让人窒息。

轰隆隆！

原本已经合成一座的接天台竟在这高台出现的一刻重新裂开，化作一块块大小不一的浮空台阶，从低处向着那高台铺去！

一百一十九座接天台，铺成一条通向一人台的通天坦途！

见愁仰首望着云层之上的一人台，只觉一片模糊。

她只能看到它隐约的形状，却不能窥探它的详细情况，仿佛冥冥之中有什么力量在阻挡她一样。

扶道山人看着那一人台，面露感慨："这八根通天柱上，刻下多少名字了？"

"不多，也不少。"

横虚真人微微一笑，仿佛自己也不清楚其上到底有多少姓名，他只是看向了见愁："一人台已现，一刻之后便会消失，能得到怎样的机缘，全看登台修士之缘法，还请崖山见愁小友即刻踏通天路，登一人台！"

这一人台的来历，见愁早有听闻。

传闻此台乃上古修士所留之法台，一直飘浮在天外。横虚真人请出一人台，并非真正的"请"，而是"定"。

手中一枚"禁断符"，可暂时借用天地规则之力，将一人台与天空的联系暂时切断，使其停留在昆吾上空。

如此，左三千小会中有资格登上一人台的修士便可在这一段"禁断"的时间内登上一人台，去寻找自己的机缘。

一人台，象征着中域所有年轻修士最高之荣誉。

每一位登上一人台的不一定能成为传奇修士，但每一位传奇修士势必登过一人台，在八根通天柱上留下过自己的名字。

群星璀璨，纵英豪千百，余者终究一人矣。

所有人的目光都投向了见愁。有的赞叹，有的敬佩，有的感慨，还有的带着一点点的怀疑和不敢相信……

这一切，见愁皆无视。

她向着横虚真人、扶道山人俯身一拜："弟子遵命。"

一身月白的衣袍干干净净，她的动作谦和恭敬，神态平静温婉，目光之中藏着三分锐气，却在这五官之外，半点儿看不出与之前出现的幻身有什么联系。

在扶道山人与横虚真人都微微点了一下头之后，见愁转身，望向天外那八角一人台。

一百一十九级台阶排列在眼前，每一级台阶都无比巨大。站在这通天台阶前面，见愁的身影都变得渺小了。

无数人注视着她，有周承江，有姜问潮，也有兴奋的左流、小金，至于聂小晚等人更是激动。

崖山近百人聚集在一处，他们望着见愁，有一种与有荣焉之感。

沈咎等同在扶道山人座下的弟子，更是连下巴都抬高了一点儿，一副"这就是我崖山风范"的模样。

见愁站在前面，一动不动。

八角高台静止不动，似乎有一圈圈的波纹从它周围震荡开来。

横虚真人先前打下的那一道金光一会儿闪亮，一会儿暗淡，似乎正与这高台激烈冲突着。

高台散发着一种危险的气息，却古朴得震人心神。

高处到底有着怎样的风景，还需她自己去看。

诸天大殿已在最接近天穹的地方，那一人台更高于诸天大殿，又该在哪里呢？

胸中，顿生出一股豪气。

中域左三千，群星璀璨。纵英豪千百，余者终究一人。而这一人，便是她——崖山，见愁。

一步迈出，落在这通天路的第一级台阶上。

嗡！灰暗的石质忽然迸射出金光，整条通天路一下大放光明。

见愁感觉到了那种气息，天地灵气在这一刻被困住。

她不能御器，也不能御空，甚至连乘风都不能。这一人台，要她就这样一步一步，往上走去！

背对众人而行，她的身影落在众人眼里，像是镀了一层金边。

见愁的心忽然沉静下来，没有半点儿焦躁。

一步落下，第二步接着迈出，见愁向着最高处的一人台而去！

"且慢！"

就在她第二步刚落下的瞬间，云海广场之畔忽然传来了一道尖利的声音！

这声音十分陌生。

见愁一怔，下意识地一皱眉头。

所有人都向着声音的来处看去，便见一道妙曼的身影腾跃而上，落在云海广场上。平日里美艳的面容此时一片冰冷，还隐藏着汹涌的怒意，唇边挂着的冷笑和嘲

讽更叫人心底一颤。

剪烛派，掌门烛心！

她当先行来，身后竟然跟了近百名剪烛派弟子。

众人原本都挤在这云海广场之上观看，密密麻麻的一片。如今剪烛派众人来势汹汹，烛心仙子又是这样一副来者不善的样子，众人纷纷退开，为他们让出一条道来。

一时间，剪烛派像是一支利箭，浩浩荡荡，破开了人群，直直向着横虚真人与扶道山人去了。

其余人不清楚，云海广场之上的诸多长老却都收到了消息，剪烛派一夕之间被灭掉大半的消息可早就在他们之中传遍了。

只是如今小会在前，又事关崖山，没有一个人敢开口说什么，只等小会结束，才能商讨一二，届时只怕将是一片腥风血雨。

没想到，他们还没说，剪烛派掌门烛心竟然直接来了，这下有好戏看了。

众人都不说话，纷纷将目光投向了横虚真人与扶道山人。

在看见烛心的那一刻，横虚真人与扶道山人同时皱了眉。

一人台停留的时间有限，若是耽搁了，又是一场麻烦。

眼见着见愁已经停下，扶道山人声音平静，只道："见愁丫头，往前走。"

见愁收回了自己的目光，心知只怕是出了什么事，只是眼下不是计较这个的时候。

她知道事情的轻重缓急，遂一领首，示意自己清楚了，便不再搭理什么"且慢"不"且慢"的，大步向着前方行去！

一步一步，她走得很稳，却很快。越来越高，越来越高。在她视线的尽头，那一座高台渐渐清晰了起来……

已经来到诸天大殿之前的烛心自然听见了扶道山人的这一句话，她冷笑一声，神情阴鸷："山人，左三千小会第一，至少也得是个品德高尚之辈。崖山见愁阴险卑鄙，胜之不武，凭什么登上一人台？"

此言一出，云海广场之上顿时喧嚣一片。

烛心仙子何出此言？谁不知道近日剪烛派与崖山之间的恩怨？只是真正将之放在心上的又有几个？

没想到，现在烛心仙子竟然跳出来，直接说见愁没有登上一人台的资格？这热闹，可就大了！

下面崖山众人已经皱紧了眉头。

扶道山人却是连表情都没变一下，他轻飘飘地看了烛心一眼，摆出一副思索的模样："瞧着你有些面生，谁来着？"

话音刚落，周围顿时一片诡异的寂静。

云海广场之上的诸位长老齐齐一怔。

剪烛派烛心仙子在整个中域修界也算是颇有名气，其掌管的剪烛派在这近百年间亦是蒸蒸日上，在以女修为主的门派之中仅位于白月谷之下，实力虽只中游，名声却是不小。

怎么……扶道山人像是半点儿都没听说过？

横虚真人远望了一眼还在行进的见愁，目光闪烁，他回过头，平和地对扶道山人解释道："扶道兄修行日久，近三百年更是云游在外。烛心掌门修炼不足三百年，执掌剪烛派更是百年内的事，其名自然不入扶道兄之耳。"

"哦。"

扶道山人听了，这才给了烛心一个正眼。

"我说呢，原来是中域近年出的才俊，难怪山人我不曾听过。"

这一瞬间，烛心脸色黑沉，难看到了极点，像是被人当众打了一巴掌一样。

云海广场之上的众人面面相觑起来，扶道山人不给剪烛派面子也就算了，毕竟不对盘，他原来也是这样的破脾气，改不了。不过横虚真人的话听着平和，可里面的意思有点儿令人玩味啊！

第九章
血溅通天路

在场不少人是清楚剪烛派的遭遇的,只是如今身为掌门的烛心已经来了,横虚真人的态度又奇奇怪怪的,众人便聪明地选择了沉默。

场中众人的目光,很快就移到了烛心仙子身上。

突如其来的羞辱,让这位剪烛派掌门的脸色红白不定,面容紧绷,没有了往日的美艳,只余下阴沉不定的压抑。

先有见愁与剪烛派作对,后有她寄予厚望的许蓝儿被一斧头斩出小会,现在曲正风竟然持剑屠戮剪烛!

派中弟子虽没完全覆灭,有一小部分人幸存,可剪烛派已经元气大伤。最重要,也最让烛心心中吐血的,是失去了那藏于剪烛派山壁阁楼之中的《九曲河图》!

一番心血布置,一夕间化作东流之水——白费!

烛心一口恶气涌上来,这才抱着鱼死网破之心再回昆吾。既然剪烛派什么也没有了,那作为罪魁祸首的崖山就别想善了!

她纤细的五指捏在一起,在众目睽睽之下,在中域两大巨擘的注视之中,烛心冷笑了一声:"烛心今日算是见识了,昆吾和崖山,便是这般狼狈为奸、包庇奸邪的吗?为己私欲,枉顾我中域众多宗门安危,甚至纵容门内弟子屠戮其他宗门!"

包庇奸邪?纵容门内弟子屠戮其他宗门?此话何解?

广场上众人顿时悚然。

普通弟子尚不知剪烛派被灭门之事,所以一头雾水。而知道此事的人都暗暗心惊,心知今日怕是要闹大了。

崖山、昆吾两派上上下下,没一个人有好脸色。

此地乃昆吾,当下便有一名昆吾执事长老拉下脸来,怒斥道:"空口无凭,血口喷人!烛心仙子这样说,怕是不好吧?"

"血口喷人?"烛心嗤笑了一声。

她豁然抬手,大袖一摆,直指向见愁:"此子,两年前杀我门中弟子郑芸儿,日前更重伤我座下弟子,手段残忍,致其经脉尽断,如今不过废人一个!更别说此女幻身,满身妖魔!"

通天路上,见愁闻言脚步一滞。

可烛心的指控并未结束。她撤回手，竟直直指向了站在诸天大殿之上的扶道山人！

"崖山，我中域之巨擘、三千宗门之领袖，竟纵容门下弟子，屠戮我剪烛派，害我门中长老及弟子百人！扶道山人，我所言，是也不是？"

哄！

众人议论开了。

先前说见愁之事还好，毕竟众人对当年黑风洞的恩怨也算是有所耳闻，再加上剪烛派近年来与崖山作对，一直小有摩擦，见愁幻身更是大家都看见了的。所以烛心说见愁的时候还不算什么，可如今她竟然说崖山门下弟子屠戮剪烛派？这就是一万个想不到了！

"这怎么可能？"

"一定是弄错了吧？"

"不过剪烛派也不像是会拿自己门中弟子陷害他人的门派吧……"

"屠戮？怎么可能……"

此事才发生不久，普通弟子关注的都是今日小会，可他们师门之中的长辈早就收到了消息。

如今下面众人陷入了一片沸腾的议论中，上方各大门派的掌门、长老却都保持着诡异的沉默。

扶道山人终于抬起眼皮，眼里少见地看不出半分情绪。

横虚真人则是注视着烛心，淡淡说道："烛心掌门，事关灭门，干系重大，又涉及崖山名声，还请慎言。"

"慎言？哈！"烛心忍不住笑了一声。

一回身，烛心看向了身后没剩下几个的剪烛派弟子，仿佛丧家之犬，时时刻刻提醒着她剪烛派遭遇的大难！

百年心血，毁于一旦，何等惨烈？

她好不容易才将满心的悲苦压下，说道："潘启何在？"

"弟子在。"

先前奉命处理过黑风洞之事的修士潘启，不知何时缺了一条胳膊，闻言便被身后人一把推了出来，他战战兢兢地对着烛心行了一礼。

这一条胳膊，是黑风洞之事后，他在回剪烛派的路上遇到了兽潮。一只山虎冲来，将他胳膊咬断。因其剧毒，至今不曾接上。

自那件事后，他连小会都没有参加，留在宗门中养伤，哪里想到……

"今日三千宗门都在场，你便当着横虚真人的面，将灭门之事说个清清楚楚！"

烛心声音里的煞气已经不加掩饰。

不论是谁执掌宗门，遇到这灭门之事都冷静不下来。

胸腔之中激荡着一股疯狂的冲动，她握紧了手，森然的目光从不远处崖山众人面上掠过，落到了扶道山人身上。

此刻的潘启回想起前不久自己遭遇的事情，只觉得一场噩梦重新席卷而来。

"三息后，助剪烛派为虐者——杀。"

这是曲正风放下的狠话。

站在广场上，潘启只觉得腿肚子发软，竟然一下跪了下去。

"启……启禀真人……"声音颤抖，此刻的潘启已不复之前在黑风洞前那般趾高气昂的样子。

崖山这边，颜沉沙与戚少风是当初负责处理黑风洞一事之人。

兽潮之事便是颜沉沙一手策划的，此刻看见潘启断了胳膊，他也没什么表情。反倒是戚少风有几分迟疑，看了颜沉沙一眼。

到底是怎样恐怖的事情，才能将一个人折磨至此？

"几个时辰之前，弟子正在门……门中修炼……"

或许是因为回忆起了那残酷的场景，潘启的话断断续续的，甚至有些前后不通，可众人还是得到了自己想要的信息。

当日这弟子正在门中修炼，谁料想忽然闯入一人，放言要屠戮剪烛派。

曲正风这三百年来代扶道山人行走十九洲，也算是颇有名气，剪烛派有些高阶长老和弟子也是认识他的，当下便怒极，在知道曲正风有杀意的情况下更不留手，便要发动护山大阵。

哪里想到曲正风一剑后，竟将大阵摧毁！阵中无数弟子尽重伤垂死！

他一人一剑闯入剪烛派，从前殿杀到后殿，所过之处无一活口！

"门中，最终只有四成不到的弟子还留有一条性命！"说到这里，潘启已经痛哭流涕，泣不成声，"行凶者，便是曲正风！弟子等人看得清清楚楚，绝不会错！"

崖山，曲正风！

潘启的话像是一块巨石扔进了湖里，瞬间引起了众人的激烈反应。

"怎么可能？"

"曲师兄怎么可能做这种事？"

"不会是看错了吧？"

"这种事也能血口喷人不成？"

场中不少修士都曾听闻过曲正风的大名，潘启说出这种话来，谁肯相信？

一时间，竟然有不少人开口质疑剪烛派！

只有先前早得到了消息的诸位掌门长老知道潘启所言不虚,便尽数保持了沉默。

弟子们的议论纷纷,与师门长辈们的沉默无言,在此刻形成了鲜明的对比。

烛心见状,一时无法自控地大笑了起来:"哈哈哈,这便是我中域名门!扶道长老,曲正风是你座下弟子,我门中幸存弟子亲眼所见,你还能抵赖不成?"

扶道山人咬了一口鸡腿。

横虚真人沉吟片刻,平和地开口道:"事发突然,也是我等未能防患于未然,请烛心掌门节哀。却不知,如今烛心掌门有何打算?"

这话无疑是承认剪烛派惨遭屠戮之事是真,动手之人乃曲正风也是真!

方才还议论纷纷的众人顿时停止了议论,场中安静得一根针掉到地上的声音都能听见。

烛心素知崖山与昆吾之间的关系并不像表面上那般友好,如今横虚真人站出来,这件事便成了一半。

快哉!报复的快感涌上心来,烛心脸上的微笑带了几分狰狞。

"血债当要血偿!我门内数百名弟子的性命,自然也要行凶之人偿还!崖山见愁,杀我弟子郑芸儿,当死;崖山曲正风,屠戮我剪烛派众人,当死!"

血债血偿!

众人看着烛心那张艳光四射的面庞,此刻已然没有什么理智,只有骇人的森然。

烛心逼视扶道山人,声音几乎从牙齿缝里磨了出来:"请扶道山人交出见愁,交出曲正风,就地正法,以慰我剪烛派无辜弟子在天之灵!"

就地正法?竟有人想将自己就地正法?

自己进入十九洲也算是有些时日了,见愁还是第一次听到这般无理的要求。

这一刻,她竟然觉得好笑。

这位烛心仙子到底是哪里来的底气,竟敢说出这样的话来?

她站在通天路台阶上,背对着高处还有一半路程便可到达的一人台,注视着下方。

扶道山人手中的一只鸡腿已经啃完。

听见烛心的要求,他面无表情,只是目光一转,看见了站着不动的见愁,眉头一皱:"见愁丫头,往前走,不必回头!"

扶道山人的话穿破云层,落入了见愁耳中。

微微一怔后,她觉得整个人都被这声音笼罩。一转头,见愁便触到了扶道山人的目光,平日里的不正经都变成了威严。

往前走,不必回头!时间只有一刻,怎能浪费?

见愁明白了他的意思,一点头,转过身去,继续在通天路上前行!

只这一句话，所有人便明白了扶道山人的态度。

出了这样的大事，在烛心明确提出要崖山交出见愁就地正法之时，扶道山人却像是没听见一样，让见愁继续往前——

分明是不将剪烛派放在眼里，分明是不准备搭理烛心的要求！

这时，烛心心里隐忍已久的暴怒终于被激发出来。她踏前一步，表情狰狞："扶道山人这是要包庇到底了？"

"黑风洞你剪烛派派了一群人围杀我座下弟子，崖山尚不曾找你剪烛派算账，今日你却要找上门来！就地正法，凭你什么身份，也敢将我崖山修士就地正法？"

扶道山人站在高高的诸天大殿上，目光冷凝，回烛心以冷笑！

原本身着邋遢道袍的扶道山人，在这一刻竟像是放光了一样，让所有人不敢直面，唯恐被这一刻从他身上散发出来的威压伤及。

凭你什么身份，也敢将我崖山修士就地正法？

何等猖狂的一句话！何等出格的一句话！

中域修士，向来只敢在私底下讨论，从来不敢将话挑明。

更何况，今日乃左三千小会，三千宗门俱在场中，说出此话的还是可与横虚真人并肩的扶道山人！

一时间，众人皆倒吸了一口凉气。

一股肃杀的气息，几乎在瞬间漫延开来！

众人在听见扶道山人这一声爆喝的刹那心头一凛：要出大事！

烛心万万没想到，扶道山人竟敢在众目睽睽之下，说出此等话来。她大笑一声，正要再辩驳一二，哪里想到就在此刻，下方云影之中忽然出现了数道法宝的毫光，从云海广场众人头顶之上掠过，随后落在了诸天大殿之前。

这几道毫光来势极快，破空之声更是尖锐刺耳。只是落下的动作却似乎有些不稳。

众人定睛一看，来者四五个人，都身负重伤。当先一位面容冷肃、头发夹白的老者，肩腹处流出的鲜血滴落到了云海广场地面上，一眼看去触目惊心。

这不是崖山长老毕言，又是何人？在场的诸位崖山弟子齐齐一惊。

毕言将手中长剑往地面上一刺，勉强撑住了身体，接着将头深深埋下！

"启禀扶道师伯，曲正风已盗剑叛出崖山。毕言率门下追杀而去，终究不敌，被其重伤，已失叛徒踪迹！"

扶道山人一下子说不出话来。

云海广场之上，众人都万分震惊！

盗剑而去，叛出崖山？曲正风竟然叛出了崖山！

所有人都傻眼了。

当日曲正风突破之时便已经叛出崖山，只是碍于崖山护山大阵有隔绝神识探查之奇效，中域之中除却当时在场之人与远在诸天大殿的扶道山人之外，无一人能得知真实的情况。

人人皆以为剪烛派灭门之事肯定与崖山有关，甚至可能是由崖山授意的。谁能想到，曲正风竟然会叛出崖山！

如今毕言长老负伤出现，就已经明明白白地将这件事摆在了所有人面前！

外人皆是不敢置信，于崖山弟子而言，现实更是难以接受。

叛出崖山？还对毕言长老拔剑？数百年同门情谊，他怎敢拔剑？

无法接受，不愿意接受……即便是崖山弟子，也开始争吵了起来。

昆吾云海广场之上，一片混乱。

横虚真人目光复杂地看了下方跪地不起的毕言长老一眼，他还因自己逮捕不力而愧疚不已。

毕言长老的伤势太重，横虚真人一眼看去，便知道已经伤及脏腑，甚至连经脉都断了数条，体内气血堵塞……即便是这伤能治好，修为也要倒退个几十年。实在不像是伪装。

有眼力见儿的都能看出来，各个门派的掌门、长老都面面相觑。

只有烛心，原本准备好了一切，今日专程来向崖山发难。哪里想到在这个关键时刻，竟然有崖山长老来报，说曲正风叛出了崖山？说崖山失去了曲正风的踪迹？甚至崖山也派了人追杀曲正风？

"一派胡言！你崖山怎会追杀曲正风不力？一群人打不过一个才出窍的修士？分明是想要隐藏他的踪迹而蓄意策划了一场阴谋，针对我剪烛派！"

烛心忍无可忍，按剑怒斥！

一脸冷肃的毕言，是崖山四大长老之中最刻板的一个。闻言，他豁然起身，握紧手中长剑！他脸上的每一道皱纹里都藏着无尽的怒意："曲正风盗走的乃我崖山镇派之巨剑，他能以一人之力灭你剪烛派，毕某难当其威，有何蹊跷之处？区区剪烛派，也值得我崖山以崖山剑布局陷害？"

"你！"

好猖狂的一句话！在毕言长老口中，剪烛派还比不上崖山巨剑！

可偏偏……崖山这两把剑，还真出名到了极点：一把崖山剑，依托崖山而生，乃上古时期崖山一大能修士悟道之剑；一把一线天，一线通仙机，乃崖山万古至尊之剑！

说来可能夸张，可为了算计区区一个剪烛派而搭上崖山剑，还真是得不偿失。

烛心气得浑身颤抖,终究还是没忍住,咬牙切齿地说道:"我剪烛派势弱,自然不值得崖山以镇派之剑算计,可若有《九曲河图》,又当如何?"

《九曲河图》!

在场曾听过其名的修士全数愕然:剪烛派有《九曲河图》?

九头江这一条大河纵贯了十九洲大地,孕育了无数生灵。

《九曲河图》者,传闻关系到十九洲诞生之秘,记载有浮陆之法,有上古修士无数宝贵的研究,涉及正邪两道,甚至有荒古长夜的一些传闻和记载。

传闻若有秘法,可解得河图之秘,便可拥有通天彻地之能。

先有东南蛮荒魔地之邪修得河图,领悟出上百邪魔术法,为害一方。后有正道修士杀入蛮荒,重夺河图,进行参悟。

上古近古之交,先后有八极道尊、绿叶老祖、不语上人三位大能修士勘破河图之秘,从中悟出天地之规则,破界飞升而去。

只是其后,《九曲河图》便已失传,踪迹难寻。

千百年来,不少修士探访名山,企图从三位大能修士往日的行迹之中寻得一星半点儿的线索,只可惜最后都无功而返。

很多年过去了,不少人以为这只是十九洲无数传说之中的一个,真假难辨。甚至就连《九曲河图》是否存在,都成为众人争论的话题。可万万没想到,今日竟然会从剪烛派掌门烛心口中,再次听到这曾名动十九洲的传奇至宝!

即便是横虚真人,在听到这四个字之时也是眉头一皱,眼里露出几分惊色。

唯有扶道山人,脸上彻底没了表情。

"你的意思是,曲正风屠戮剪烛派,是为了夺《九曲河图》?"

"正是!"

虽然从扶道山人问话中听出了隐藏的危险,可此时此刻的烛心自认为掐准了崖山的七寸,有恃无恐,甚至带着逼人的气势踏前一步!

"数年前青峰庵隐界之行,我座下弟子许蓝儿带回此物,谁料想竟成为今日剪烛派大祸之根源!若没记错,两年前,崖山也曾派曲正风进入隐界,他必定从隐界之中得知机密,所以向我剪烛派痛下杀手!"

"好,好,好!"

出乎所有人意料,扶道山人竟然大笑起来,连道了三声"好"!

困扰已久的谜题终于解开,竟是事关《九曲河图》,难怪剪烛派如此猖狂。若攥紧了河图,的确不日便可称霸中域!

可惜,可叹。

再精明的算计,也敌不过曲正风悍然一剑!

一口郁结之气顿时吐出，扶道山人笑了许久，才渐渐停下来，目光之中已是一片冰霜森寒！

忽然之间，他一甩衣袖！

一只乾坤袋从袖中飞出，自动打开后有一物掉了出来，结实地摔在了地上。

伴随着落地的，还有扶道山人冷声一喝："还请烛心掌门看看此物！"

落在地上的东西，停止了滚动。

众人定睛看去，哪里是什么"物"？那竟是一个早已没了生机的"人"！

穿着剪烛派的裙衫，四肢诡异地蜷缩着，面部表情狰狞，似乎死时极为痛苦，瞪圆了眼睛，有一万个不相信、不甘心！

即便此人面目狰狞，剪烛派众多弟子还是辨认出来，这便是之前失踪的郑芸儿！

当年黑风洞之事成了一桩悬案，便是因为郑芸儿忽然失踪，就连赵云鬟也说不明白到底是怎么一回事。

没想到，失踪的郑芸儿现在竟然出现了！

赵云鬟站在一群剪烛派弟子当中，乍见地上的郑芸儿，骇得倒退了三步，面露惊慌之色。

站在她身侧不远处的剪烛派弟子江铃一下就注意到了赵云鬟的异常，本有些担心，却没想到赵云鬟神色慌张，一脸心虚，浑身颤抖个不停。

那一瞬间，江铃浑身一震，一下明白了什么……

"赵师姐……"她刚想开口说些什么，却忽然感到了一股力，竟有一只手，拽着她的胳膊，将她从剪烛派弟子之中拽出！

江铃诧异回头，看见了一身白衣的沈岙。在他身后，站着数十名崖山弟子。

另一头，颜沉沙也松了手，剪烛派弟子商了凡也像江铃一样被拽了出来，傻愣愣地站在戚少风身边。

江铃、商了凡二人对望了一眼，都不明白发生了什么。

沈岙也不解释，松手的同时，拧眉看向了场中。

郑芸儿一出，剪烛派之中已有几个人面色大变。就连掌门烛心也为之一窒：这样的死状，分明是……

《不足宝典》！

"你门下弟子到底因何而死，想必不会有人比烛心掌门你更清楚了！"

扶道山人冷肃的声音像是夹着冰碴儿，打得烛心浑身颤抖。

"郑芸儿无辜，竟死于邪术。便是片刻之前，本座尚且存疑，毕竟我中域三千宗门，个个正心持道，怎会有人领悟《九曲河图》中的邪魔妖术！不承想你竟不打自招……"

乾坤袋是一位神秘修士留给戚少风的，事关重大，戚少风立刻将此事原委道明，这个乾坤袋也就到了扶道山人手中。

人因何而死，所有修士都可用灵识查探。郑芸儿体内灵力早已溃散，可就连血肉之中都没有留下半点儿灵气，分明有异。

"天之道，损有余而补不足"，这便是《不足宝典》名字之由来。

吸人之力为己所用，甚为阴险下流。此等邪术，便是在东南蛮荒之地也早已失传，谁承想，它竟然会出现在昆吾的最高处！

事到如今，烛心哪里还能不明白？自己聪明一世，竟在郑芸儿之事上被弟子蒙蔽。

烛心憎恶的目光，落到了赵云鬟的身上。赵云鬟连连后退，已经不敢直视师尊。

若说各大宗门的掌门和长老先前还对此事抱有疑感，比如，杀了郑芸儿的也可能是崖山见愁，毕竟她的确有可能是邪魔外道。

可此刻一见这情景，还有谁不明白？对郑芸儿下手之人，绝对不是崖山见愁，而是这心虚的剪烛派女修！

好一出栽赃陷害啊！

昆吾长老顾平生当下便凌空一爪将心虚的赵云鬟抓来，扔在地上："鬼鬼祟祟，还不从实招来！"

"不是我杀的，不是我杀的！"赵云鬟当即惊叫起来。

烛心面色铁青，竟然在所有人都没反应过来的时候，飞起一剑，直冲赵云鬟而去！

"噗"！

尚在胡言乱语的赵云鬟胸口顿时喷出一股血花。

剑气一荡，便有一股强大的力量冲上她的灵台，顿时将她的意识摧毁。赵云鬟霎时间生机陨灭，横死当场！

"烛心掌门这是何意？"

顾平生正待问询，哪里想到烛心竟然下此毒手，顿时大怒。

烛心持剑而立，面目扭曲，只觉路到尽头，须拼死一搏！

"何意？我门下弟子无故丧生，门中大半修士尽数为邪魔曲正风所害，崖山是罪魁祸首，你们不去追究，反诬陷我剪烛派有妖邪，这中域、这天下，可还有半分公道在？剪烛派弟子听令，拔剑！"

唰唰唰！

烛心身后近百名剪烛派弟子，全是烛心的心腹。如今烛心一声令下，霎时间人人拔剑！

剑光闪闪，一时晃花人眼，叫人心底冒寒气。

铮——

就在剪烛派拔剑的同时，东南方向，百剑出鞘！

从寇谦之到姜贺，从汤万乘到颜沉沙……昆吾云海广场之上，崖山门下弟子尽数拔剑！

一时间，剑气冲霄而起，带着森然的杀意！

整座广场上，剑拔弩张。

"拔剑？"

扶道山人站在诸天大殿前，冷风吹拂着他破烂的衣摆，藏在道袍之下的身躯却挺立如松！

他俯视下方，沉着脸，一步上前，声音冷厉："烛心掌门可知，你在向谁拔剑？"

"今日我剪烛派非有动手之意，只为求自保。"烛心一派义正词严的姿态。

当着这广场之上三千宗门，她号令拔剑归拔剑，却不相信崖山敢仗势欺人至此，在剪烛派已被血洗之时，还要动手。

"数百弟子无故丧命，昆吾、崖山为我中域顶梁之巨擘，却限于一己私欲，不能还我派一个公道。若不拔剑，我剪烛派岂不任人宰割？"

"公道？"

扶道山人笑了起来，只是这笑声却让人没来由地感到毛骨悚然。

袖中有隐约的蓝光溢出，在"公道"二字出口的瞬间，扶道山人已高高举起左手，一枚雕刻着朵朵祥云的金色印鉴浮动在这璀璨蓝光中……

中域，皇天鉴！

厚重的气息，如同天空一样高华，蓝光则如苍穹一样明澈。给人一种连接着天和地的感觉……

那一瞬间，在场众人头皮一麻！

满布着皱纹的五指一用力，皇天鉴便被扶道山人抓在掌心之中！

蓝光恢宏，瞬间暴涨，遮蔽了整座诸天大殿！

光芒之中，扶道山人的身形变得模糊，只有声音清晰无比："我为中域执法长老，今日便还你一个真正的公道！"

嗡！周天灵气震动，朝着皇天鉴疯狂涌去！

扶道山人手持印鉴，狠狠朝着下方一拍！

皇天鉴下压，竟然见风就长。眨眼之间，皇天鉴已有小半个云海广场那般大小，金灿灿的印身上镌刻着上古的雷纹，皇天鉴疯狂地颤动着，带起恐怖的威势。

倾山倒岳！

厚重的阴影顿时覆盖了下方所有的剪烛派修士！

那感觉，竟然像是整片天空都朝着他们覆压而来！

冥冥之中，仿佛有一股天地之力，束缚住了所有被笼罩在其下的修士。

没有人可以逃脱，这来自天地的制裁！

烛心疯狂地催动着自己所有的功法，皮肤上一道道恐怖的血纹蔓延开来，就连眼里都闪烁着血色的光芒，可是……没有任何作用！

逃不开！

任她拼死挣扎，也难以挪动半分："不——"

轰！

伴随着一声震天撼地的巨响，皇天鉴瞬间压下，所有的惊呼惨叫顷刻间化为乌有。

剪烛派近百修士，包括烛心在内，竟在这一瞬间，尽数湮灭！

地面之上，无数道裂纹，以巨大的皇天鉴为中心，以方才剪烛派众人立足之地为中心，朝着周围众人的脚下扩散……

那细小的龟裂之声，像虫子一样，爬进了所有人耳中。

"邪魔外道，藏污纳垢，也配拔剑？"

皇天鉴隐约散发着纯粹的蓝光，在扶道山人五指间，散发出一种举世莫能挡的气息。

扶道山人站在诸天大殿前，向四面的修士看去，向着各个门派的掌门和长老看去，向着默立在一旁的横虚真人看去，一身凛然！

"还有谁，要向我崖山拔剑？"

嘶哑的声音，如滚动的惊雷，带着盛怒，响彻整个寂静的昆吾。

第十章
登我一人台

耳边只有风吹过的声音。

见愁不必回头看一眼，也知道身后到底发生了什么。

那般恐怖的威压，近乎引动了天地之力，剪烛派一行人，又岂能善终？

皇天鉴——

十九洲大地初成之时，曾伴生了三件先天至宝，各在一方。

那时还不曾有南、北、中、极四域之分，皆因天下修士渐渐生出派别，才慢慢有了区分，于是三件至宝也随着派系向各地转移。

皇天鉴为中域所留，后土印为北域所存，众生令则归于南域。

中域乃十九洲唯一一个小宗门林立之地，拥有千奇百怪的修炼方法，是外域修士眼中的"群星璀璨之地"。

皇天鉴作为中域至宝，可引动苍穹之力，向来只由中域执法长老掌管。而执法长老之位，又向来只在崖山、昆吾两派之间轮换。或者说，只在扶道山人与横虚真人两个人之间轮换。

如今扶道山人修为跌至出窍，一拍之下却能灭杀众人，自是因为这一块皇天鉴。

"往前走，不必回头。"

耳旁，回荡着扶道山人的话语。

身后一片红色，一直延伸到通天路下方，像是一块艳丽的红袍，披在云海广场之上。

一人台，已近在她眼前。

见愁终究没有回头看一眼。她抬脚迈步，也只是停顿了那么一会儿，便重新向前而去。

面前的台阶上有灰白的石粉，一脚踩上去，有个淡淡的脚印，见愁垂眸看了一眼，无比清晰。

这，已经是最后一级台阶。

炽烈的金光笼罩了整条通天路，却模糊了她的身影……

呼啦！站在诸天大殿之上的横虚真人终究还是没说一句话，他走出来一步，一甩宽大的袖子，便有一阵大风刮来，卷走了整座云海广场之上的狼藉。

云海广场恢复了原本的清洁，唯独那些地面上龟裂的痕迹难以抹去。

"邪不胜正，便是公道。"

一声叹息。

横虚真人脸上有着一丝笑意，看不出到底勉不勉强。

"曲正风叛出崖山，盗走崖山巨剑，覆灭剪烛派，且向同门拔剑，我中域修士人人得而诛之，不过其所为之事与崖山无关。至于剪烛派郑芸儿之死，如今真相如何，诸位已明了。扶道兄已还了剪烛派一个公道，此事便算了断了。"

没有人敢反驳一句，甚至众人都还没反应过来。

那骤然出现的金色印鉴的威力，实在是恐怖到了极点。直到扶道山人将它收起，才有人后知后觉地反应过来，那是中域至宝——皇天鉴！

扶道山人身为中域执法长老，竟以此印鉴诛杀剪烛派近百人！

烛心仙子亦是中域近百年来响当当的一号人物，方才竟然没有丝毫还手之力……这是何等恐怖的威势？无人能挡，无人可免！

说是要还剪烛派一个"公道"，谁能料想，这"公道"竟是要这剪烛派上下近百人的性命？

邪不胜正，便是公道！

只怕烛心到死也不敢相信，这话是从横虚真人口中说出的，更不敢相信，在这种时候，横虚真人竟站在了崖山一边！

反驳？谁还敢反驳？

一个是昆吾，一个是崖山，两大门派纵横中域，地位超然。何人胆敢冒天下之大不韪，与昆吾和崖山作对，与横虚扶道作对？

更何况……剪烛派是善是恶，他们再清楚不过，死有余辜而已。

所以，纵使扶道山人手段残酷，也无人敢说半句不是。便是龙门、通灵阁、封魔剑派等上五宗门，其掌门、长老等人亦聪明地保持了沉默。

横虚真人目光一转，便落到了崖山众人身上。

江铃与商了凡两名剪烛派弟子仓皇地站在当中，显得有几分格格不入。

近百柄长剑，依旧剑光闪烁，剑气冲天。整片东南方向，都充斥着一股肃杀之气。

"崖山诸位小友，还请收剑还鞘吧。"横虚真人淡淡地开了口。

寇谦之与沈咎并肩，颜沉沙箫中剑也已出鞘。

此刻崖山众弟子听到横虚真人此言，却都没有动作，只看向了扶道山人。

扶道山人手一翻，带着毁灭气息的皇天鉴便消失在他的掌心中。随意地摆了摆手，他脸上方才的盛怒此刻已消失得干干净净："都收起来吧。"

唰唰唰——

近百柄长剑，几乎同时还鞘。冲天剑气一瞬间消失，寸寸青光归鞘。

仿佛，方才崖山众弟子身上发出的杀气，根本不曾出现过一样。

横虚真人微微眯了眼，扫了一眼下方还处在一片震骇之中不曾回神的众人，唇角略勾，似有几分赞赏："崖山之剑，昔日风采依旧。"

"过奖。"扶道山人拨了拨自己乱糟糟的头发，打了个大大的呵欠，接着便摸出来两只鸡腿，扔了一只给横虚："最后瞎掰的几句还成，拿着。"

横虚真人手疾眼快，迅速将鸡腿接住。他拿着油腻腻的鸡腿，一时间竟不知作何言语。

他看向了扶道山人，扶道山人眼底却掠过一分讥诮之色。

那一瞬，横虚真人垂了眼帘。他看一眼手中的鸡腿，也不吃，只抬头向着前方苍穹之外那八角的一人古台看去。横虚真人开口道："剪烛派除却江铃与商了凡两名弟子之外，尚有近百名修士留在门派当中，不知扶道兄作何打算？"

"没死绝啊？也挺好。"扶道山人啃了一口鸡腿，吃得津津有味，顺着横虚真人的视线看向了前方见愁的身影。

"既然如此，便从江铃与商了凡二人之中选一个，作为日后剪烛派的掌门吧。老怪你意下如何？"

"……甚好。"

这是唯一还算好的消息了。

灭了人家的精锐力量，再随便挑个自己看着顺眼的人当掌门，三言两语之间，决断了近百名修士的生死，定下了一个门派的未来……

横虚真人没有反对，他捏着鸡腿，将两手一背，顿时显出一种睥睨天下的气势来。

此时此刻，云海广场上杀戮的痕迹已消失不见。

诸天大殿之上，昆吾横虚真人与崖山扶道山人并肩而立，中域两大宗门之领袖不再言语，只将目光投向远处……

八角一人台之上，八根通天柱刺入了苍穹。

这一刻，见愁已经站在了最后一级台阶的边缘，只要前进一步，便可登上一人台——成为，这十年来新一辈修士之中的第一人！

纵使云海广场之上的众人还沉浸在方才扶道山人带来的震撼中，可随着横虚和扶道两个人都向一人台看去，他们的目光也跟着落在了见愁身上。

所有人只能看见她模糊的身影，像是要为这通天路上的光芒所吞没。

没有人知道，见愁为什么忽然停下。就连她自己在再次停下脚步的这一刻，也不由得问了问自己。

为什么？

也许是因为这一刻,她已经站到了苍穹的尽头,也许是因为这一刻,她距离成功只有一步,所以感觉格外不真实……

一人台已经完全展现在了她的眼前。

八角高台,每个角落都立着一根通天石柱,上面刻着一个又一个的人名。

一人台台面上,是粗粝的石头,表面上雕刻着众多上古的图纹,晦涩难以辨认,隐约能看出这些图纹似乎自成一座阵法,不断有灵光流转其上。只是在流动到西南某个角落时,便会被一道金光阻断。

这便应该是横虚真人先前那道"禁断符"的威力了。

静静地站在一人台前,高空中凛冽的风吹得她衣袍袍角摆动,发出猎猎的声响。

一如她此刻翻腾的心绪。

一刻,一百一十九阶。

她一步步行来,脑海之中不断闪过的,是她从人间孤岛到十九洲的一切经历。

阑珊灯火一样,走马灯一样,转瞬光焰一样……

最后的一步,算是结束,还是新的开始?

见愁没有时间去思考更多了。天边的晚霞,如鲜血染就,一片血红。通天路的尽头,金光璀璨。

一人台高高悬浮在苍穹的尽头,见愁想起了第三试的那个"见愁"。她抬起头,仿佛看见那个她,就站在一人台之上等待着自己。

旁人寻仙去,她追未来行。

于是,一切迷障,轰然破碎。

抬步的瞬间,脑海之中闪现的所有画面都烟消云散,见愁一步跨过虚空,来到一人台上!

这一刻,她跨过了天空的最高点,像是穿破了一层隔膜。

低头看去,天空在她脚下,有了弯曲的弧度,万里山河如卷轴一样铺展开来,就连远处的西海上,那与天相接的一线也变成了一条圆润的曲线……

世界,骤然变了模样。

抬头仰视,却是一片模糊。然而就在见愁仰头的这一瞬间,有一股沧桑浩渺之气扑面而来,像是一个更大的世界张开了双手,将她拥入怀中。

极其玄奥的感觉,让见愁无法言语。这一刻,她已然站在穹顶之外!

嗡!

在她这一步落下的瞬间,一道灵光从她落脚之处震荡开来。周围的八角通天柱几乎同时感受到这一道灵光的震荡,竟有嗡鸣之声从通天石柱之上发出,传遍天空和四野,也传到头顶那不知名的世界里,有如仙乐震鸣,涤荡去人心所有污浊。

灵光爬上石柱，如烙金錾银一样，盘成了两个古拙的字符，又一闪而逝。

一道奇妙的心神联系，一下出现在了见愁脑海之中。

她虽然看不见这两个字符，甚至无法在石柱之上找到它们，却能凭借这一道心神联系，感觉到它游走在这一座接天台之上，像是调皮的小鱼。偶尔，还会碰到其他类似的气息……

每一个登上一人台的修士，或许都会获得这样一枚印符。这印符，便应当是她的名字。

而见愁感应到的其他类似的气息，便应当是其他人的姓名了。

这一人台，竟像是一个活物。

一念及此，见愁脚下立时轰然震动了起来。

一座小石台在那两个古拙字符消失的同时，竟从一人台的正中旋转而出！

石台周围扣着一条又一条赤红色的锁链，在石台旋转上升的过程中，发出"哐当"的响声。

整座一人台忽然光华大放。

下方众人的视野中，八根通天柱全数发出灼亮的光芒，笼罩了大半个天穹，亮如白昼！

见愁模糊的身影，便站在那石台之前。

"解兵台！"

一人台上尽解兵！

三个古篆字刻在石台之上，有一股古拙之气。

石台并不精致，就连上头刻下的纹路，也带着一种原始的气息。上有一块粗糙的凹槽，似乎专供一人台主放置兵器之用。

见愁的目光落在那三个字上，自然知晓其意。

人间孤岛的平民百姓乃至王公大臣在入宫之前，必在宫门外解兵。

这一人台，竟也要修士解兵。

眉头微微一皱，她倒好奇起来：一人台一人台，到底是何来历，又凭何敢令来者尽解兵？

只迟疑了片刻，见愁便将手指往眉心一按。祖窍之中，一线光芒涌出，片刻后，天明斧已在见愁掌中。她持斧，来到这解兵台前，缓缓将天明斧放在凹槽之中。

咔嚓！

就在天明斧放下的瞬间，解兵台竟然凹下去一块，天明斧正好卡在其中。见愁心里一惊，就在这时，猛烈的强光从天明斧上发出，解兵台疯狂旋转了起来，一道乌黑的光柱笼罩住了见愁，冲天而起，扶摇直上！

轰!

巨大的光柱一下冲破了头顶那一片模糊。像是在天幕之上滴了一滴浓墨,以这光柱为中心,整片天空迅速向着四面八方暗了下去。

由昼而夜!

见愁就站在这一片浓夜汇成的乌光中,站在这高于苍穹的一人台上,站在一片更大的世界中,抬头看去——

一片璀璨的星河,便以一种悍然不容拒绝之势,轰然撞入她的眼里!

那是无尽的虚空,有着深暗的颜色,巨大的恒星在遥远的星河深处燃烧,星辰如沙般散落在虚空的角落,按着既定的轨迹运转,构成了磅礴的星云……偶尔有一团光焰炸开,便形成无尽的旋涡,吞噬掉周遭的星辰……

她目之所见的,竟是广袤无垠的宇宙!

这一瞬间,她站在一片热烈的光柱里,乌发乱舞,遮住了她脸上近乎迷醉的神情。

夜幕之下,整片星空前所未有地明亮。

无数中域修士几乎同时停下了自己在做的一切事情,仰头望去,共同见证了这近乎神迹的一幕!

辽阔的十九洲大地之上,众多大能修士睁开了"尘封"已久的双眼……

西海广场之上,亦有无数赶路的修士在骇然中停下脚步,抬头注视着那夜空之中旋转的——

千亿星辰!

身着一袭绣纹精致的白袍,面上多了几分苍白之色,周身散发着一股草药的清苦之味,陆香冷亦望着那无尽夜空,唇边终于挂上了几分微笑。

冯璃就站在她身旁,脸上却有着明显的失落神色:"见愁师姐得了第一。"

陆香冷点了点头,并不言语。她回想起近日来的种种经历,不由得心绪起伏,却又很快平静下来。

能得师门庇佑,一力将此事压下,总归没铸成不可挽回的大错,她依旧是白月谷药女,已是万幸。至于一人台,能看到见愁登上,她满足了。

在所有人的注视之下,那一道乌黑的光柱很快力竭,在将最后一片乌光送入苍穹之后,便渐渐消散。

天穹,重放光明。

湛蓝的天幕以昆吾为中心,慢慢填满整片夜空,于是整个中域又由夜而昼。璀璨的星辰,泯灭在灿烂的天光之中,难寻踪迹。

直至此时,西海广场上才响起议论之声。

"天哪,刚才那是什么?"

"一人台！是一人台！"

"登临一人台者，崖山见愁！"

"终究还是让崖山摘得魁首了……"

"异象啊……"

听着几乎要掀翻整座广场的声音，陆香冷眉目变得温和，她慢慢朝广场之上几座传送大阵走去。才走了两步，她便顿住脚步，微微皱了眉头：身负重伤之人？

正前方一座传送阵里，一名男子似乎已经站了有一会儿了。

他穿着一身墨青色的长袍，沾染着干涸的血迹，看上去狼狈至极，偏偏眉目之间一派平静，藏着几分书卷气，从容之中还隐约有着几许儒雅。

深潭似的瞳孔深处结了一层薄冰，给人一种疏离之感；薄唇紧抿，又拉出一线冷峭。

不同于周围所有还在注视着苍穹的人，他的目光只落在前方耸立的九重天碑之上。

西海腥咸的海风，吹打在九座天碑之上，经年累月，也不能损它分毫。

第二重天碑之上，留名的乃筑基期第一人。此时此刻，新的姓名出现，最顶端二字已换成了"了空"，约莫是北域的修士。

"谢不臣"三个字，此刻已降到了第三位。

这本不是什么稀奇事。毕竟，在他突破金丹之后，便该有后来人在这天碑之上烙下自己的名字，只是……

他的目光，落在了"谢不臣"与"了空"两个名字的中间。

同名？还是就是一个人？

"见愁……"舌尖轻轻一卷，近乎缱绻的两个字便轻轻地从他口中溢出。

站在这九重天碑之前，站在这熟悉的名字之下，谢不臣抬头望着，目光微微闪动，眼眸的最深处却是一片晦涩。

夕阳西沉，灿烂的晚霞落入了广阔的西海。

在后世的记载中，这是值得十九洲众人铭记的一场暮色。

这一日，曲正风叛出崖山的消息传遍修界；

这一日，崖山见愁击败同行一百多人，成为本届小会魁首，扶道山人以剪烛派近百修士为她铺平通天之路，横虚真人挥袖起风作晚霞，挂成她登临一人台时天边最绚烂的一抹色彩；

这一日，中域昼夜变幻，星河倒悬；

这一日，失踪已久的横虚真人座下第十三真传弟子谢不臣，终于归来。

盛会散后，昆吾重峰皆被掩映在一片秀色当中。热闹的烟火气散尽了，终于显出几分仙家福地的清幽来。

老树盘桓在陡峭的山岩上，偶有飞瀑悬下，又在这一片清净里添了几分响动，反倒显得越发清幽起来。

见愁看着道中景物一路行来，只觉得心中一片宁静。

这几日，她与其余几个人一样，在昆吾安排的住处潜心修炼。

原本她便在小会比试过程之中突破了境界，结成金丹，却一直没有时间去稳固境界，如今有时间一一整理起来，战斗之中的感悟与一人台上那一刹那的所见，尽数明了于心。

虽只有几日的时间修炼，但她的修为不但稳固下来，更有了长足的进步。

见愁行进之时步伐沉稳，面上一片平静，偏偏能让人感觉出那种隐约的锋芒来，整个人似一柄时刻等待着出鞘的宝剑。

即便她不言不语地走过，也会引来沿路的昆吾弟子侧目。不少人会停下来，恭敬地唤上一声"大师伯"，再继续往前行去。

见愁由此来看，只觉昆吾和崖山的关系的确算是不错。

顺着台阶而上，见愁很快便看见了前方的大殿。

横虚真人座下第三真传弟子吴端远远见着她，便迎了过来，笑道："大师姐来了。此刻师尊与扶道长老正在殿内与剪烛派两位弟子说话，只怕大伙儿还要等上一会儿。"

见愁抬头朝着一鹤殿看了一眼，便见殿中确有几道绰绰的身影。

殿外也有几个人站着，都是见愁相熟的。

夏侯赦照旧一副不善与人打交道的模样，站在旁边，见愁到来后他便侧了下眼眸，看了一眼。

如花公子今日手里拿了一把小扇子，约莫是昆吾容不下他身边那八个侍女，也容不得他那招摇的花台来来去去，所以今日的如花公子自己站在那边。他瞧见了见愁，便露出了一个意味深长的笑容。

姜问潮则是淡淡颔首。

另外的两个就简单多了，一个是左流，手里捧着那本蓝皮簿子，啃着自己的手指，眉头紧皱，似乎正在思考什么难解的问题。见愁来了，他竟少见地没有注意到。

见愁心道一声好，左流最好永远看不见自己。

小金就不一样了，他正捧着西瓜啃着，听到有人来了，连忙一抬眼，叫了一声："见愁师姐！"

见愁朝他笑了一下，眨了眨眼，又看了一眼前面的一鹤殿。

小金立刻明白过来，连忙捂住了自己的嘴，怕吵到里头。

见愁则与吴端一同走到殿前去。

这里都是进入了第三试的人，想必是横虚真人和扶道山人有什么事情要交代。

昆吾给众人留了时间休整，时间差不多了便派人来请。

小会当日，扶道山人皇天鉴一拍，剪烛派烛心仙子当场殒命，终究还是掀起了一场轩然大波。

只是似乎不管是扶道山人，还是横虚真人，都不在意旁人的说法。

见愁望着殿中，微微皱了眉。

吴端与她相熟，又曾见过她在九头江上与周承江那一场秘战，自认为跟见愁的交情与寻常人不同，所以干脆站到了见愁的身边。

注意到她的目光之后，吴端压低了声音开口："当日曲师……曲正风覆灭剪烛派，给了三息时间，心肠好些的他都留了手。云海一战，来者皆是烛心心腹，留存者不多。不过算上在内在外的弟子，剪烛派尚有三成弟子性命无虞。"

见愁听着，便看向了他。

吴端接着说道："一派不能无主，这几日来师姐闭关修炼，或恐不知，师尊与扶道长老已经选定了江铃师妹为剪烛派新任掌门。听闻江铃师妹也与师姐有些交集，想必师姐对她的品性更了解一些。"

江铃……

剪烛派之事，最后竟然是这么个处理方法。

如今烛心那一系的人，只怕早已经尸骨无存，剪烛派内更无一个话事之人。由扶道山人与横虚真人出面摆平此事，自然是最合适的。

至于这接任掌门之人，见愁思索一番，想起昔日在崖山拔剑台下，江铃卫护周宝珠的举动。

"心地良善，亦算有谋略，敢言敢做。若得一番历练，是个不错的人选。"

想必扶道山人也是看中了她这一点吧？至于横虚真人是怎么想的，见愁就不知道了。

吴端自是不了解当中情况，闻言点了点头，一笑后正想要再问些什么，忽听得殿内一声"去吧"，一转头便看见剪烛派的那两名弟子出现在门口。

江铃眼眶微红，面容有几许苍白，眼神却颇为坚定。她穿着一身素衣，双手捧着剪烛派的掌门印信，慢慢走了出来。

抬眼看见见愁，江铃便一欠身："见愁师姐。"

她身后跟着面容同样有些憔悴的商了凡，黑风洞一行，他也认识了化名为"无愁"的见愁，当下见了见愁，也是施了一礼："见愁师姐。"

这两个人,严格来说年纪都不大,面庞尚有几分青涩。

如今烛心仙子和剪烛派的长老们一去,他们便要挑起一派的重担,只怕压力也是不小。

严格来说,这并不是一件喜事。

只是……

见愁略一垂眸,面色淡淡,虚扶了江铃一把,说道:"洗了旧墨,画了新山河,左右也算好事一件,恭喜江掌门了。"

吴端看了见愁一眼。

江铃一怔,想起昔日剪烛派的所作所为,想起那些修炼了《不足宝典》最终却竹篮打水一场空的师门长辈。

当日烛心仙子带着一群人杀上昆吾,要讨所谓的"公道",也是想借曲正风覆灭剪烛派一事,让扶道长老声名扫地,如此不久后的宗门会上,便可顺势撤下扶道长老执法长老的位置,将皇天鉴握在手中。

只是她师尊怕是怎么也没想到,最终会是那般结果。

外头吵得沸反盈天,可江铃心里清楚那一帮人到底是死得无辜还是死有余辜。听到见愁的话,江铃也不知到底是该怅惘,还是该松一口气。

横虚真人与扶道山人召见进入第三试的人,只怕是有要紧事,她也不好多留,便露出个极淡的笑容来,眼底还藏了几分怯意。

"如今门中正处多事之秋,江铃新得真人与山人之任,须速回剪烛派料理琐事,便拜别见愁师姐了。"

"江掌门保重。"

见愁一拱手,目送她与商了凡两个人一前一后下了山道,慢慢不见了身影。

吴端站在她身后,有些感叹:"我怎觉得她好似很仰慕你,你却对她生疏得很?"

"她固然是个好人,可我与她并不相熟。"

于见愁而言,她与江铃不过是一面之缘而已。更何况……

"如今崖山虽在众人非议之中,可更受人非议的只怕还是她与商了凡。云海之上,独独他二人毫发无损,如今又领了掌门重任回去,只怕剪烛派内会有人不服。她仰慕我,我却必须敬她如今已是一派掌门。"

剪烛派内留存之人,以心思纯正之人居多。只是怕也有不少贪生怕死之小人,此等人惯会在门派之内作祟,昆吾、崖山两大巨擘承认的剪烛派掌门只怕不会有人说什么,细节问题却未必了。

见愁这一番考虑,有着自己的道理。

吴端先前并未想到这么多。

身为崖山和昆吾两派的弟子，不管行至中域何处，都是被人敬仰的。若吴端是见愁，江铃出来之时称"见愁师姐"，他只会回一句"江铃师妹"，却不会意识到对方已是一派掌门……

目光落回见愁脸上，吴端忽然想起了昔日在西海大梦礁上遇见她时，她还只是一个与曲正风同行的崖山门下，并不怎么引人注意。可如今站在这一鹤殿前，言谈之间已是慧光迸现。

七窍玲珑心，思虑周全，细致入微，更有一人台荣耀在身，她早就是名副其实的"崖山大师姐"了。

旁边的如花公子感叹起来："真是个冷心冷血的女人啊，人家一朵娇花，你也不怜爱几分……"

娇花……

见愁凉凉地看了他那绣满繁花的衣袍一眼，他是指他自己吗？

"吴端，带他们入殿吧。"

外面几个人眼看着就要"暗流汹涌"的时候，殿中传出了横虚真人平和的声音。

殿外几个人立时肃然。左流还沉浸在他那小簿子之中，一脸思索的模样，小金连忙一肘子捅过去："走啦！"

左流这才反应过来，连忙收了东西，跟着众人动身。

吴端在前，一摆手先引了众人入殿。

此殿在昆吾山顶最高处，向来是昆吾众人平时议事的大殿，刚入殿靠近门口的地方有铜鼎一座，往内走便是光可鉴人的黑石地面，刻着一道又一道的花纹。八只仙鹤衔着灯盏，翩翩立于大殿两侧。

殿上扶道山人与横虚真人并肩而立，注视着刚刚进来的众人。

"拜见师尊、扶道长老。"吴端当先行礼。

他身后，见愁、夏侯赦、如花公子、姜问潮、左流、小金六个人，亦躬身行礼："拜见横虚真人、扶道长老。"

"都请起吧。"

横虚真人一眼扫过去，这六个人是今年小会入了第三试的英才，只是当中却无一人来自昆吾。

他微微一笑："此次小会，你六个人表现上佳，修为在同辈人之中亦属卓绝。今日召尔等前来，只为谈青峰庵隐界一事。

"数年前，封魔剑派修士渡海而去时，曾在人间孤岛临海一座青峰庵中，发现大能修士所留隐界。我中域先后派遣三拨修士入内，皆无功而返。"

横虚真人将隐界之事，徐徐道来。

"最近的一次,乃我昆吾、崖山两派,派遣扶道山人座下弟子曲正风、我座下弟子谢不臣,一者元婴期,一者筑基期,共探隐界。"

这件事,见愁是清楚的。只是如今曲正风叛出崖山,却是她不曾预料到的。

不可否认,再次听见他人提起这个名字,她心底生出几分奇怪的感觉来:当初归鹤井旁,她收到那蜉蝣的来信时,曲正风曾言"什么是正什么又是邪",如今算是应验了?

扶道山人站在旁边,听着横虚平缓的声音,无聊地打了个呵欠。从他身上,是半点儿也看不出曲正风叛出崖山有什么影响的。只是在横虚真人下一句话出口之后,他便翻了个不屑的白眼。

横虚真人说道:"不想曲正风早生魔心,于隐界中算计我座下弟子,致其身受重伤,而隐界亦为其损坏,如今只能承受金丹期修士之威压。

"剪烛派在隐界之中探得《九曲河图》之秘,如今查遍其宗门,亦不曾寻得河图踪迹,只怕已落入曲正风之手。

"在隐界内,曲正风势必探得了什么秘密,才会做出这等大逆不道之事。"

《九曲河图》,在剪烛派烛心仙子于云海广场之上说出其存在的时候,此物便注定了将在中域掀起一场腥风血雨。

身怀河图,叛出崖山……这一位"曲师弟"将来的日子可不好过。

见愁心中想着,面上却十分平静,话听到这里,她已经大致明白了横虚真人召集他们来此的原因。

果然,横虚真人微微一笑,开口说道:"除尔等六个人外,我座下弟子谢不臣业已结丹,与白月谷陆香冷同行,如今已在回昆吾之道中。今日召诸位前来,只为派诸位一探青峰庵隐界。待我座下弟子归来,为尔等带路,也好避开沿路危险,权当是尔等小会之后的历练吧。"

这一瞬间,见愁身上滚流的鲜血忽然停了那么一瞬。她抬起头来,看见横虚真人平和的表情没有半点儿异样。

第十一章
蓑衣江上人

一鹤殿中，忽然安静了一会儿。

谢不臣，这个名字众人都曾听闻过，乃昆吾十日筑基的天才，并且只在筑基三日后便成了十九洲筑基期中战力第一之人，已经完全不是"天才"二字可以形容的了。

智林叟曾将他排在夺冠一人台的大热门当中，只是这一届小会，此人并未参加。

记得当时谢不臣没出现时，有不少人为之惋惜。只是后来与会修士奇招百出，各有天才之处，其中尤以崖山见愁力挫群雄，最为瞩目，倒让很多人将这一位缺席的天才抛诸脑后了。

周承江战力有多强？小会之中，他们已经有所领教。才筑基三日的谢不臣，便能击败周承江，成为第二重天碑第一。他们可不会认为是周承江太弱，唯一的解释就是，昆吾这一位天才太强。

原来，此人不能参加小会，是因为在隐界之中遇到了意外吗？只是这意外，又偏偏是扶道山人座下弟子曲正风一手造成的……

众人这么一思量，便嗅出了几分不寻常的味道。

中域以昆吾、崖山为尊，若要派几个人去探访隐界，自然不是什么大问题。

当下便有人做了决定，只是……手里还抱着西瓜的小金半点儿没顾忌这里是昆吾一鹤殿，只是眨巴着眼睛，看着横虚真人与扶道山人。

"呃……我……我……"开口就结巴了，似乎他也有些惧怕这两位巨擘的威势。

听到声音，众人的目光一下子就落在了他的身上。

横虚真人露出微微感兴趣的表情来，看着倒是挺和善的，他问道："小金小友，有何事？"

"那个，我家里人还等我回去，我可能不能去隐界了……"

说完这一句话，小金的脸上顿时露出了少见的颓然表情，显然并不情愿。不能跟大家出去晃荡，显然是个巨大的遗憾。

接着姜问潮也出列，躬身道："启禀真人，问潮三十年不曾归通灵阁，如今只想从昆吾起，游历天地间，再回通灵阁看看。此番只怕也不能同诸位道友一同前往青峰庵隐界了。"

所谓"隐界"，是至少第八重境界"有界"的大能修士开辟出的一方小天地。

有的修士在飞升之前，会将此界与自身的联系切断，将隐界留给后世人作为福荫；也有的修士会将隐界带走，进入那传说中的真仙之界。

当然，更多的修士可以领悟天地规则，到达"有界"之境，却无法跨过通天，甚至即便跨过通天境，也不能成功飞升。所以，这一类修士的隐界也会随之失落，成为大千世界的某个角落。

青峰庵隐界到底是何来历，众人暂且不知。只是但凡"隐界"，其中往往有诸般至宝，入内可获无数机缘。如今小金与姜问潮却说不能同去，确实是一件憾事。

小金无门无派，姜问潮三十年来不曾回师门，都算是有理由。只是到底是真是假，就很难说了。

横虚真人并不勉强，只道："既然如此，那小会之中只剩下了四个人，加上不臣与白月谷陆香冷，正好六个人。"

他看向了见愁等四个人，见无一人反驳。

"如今小会已经结束，想必在小会之中诸位各有体悟。扶道兄设置的每一试皆有深意在。不论尔等去往何处，多思多想，必大有裨益。这几日，便请诸位在昆吾好住，准备不日出行，隐界之中机缘遍地，也是难得的机会了。"

"是。"众人尽皆领首领命。

见愁埋下头，却是心绪难平。

要说的事情不多，横虚真人交代完了之后，便命吴端领着他们出去。

扶道山人远远看了见愁的身影一眼，留在了殿中。他还要商议不久之后的宗门大会，又到三百年一度的执法长老轮换之时了。

手里拿着鸡腿，他忍不住问了一句："你说那个小金到底是什么来头？"

横虚真人敛眉，思索片刻，道："心思单纯，从头到尾也只会一拳头，但是力大无比，恐怕是南域某个世家的子弟吧。"

这倒有可能。扶道山人点了点头，也不说话了。

一鹤殿外。

吴端引着见愁等人相继走出，众人一时间竟然相顾无言起来。

这几个人原本大多素不相识，是在小会中认识的，正所谓"不打不相识"，忽然有两个人说自己不去，倒让人有点儿不适应。

见愁看了看姜问潮，又看了看小金。

小金摸了摸自己的头，似乎有些苦恼。他看了众人一眼，在自己怀里掏摸了一阵，竟摸出一颗大西瓜来。小金走到见愁面前，将西瓜往她面前一递："见愁师姐，相识一场，送你颗西瓜吃吧，可甜了！"

见愁一怔，看着面前这颗硕大的西瓜，想起自认识他以来，他总是在吃，不由得露出几分笑意。

伸出手，她将西瓜接住了。只是……好沉啊！

看到见愁接了，小金兴奋起来，干脆一人发了一颗西瓜。

姜问潮、左流两个人算是与小金交好，道了声谢，都接了下来，如花公子虽然摆出一脸嫌弃的模样，但也没拒绝。

不过在小金抱着西瓜走到夏侯赦面前的时候，气氛有了微妙的变化。

夏侯赦一身暗红色的衣袍如同血染，他并不与众人站在一起，而是一个人站在角落，似乎不大愿意与寻常人接近。

他眉心之中那一道血痕似乎又深了些许。

在小金走过去的时候，夏侯赦冷漠的眼眸一转，瞳孔深处的红色微微亮了一下，目光落到了小金的身上。

"一人一颗西瓜，喏，给你。"

仿佛半点儿也没察觉到危险，小金抱着西瓜递了出去。

这一瞬间，其余人全部沉默。

在他们的眼中，身穿兽皮短褂、性格阳光天真的小金站在夏侯赦面前，简直就像是某种站在猛虎饿狼前面的无知小动物，说不准下一刻就要被咬死。

就连左流都对小金心生同情：这一位来自封魔剑派的主儿，怎么看也不像是善茬儿啊。有多少西瓜你送给咱们就是了，何必触那个霉头。

见愁也看了过去。

因为她在小会之中与夏侯赦数次交手，对他的实力算是有所了解，不过困扰她的问题是另一个，只是这几日她潜心修炼，倒也没机会询问。

如今小金"作死"地将西瓜递到了夏侯赦面前，一下让她感兴趣了。

面前就是那翠皮的大西瓜，看上去很是鲜亮。

夏侯赦垂眸看了那颗西瓜一眼，面无表情，只是眉头微微拧了一下，似乎并不想搭理小金。

他抬起头来，便瞧见了周围几个人复杂的表情，见愁也是一脸思量地望着他。

不过，在他看过来之后，见愁回以一笑，说道："相逢一场便是有缘。"

人家西瓜都递过去了，你不收不好吧？言下之意，便是如此。

也不知心里到底是怎么想的，夏侯赦终究还是两手抱过了西瓜，眼底一片晦涩，脸上却是不大耐烦的样子。

只是小金半点儿不介意，在西瓜送出去之后，一蹦三尺高！

"哈哈哈，天哪，我的西瓜送出去了！"

众人无语。

见愁有一种扶额的冲动，只觉得这是哪家的毛孩子跑了出来。

"中域真是个好地方，到处都是好人啊！我好开心！"小金兴高采烈地喊了出来。

接下来他蹦着蹦着，便蹦到了吴端面前，见他两手空空，干脆也摸出一个西瓜来："见者有份，也给你一个。"

吴端猝不及防之下抱了颗西瓜在怀里，有些发怔。

这时候夏侯赦已经脸色黑沉，不过小金可不是会管那么多的人，他这是要走了，给大家的临别礼物。

前面便是长长的台阶，一条山道通往昆吾山脚。

小金对着众人露出大大的笑脸，八颗白牙在阳光下明晃晃的："我这就要回家了，欢迎你们以后来我家玩啊！"

说完，他便纵身一跃，一步跃下了台阶，像是一只灵巧的猴子，在昆吾的台阶上蹦蹦跳跳，一路下去。

沿路道中，都能听到他开心的声音。

"都是很好很好的人啊……"

碧山掩映，暮色将合。小金那穿着兽皮短褂的身影很快便消失了。

见愁远远望着，掂了一掂手中的西瓜，不由得笑了起来。

姜问潮也露出了微笑，这样心思单纯的人已经不多了。眼见着夜色将近，他收了西瓜，朝众人一拱手："小会一逢，山水有缘，但愿他日后会有期。"

"后会有期。"

众人亦纷纷拱手。

姜问潮转身，一身枫叶红的衣袍猎猎鼓荡，眨眼间他便已御空而起，化作一道毫光远去。不一会儿，那枫红色的毫光便隐入了昆吾灿烂的晚霞当中，没了影踪。

站在原地的，就剩下见愁、吴端等五个人，竟然一下显得冷清起来。

离别总是有几分轻轻的惆怅，见愁略笑了一下，开口说道："无门无派，却忘了问他家在何处，这还欢迎咱们去呢。"

小金的来历，至今没人知道。也许智林叟知道，却不曾记录在《一人台手札》之中。

不过吴端却是知道几分的，他思索了片刻，看了看手中的西瓜，说道："非出于中域左三千之中，右三千也不会有这样心思纯善之人，其修炼的功法更不属北域四宗之中任一宗门，只怕是南域之人。"

"南域？"

见愁皱眉，回忆起了十九洲大地之中南、北、中、极四域的划分。

中域分左三千与右三千。

左三千为三千宗门，右三千则是十九洲出了名的散修聚集之地——"明日星海"。

左右三千，构成了整个乱中自有其序的中域，虽看起来似一盘散沙，可偏偏高手辈出。

北域则以巨型宗门出名。

偌大的区域内只盘踞阴阳两宗、西海禅林、雪域密宗四个宗门，彼此之间泾渭分明，井水不犯河水。

不过，这里头也有几桩旧怨在。

听闻阴阳两宗乃同出一脉，西海禅林与雪域密宗也有极深的渊源，所以北域四宗其实是由两个巨型宗门分裂出来的，类似于今日西海边的望江楼与望海楼。

极域，地位特殊，在十九洲大地的最东方，乃"日出之地"。

上古传言："十九洲东极有度朔之山，上有大桃木，其屈蟠三千里，其枝间东北曰东极之门，可沟通极域内外矣。"

九头鸟便是"车"，在极域与十九洲大地尚未对立之时，可载着修士们，载着那三善七恶的十念，去往东极之门，去往极域。

至于南域，却又是另一番模样了。

南域其地偏南，东边便是东南蛮荒，早年是邪魔外道发源之地，接壤十九洲最混乱的"明日星海"，本就是一片混乱；西边则盘踞着无数悠久的修界世家大族，一个个盘根错节，相互掣肘。

南域的混乱程度，恐怕只在"明日星海"之下。那是中域势力难以抵达之地，自然也有许多闻所未闻的修炼之法。

小金的修炼功法不在中北两域之中，也只能从南域去寻了。更何况，他所言的"家里"，已经很明白了。

见愁想着，点了点头："十九洲之大，万象俱在。"

此刻的她，还只是一只井底之蛙吧？

吴端所见颇广，对于各处风光都了解一些，听到见愁这话，约略猜到了她的想法，只道："万象俱仕，待见愁师姐修炼的岁月长了，自当领略百般风光，纵日月变幻也入不得眼了。"

这话却是夸张了。

见愁领了他的好意，笑了一笑，便道："如此看来，要阅遍十九洲风光，得努力修炼了。"

听到见愁的话，吴端不由得失笑。

他拱手为礼："谢师弟明日才回，便是回了，只怕师尊也有话要交代，几位还须在昆吾盘桓三两日。住处照旧，若有什么需要，只管传信于我，或是吩咐执事弟子。"

众人皆道谢，也没在一鹤殿前多留，便回了昆吾为诸人安排的住处。

这个时候除了扶道山人之外，几位师弟大多已经回了崖山。

毕竟曲正风叛出崖山不是小事，门中众位弟子也很是震动。

昔日曲正风常代扶道山人处理派内事务，这次叛出崖山而去，立时就要有人顶上，只怕一时半会儿众人都要忙晕头。

吱呀！

暮色当中，见愁告别了众人，推开了屋门，回到了自己屋内。

陈设简单，木桌木椅，只比崖山的布置多了几分精致，桌腿上都还有几道雕花纹路。

她弹指，点燃了摆在桌上的灯盏。昏暗的屋内，顿时明亮了一些。

望着这一豆灯火，见愁恍惚起来，仿佛霎时间这屋子便变成了她在村中的那一间屋子，灯影昏昏，照着环堵萧然的四壁，却没有半点儿温度。

她一眨眼，一个晃神，周遭幻象立刻消失，屋子变回了本来的模样。

见愁抬手，揉了揉自己的眉心，似乎想将脑海之中盘桓的杀意驱除，却没有什么效果。

皱了皱眉头，见愁走过去，盘腿坐到了屋正中的蒲团上。两手打开，捏了个手诀，搁在膝上，任由身下斗盘现出，天地灵气自眉心灌入，她微微躁动着的心，慢慢平静下来。

修炼不知时间流逝。

眨眼间，月上中天，银辉洒在窗棂上。不一会儿，月又渐斜、渐小，银辉被周遭的黑暗吞没了一些，整个昆吾陷入了黎明之前的黑暗。

寂静里，只有一些细小的虫鸣，穿透了窗，却扰不了人的睡梦。

滴答！

窗外，浓重的雾气在发黄的叶片表面凝成一层厚厚的露珠，露珠终于汇聚到一起，坠下，敲打在窗棂上。

这一刻，见愁因闭目而垂着的眼睫，忽然颤了一下。

一双清明的眼睛开，看向了微微打开的窗缝，山高月小，秋深露重，正是一日里最寂静，天色未明的清晨。

她垂眸思量片刻，还是从蒲团上起身，已稳固在两丈四尺七分的斗盘隐没在地面上。

走到门前，将门拉开，接着返身带上，见愁无声地顺着山道，一路下了昆吾，穿过昆吾主峰周围那一片茂密的树林。

江水滔滔之声，近了。

踏着满地枯叶，见愁站在江岸边，一眼便看见了江上那随着江水上下浮动，却始终没怎么移动的一叶扁舟。

天光幽暗，满江浓雾。

有细碎的波光在江面上微微摆动，偶尔有游鱼跃出江面，发出"哗啦"的水声。

小小的乌篷船停在江心，船尾系着陈旧的渔网，船桨随意地靠在渔网旁，船头则放着歪七扭八的三两只鱼篓。

一个人坐在船头，身披蓑衣，头戴斗笠，挡住了满江的雾气，他的身影在雾气里透着几分模糊，让人看不分明。见愁只能看见他持着细长的钓竿，似正在江面上垂钓。

此人身后，生着一炉薪火，上头架着一口小锅，锅内的水已开至蟹眼。

在见愁朝着他望去的刹那，那钓竿忽然一动，江面上顿时起了一道又一道的波纹。

"鱼儿上钩了……"

垂钓者的声音里带着几分笑意。他将钓竿一抖，便见一条肥美的鲈鱼咬着钩，被他从江中拽出，一下拎在了手里。

这一刻，见愁终于看清了他的样貌，眉眼间依稀有几分熟悉。

傅朝生放下了钓竿，用一种怀念的口吻朝岸上的见愁说道："鱼在手中，水在锅中，万事俱备，只待烹上一碗鲜汤作为款待。故友既至，不如上船一叙。"

听到"故友"二字，见愁便明白了。

仙路十三岛上，那个神秘少年自称为蜉蝣所化，后在西海之上驾鲲而去，身份来由都是一等一的奇妙。

却不知，对方使露珠坠落，又以心念引路，到底所为何来？

此人修为极高，能力或恐通天。若要于她不利，估计早就动手了，也不用摆什么所谓的"鸿门宴"。

所以，见愁得对方邀请，倒也没有拒绝，一步迈出，便已经站到了船上。

此刻，傅朝生正将那鱼提起来，顺手摘掉斗笠，露出满头乌黑的发来。

他抬眼看着见愁，倒好像是认识了她许久一样，随口便道："小船简陋，请坐。"

待客之道，还真是够简陋的。

只是见愁也不拘，随意坐下来了，看着从身边流过的滔滔江水，目光落在了鱼篓里的那一条黑鱼身上。

这鱼瞧着通体乌黑，跟普通鱼没什么两样，只是它待在船板上的竹篾鱼篓里，慢吞吞地喘着气，眼看就要断气了一样。

"有鱼为何还需垂钓？"

"有鱼？"

傅朝生并指如刀，将手中那一条肥美鲈鱼开膛破肚，正在收拾着，听到此言，眼神一转，便顺着她的目光看去。

黑鱼。

是鲲。

他沉默半晌，笑道："故友想吃这一条鱼吗？"

黑鱼默默地在竹篓里翻了个身，把白白的鱼眼藏了起来。

兴许是觉得傅朝生的眼神有那么一点儿奇怪，或许是觉得这一条黑鱼有那么一点儿奇怪，见愁思索了片刻，摇了摇头。

她把目光放回到傅朝生的身上，打量着他。

浅青色的古旧长袍，照旧笼在他的身上，不过此刻却被不知哪里来的旧蓑衣遮了个严实，只能看见隐约的花纹。

那颜色，像是岩缝里长出来的青苔。

这种感觉着实奇妙。

那时她还不曾真正踏入修行之路，甚至还不曾进入十九洲，如今她已经是左三千小会的魁首，踏上一人台的第一。

看着傅朝生干净利落的动作，见愁平心静气地坐下来，任由晨雾吹拂着自己的面颊，远处天边只余下小月的轮廓，照亮她的已是天光。

哗啦！

水声轻轻响动。

收拾干净的鱼被傅朝生缓缓放入了锅中，开了的水将鲈鱼鱼身淹没，锅旁有些香料，被他扔了进去。

见愁一笑，却没说话。

坐在她对面的傅朝生眼底闪过什么，似藏有岁月变换，对她这一笑似乎不解："故友笑什么？"

若只想喝鱼汤，是没必要往里头扔香料的。

曾有那么一段日子，炖鱼汤她算是一把好手。

不知不觉间又想起在是非因果门中重历的那些记忆，见愁毕竟与蜉蝣不熟，所以并未回答他，而是问道："西海一别后，曾收到你的来信。只是见愁不知，这'故友'二字，从何而来？"

这问题是傅朝生没想到的。

他看着对面的见愁，想起这两三年来在人世间的种种见闻，却发现他在人世间遇到的那些人都跟她不一样。即便是在人间孤岛当国师时，也不曾遇到一个与她相同的女人。

或许，这便是所谓的人皆不同。

至于"故友"二字……

"蜉蝣者，朝生暮死，而我只因朝闻道而生。"

他的手指从斗笠上冒出来的几根利刺上慢慢掠过去，那声音说不出到底是年轻还是苍老，还带了三分嘲讽的慨叹。

"我闻故友之道而生。"

闻道而生。

见愁忽然一怔。

傅朝生继续说道："生而遇道友，叙话三两句，于故友而言，不过三五刻，萍水相逢一过客而已。于朝生而言，已是小半生，相识已久故人哉。"

是了，若他只是一只普通的蜉蝣，当为朝生暮死。

人之一日，他之一生。

见愁明白了些许。

傅朝生捡过炉边的一根干柴，"啪"地一下折断了，投入炉中，眨眼便见那火舌将干柴舔红。

"有物混成，先天地生。寂兮寥兮，独立而不改，周行而不殆，可以为天地母。吾不知其名，强字之曰道，强为之名曰大。大曰逝，逝曰远，远曰反。故道大，天大，地大，人亦大。域中有四大，而人居其一焉。人法地，地法天，天法道，道法自然。

"道可道，非常道。

"道常无名，朴。虽小，天下莫能臣。"

一字一句，他念来极为清晰。

见愁却忽然觉得有几分耳熟："这是……"

"这是故友昔日闻我之道。我后来去人间孤岛，发现这是《道经》所载之字句。"傅朝生面上带了笑，下一句却转而道，"想来，这不是故友之道，也并非我之道。"

书卷之中常有圣人论道，只是修行之中的"道"又不可以书卷而论。

只有极少数人，能将书卷之"道"与修行之道结合。

道行于足下，却不在书卷中。

闻道而生，或许的确是因见愁而起，也或许只是一个机缘之下的巧合。

傅朝生也不知天道到底是何模样，只知他要的天道是什么模样。

又折一枝干柴入锅底,他道:"如今故友也在修行路上,不知如何悟道?"

悟道?

见愁一笑:"尚不知,道为何物。"

没准儿出窍就死。

这句话竟来得干脆利落。

傅朝生这才想起凡人的修为似乎需要日积月累,便忽然不说话了。

空气里飘荡着鱼汤的香味儿。

不知何时,船已开始顺江飘下,穿破浓重的雾气,两岸被秋色染得绚烂的树林与远处的山峦模糊成了一片暗影。

天光已微明。

傅朝生看了看风景,又瞧了一眼高处的云海广场,最终将目光落在已好的鱼汤之上。

"生我者故友,乃'因'之所在,却不知他日'果'在何处。"

"鱼汤好了。"见愁淡淡提醒。

沉默片刻。

傅朝生看她的目光多了几分奇异之色,随后顺手往江中一伸,抽回手时,那滚滚江水竟然已经被他握在掌中,成了两只江水凝聚而成的小碗。

细看时,水流尚在流动,形成表面一道道的波纹,奇妙至极。

用这一只抽江水而成的小碗盛了锅中汤,傅朝生递给了见愁。

见愁接过碗,只觉触手生凉,她端着碗,竟似能感觉到江水流淌的波纹,感受到浪涛鼓动的脉搏,仿佛有一种与整条江心神相连的错觉。

他抽的不仅是江水,而是江脉、江魂!

瞳孔微缩,见愁眼底藏了几分忌惮。

鱼汤在江水之碗中,散发着有些过浓的香料味道。

她端着,却没喝,只问了一句:"无事不登三宝殿。蜉蝣君拂晓引我来此,总不会只是为了喝这一碗鱼汤吧?"

"自然不是。"

鱼汤不过先前于是非因果门上所见,随手一试罢了。傅朝生自问不是那般有闲情逸致之人,也就是等人时无聊。

见愁既已明问,他也不绕弯子,只开门见山道:"我来借宙目。"

手抖了那么一下,碗中的鱼汤荡起了波纹。

比目鱼修行有成后,便有宇宙双目,可观四方上下,古往今来。

鱼目坟中,见愁的确得了此物。只是当时鱼目坟关闭,此人又从何知晓?

见愁垂了眸，掩去眼底的情绪，只将鱼汤慢慢地吹凉了，喝了一口。

香料的味道太重，盖住了鱼本身的鲜味儿，万幸这一条鲈鱼甚为肥美，才挽救了这一锅鱼汤。

只是……暴殄天物。

心里莫名地冒出这个念头来，鱼汤几小口便被饮尽了，见愁抬起头来："宙目我有。不过，这一个'借'字，我也曾对人说过。"

不久前她曾强"借"顾青眉接天台印一用，到底是"借"还是"抢"，只有她自己心里明白。

强盗作风，她也算深谙。

如今傅朝生说借就借，未免太轻松了些。

倒是傅朝生并没有什么异样表情，也不觉见愁这话不客气。他只笑："那故友借吗？"

见愁也不知道自己心里是什么感觉。

她盯着那汤碗许久，终是吐出了一个字："借。"

一字落地，鱼篓里的黑鱼翻了个身，无神的鱼眼珠子转了转，似乎朝着火炉两旁的一人一蜉蝣看了过去。

傅朝生微微眯了眼，眼底藏了几分莫测，打量着见愁。

见愁却将汤碗慢慢朝着九头江一放，一瞬间，汤碗便化作流水，汇入了滔滔江流之中，消失不见了。

她直身，手一翻，那不大的灰白鱼目便在指间了。略略将之转了一圈，见愁便扔给了傅朝生。

轻巧地接过，宙目已在掌中，傅朝生忽然觉得面前的见愁成了一团迷雾："我有宇目，只差宙目。你不问我借去何用？"

"总归是你的事，与我无关。"

想也知道，这个人乃蜉蝣，修为亦有几分诡异之处，见愁暂时无意蹚这浑水，只当什么也不知道便是。

也或许……是有那么一点点寡淡得奇怪的知交之谊？当然，也可能是觉得不借也得借。

见愁并未解释。

傅朝生却没想到。

宇目可察四方上下，却不能观他在意的古往今来，更无法窥知蜉蝣一族命运如何，所以这一枚"宙目"，他势在必得。

只是，得来的太过容易了。

周围的浓雾,渐渐消散了。

正东方已有一缕刺目的光从地底投出,昆吾群峰的影子慢慢在浓雾里露出了轮廓。

傅朝生开口道:"他日当还此宙目。"

见愁并未在意,她将头抬起,望着周遭明朗的天色。

那乌黑的眼仁在天光照耀下带了几分意味悠长的深邃,她微微眯了眼,敛了眼底那一线乍现的寒光,心底却澎湃着另一番情绪。

从火已熄的炉旁起身,见愁的心思完全不在什么宙目上。

天亮了。

不知那于她而言久违了的"故人",是否会准时回到昆吾?

见愁唇边挂了笑,对傅朝生说道:"非我族类,不善烹煮。你炖的鱼汤,并不好喝。"

话音方落,她已一步迈过被雾拦住的满江波涛,回到了江岸上,循着来路,往昆吾主峰的方向走去。

背后,傅朝生在船上,手拿着那一枚宙目,一时没了言语。

远远看着江岸,见愁并未回望一眼,很快便消失在密林当中。

天边红光灿烂,江水被铺上了一层红并着一层金,连雾气的颜色也变得浓烈起来。

层林尽染,秋意已渐萧瑟。

鱼篓里的黑鱼转了转眼珠:"于他们人而言,生我者父母,你不该说'生我者故友'。"

"有区别?"傅朝生似乎不明白。

当然是冒犯了。

黑鱼叹了口气,沧桑道:"非我族类,难以交流。"

接着,鱼脊一用力,鱼尾一撑,竟然"咕咚"一声跳入了江水之中,一下没了影儿。

船上,傅朝生看了一眼那笼罩在重重迷雾当中的昆吾主峰,将宙目收起。

"呼啦——"

一阵风吹来,江上忽然空荡荡一片。

小小的扁舟没了影子,原处唯有一片枯黄的树叶,飘荡在江面之上,随着波涛渐渐远去,远去……

昆吾主峰山道。

见愁脚步算得上轻快，一路拾级而上，刚到山腰，便看见早起的昆吾弟子穿行在亭台廊榭中，隐隐有人声夹杂在鸟语虫鸣之间。

此刻天刚放亮，这些人却已经在做早课，进行各自的修行了。

中域顶梁的大派，当真是名不虚传。

在昆吾待了几日，见愁对昆吾也算有了几分了解，一路想着、看着，她整个人看上去与往日并没有任何异样。

也许，只是眼底的神光有那么几分毕露，似一点儿难以收敛的锋芒。

前方道中有一座平台，一个红衣少女站在道中，正抬头对站在前方的白袍男子说着什么。

见愁人行山道中，抬头便瞧见了。

白袍男子，人在道中，也有一种卓绝之姿，乃昆吾白骨龙剑吴端，她认得；红衣少女的背影瞧着眼熟，她略一想，便知道那是聂小晚了。

前不久小会结束，各大门派的人差不多都已经离开了。

聂小晚应当跟随师门长辈离开，如今为何出现在这里？

见愁心中好奇，走了上去。

吴端听着聂小晚的话，微微点了点头，正想说自己回头便去帮她找见愁，没料想抬眼就看见见愁从山下顺着山道上来，一时诧异，又一时惊喜。

两手一拱，吴端笑道："见愁师姐这一大早的，怎么从下面来？"

"吴师弟也挺早，我早起心情不错，看昆吾风光甚好，便下去散了个步。"

见愁随口寒暄了两句，面上露出和善的笑容，没有半点儿的杀机。吴端没听出异样，也没怀疑什么。

他一看聂小晚，说道："见愁师姐来得正好，无妄斋聂小晚师妹与师姐乃旧识，今日她随同玉心师太重入昆吾与师尊说事，有事正要找师姐呢。"

聂小晚顺势一拜，脸上带着几分腼腆的笑意："小晚拜见见愁师姐。"

"好了，你不嫌烦，我也烦了。"

见愁走上前去，拉了她一把，叫她起了身，随后也不站在原地说话，顺势往前走去。

"是有什么要紧事？"

远远的，前头似乎传来刀兵相接的声音，杂着一些人的呼喝之声。

吴端也不说话，只跟着见愁走，却用带着几分探寻的目光看着聂小晚。

据他方才言语之间的试探来看，这件事当与剪烛派旧事有关。

果然，聂小晚走在见愁右手边，似乎有些迟疑，不过还是开口道："前些日剪烛派之事已了，本该尘埃落定。其中许蓝儿经脉俱废，据闻形同废人，故而烛心在

来云海广场之时不曾带她一起。也因此,她逃过一劫。"

是了,还有个许蓝儿。

见愁走着,已经看见了前面发出刀兵之声的地方,原来是一大块平地,上有不少昆吾弟子在演练剑法,一片热闹。

"小晚师妹有何打算?"

"许蓝儿心肠歹毒,她活一日,我等俱不安宁。纵使其经脉俱废,也不能让人放心。"

聂小晚怕后面的话说出来,叫人觉得自己恶毒。

可斩草不除根,又有什么用?

所以思量片刻,她说道:"小晚已知她就在昆吾附近,想寻她踪迹,以绝后患。"说完,她带了几分小心地看着见愁。

见愁是个心地良善之人,这一点知道的人不少。

吴端也清楚,所以他也很好奇此刻见愁的反应。

见愁停住了脚步,目光从正在交手的昆吾弟子们身上收回来,落到聂小晚的身上。

聂小晚眨了眨眼,巴巴地看着她。

见愁一下笑出声来:"你怕什么?怕我觉得你恶毒?"

"不会吗?"聂小晚有些诧异。

见愁无奈,终于还是没忍住,摸了一下她的头:"若以此论,我要比你恶毒得多。"

吴端顿时看向她。

见愁也不解释,只道一声"想做就去做没什么不好",许蓝儿虽身怀《不足宝典》,可对经脉尽废的人而言,却没什么用处。

甚至……可能会引来杀身之祸。

只要查到许蓝儿人在何处,将消息一散布,这十九洲恐怕多的是心怀不轨之人追杀她,不差聂小晚这一个。

这也是她原本的打算,只对同门师弟沈峇说过,坏事已由这一位四师弟欢天喜地地亲手操办去了。

聂小晚其实也不明白,不过只要知道见愁是支持她的,便放心了。

她笑了笑,见见愁停下脚步,顿时好奇:"见愁师姐想干什么?"

"有些好奇罢了。"

见愁还在看那些演武场上的人,众人练的多半是同一招式,起剑,挥剑,落剑,自有一派行云流水的风范。

吴端见状，解释道："此乃我昆吾三十六刀兵场之一，为门中弟子日常演武之用。眼下这刀兵场上练剑的，都是才入门不久的新弟子，练的是本门剑式基础，唤作碧山河星剑，只有剑招。"

"碧山河星剑？"

虽只有剑招，可见愁看着，却品出了几分味道。

说来，这十九洲大地上，虽有千百种刀兵，奇形怪状，可到底是用剑的居多。其中尤以昆吾、崖山两个顶级宗门为甚。

不过昆吾的剑胜在一个"繁"字，崖山的剑却以"险"闻名，以至于有"崖山一剑，横绝天下"的美名。

吴端背手，看着场中这不知算是自己师弟还是师侄的弟子们挥剑，脸上一派平静。

"见愁师姐似乎很有兴趣？"

"是有些兴趣，剑招虽简单，却有点儿味道在内。"见愁点了点头。

"味道？"吴端看她一眼，只道，"这一套剑招我几百年前也曾练过，当时没觉出什么味道来，直至我练出了第一道剑意，唤醒了白骨龙剑，才算品出一二真意。见愁师姐一眼能看出味道，兴许于剑之一道颇有天赋，不如拿把剑比画比画？"

比画比画？

见愁道："无妨？"

偷师可是大罪。

吴端一笑："无妨的。碧山河星剑在昆吾太过普通，九头江湾境内便是林间樵夫、江上渔人都能比画一二。"

所以昆吾弟子，竟都是从这平平无奇的剑招开始学起的吗？

见愁了然几分，却又摇摇头："只可惜我用斧头，无剑。"

不过说完，她便忽然看向了吴端，眼底闪烁着一点点的微光，唇边挂笑："昔日西海一会，吴端师兄之白骨龙剑，如今可还好？"

西海上，吴端曾与曲正风一战，惨败收场。白骨龙剑为其重创，曾有过一道裂缝。

一说起这个，吴端脸上露出几分难言的复杂来，一抬手，带鞘之剑已在掌中，他把剑递向见愁："此剑可借见愁师姐一试。"

见愁说那话便是为了借剑，见吴端如此大方，她便也不客气，道了一声"谢过"，便将剑接到手中。

剑鞘雪白，似为贝母所制，触手光滑温凉。

手把剑柄，见愁眼底带着几分惊叹，慢慢朝外拔，因白骨龙剑是以龙骨炼制，所以出鞘时并无倾泻之寒光，只有几许森然的冷白。

剑身处那一道裂痕已经很淡，几乎要消失不见。想来，这两年来，吴端已将此剑养得差不多了。

元婴期修士所驾驭的宝剑啊。

在那剑尖从剑鞘出来的瞬间，见愁微微眯了眼，手挽了道剑花，又看一眼刀兵场，回头说道："我去试试。"说完，她便向场中走去。

不少昆吾弟子见她走进来，都有几分诧异。

吴端心知见愁是"偷师"去的，只站在场边喝道："都不专心练剑，这是要干什么？"

所有人顿时跟老鼠见了猫一样，齐齐重新开始练剑。

站在场边吴端的身边，聂小晚暗暗咋舌。

吴端解释道："新弟子入门，不教训不老实。"

他乃横虚真人座下的真传弟子，地位高于其余普通弟子，时常有教导下面普通弟子与后辈的事，随意喝他们两句还是不成问题的。

见愁已提着白骨龙剑，走在练剑人群当中，眼中的兴趣大增。

偶有见剑招不错的，她便停下来仔细看，脑海之中，那一招一式便很快清晰了起来。

论偷师，她是行家里手，旁人难以企及。

吴端与聂小晚便站在外面看，只觉这场面有些奇妙。

呼——呼——

半空中隐约有两道破空之声传来。

聂小晚没听见，只专心看着场中的见愁，只见她渐渐没入那一群昆吾弟子之中，若非她一路看着，只怕已寻不着人影。

吴端已是元婴后期的修士，感知极为灵敏，几乎在那两道破空的毫光朝着这处来的同时，便转头看去。

朝阳下，天际雪白的层云被飞来的两个人冲开了一条浅蓝色的线。

两道光芒，一青一紫，先后落在了近处。

一个乃白月谷药女陆香冷，穿着一身白衣，在重新落到昆吾地面上的时候，眼底似乎掠过几分复杂；另一个，是谢不臣。

第十二章
不杀不死，不死不休

一袭青袍，带着远山的墨色，眉峰微冷，笼着几分陡峭的霜寒。

明明满身儒雅之气，似乎闻得见他身上的墨香书韵，却给人一种疏淡之感。

他从道上而来，循着旧路往上走。

吴端见了谢不臣，先是眉头一皱，想起昔日江上一战来——

他向来是不大待见这位十三师弟的。只是这位十三师弟天赋卓绝，最得师尊喜爱，又曾以学自二师兄岳河的江流剑意，与自己在剑意之上对战，还略有胜之，实在让吴端心里不舒坦。

只是如今青峰庵隐界之行在即，众人也都在等他回来，吴端顿了一顿，便走了上去。

"谢师弟，总算是回来了。"

"吴师兄。"

谢不臣见了吴端，面上淡淡。

陆香冷落后谢不臣两步，面有清冷之色，朝吴端一颔首："吴师兄。"

"陆师妹也一起来，再好不过。"

早从师尊处听闻陆香冷道遇谢不臣，医者仁心，顺手治了谢不臣伤势之事，所以才在路上耽搁了些许时日。

吴端没怎么惊讶，脸上有笑，却未达眼底。

"正好见愁师姐也在，稍待片刻，我叫了她一起，便去一鹤殿拜见师尊。"说完，吴端便转身向着刀兵场那边走去。

陆香冷听得"见愁"二字，眼睛亮了一下，随即微笑起来，难得地有了几分暖意。

谢不臣则慢慢抬了眼帘，在抬步跟上吴端的同时，向吴端所去的方向看去。

正前方，站着一名红衣女子，身量纤细。

听见背后动静，她转过头来，跟吴端说了两句话，露出几分惊讶的神色来。

于是，谢不臣一下瞧见了，微圆的脸盘，下颌有些尖，显出少女抽条时的状态来，微有些腼腆与天真的模样，眼底是掩不住的聪慧。

只是……不是她。

那个人已被他一剑刺穿了滚烫的胸膛，他还记得她软的身、热的血。

人死不能复生。

的确正如他在天碑上看见"见愁"二字时所想,只是同名之人罢了。

微微眨了眨眼,谢不臣垂了下眼帘,将刹那间的情绪敛尽,无情无感、近乎冷漠地站在原地。

只是,下一刻……

"见愁师姐。"那红衣女子与吴端说完了话,便向着刀兵场上看去,在看见某个身影时,欢喜地喊了一声。

见愁师姐?

在听见这一声欢喜的呼喊时,谢不臣忽然意识到,她不是那个"见愁"!

抬眸看去,他瞬间僵在原地,动都不能动一下。

刀兵场上,一道月白的身影出现,来人手持白骨龙剑,脸上挂着几分笑意,从众多昆吾弟子之中走出。

昔日粗糙的素衣褪去,换了简单却不失精细的月白长袍,稳重中又多了几分飘逸,平和里藏着难掩的锋芒。

眉和眼,都是熟悉的,又是陌生的。

只有那言笑的神态,还能让人窥见一点儿往日的痕迹……

见愁原是朝着聂小晚与吴端走去,可只往前走了两步,眼角的余光便瞥见了旁人。

一道……几乎刻进了骨血之中,让她恨得发狂的身影!

他与往日相比,似乎没有任何改变。

青袍一卷,眉目依旧,还是那个撑着伞从雨幕之中走出,轻轻将伞靠在门旁的书生!

依旧……是那个漠然地一剑穿透了她的心,葬了她与她腹中孩儿性命的谢无名!

滔天杀意,终究压不住。

见愁站在原地,身上气息霎时间已变过了三两轮,她竟难以抑制地一笑。

吴端眉头一皱,瞬间感觉不对:"见愁师姐!"

可是……迟了!

见愁眉目之间一片冰冷,只当不曾看见朝着自己劈手砍来的吴端,她将手腕一震,白骨龙剑乍起,一道骨龙虚影竟在瞬间从剑身之上腾跃而出,剑气纵横,骨龙咆哮在剑气之中,朝着谢不臣断然斩去!

"你命,可还算好!"

龙气藏于剑气，一片狰狞。

只一瞬间，已经带出澎湃的杀意，尖锐得直刺骨头。

猝不及防的出手，纵使吴端有元婴期的修为，这一刻也是阻之不及。

盛气凌人到近乎暴戾的白骨龙剑剑气，已到眼前！

谢不臣抬眼，只能看见那藏在凛冽剑气之后的，一双……

冷如冰天雪地的眼。

白骨龙剑曾是他对战过的，只是今日换了持剑人，也换了完全不同的风格。

谢不臣眉头微微一皱，左手并指，单手掐手诀一道，便有一片丈许直径的古拙圆盘，由虚影与浮光组成，刹那间以他的手为中心，朝着四周扩散开来！

不过见愁出手太快、太猛、太狠，谢不臣反应再快，动作也慢了一瞬。

轰！

古拙圆盘将成未成，白骨龙剑的剑气已然袭来！

霎时间圆盘崩碎，剑气被削弱了七分，剩下的三分毫无保留地击到了谢不臣的身上。

噗！

剑气撞到他的胸膛上，谢不臣顿时吐出了一小口鲜血，将墨绿色的衣袍染出一片浓重的深紫。

谢不臣的身形猛颤了一下，几乎控制不住地向着后方退了一步。

然而……仅仅只是一步。

下一步，他的脚步已经死死地定在了原地，像是至死也不愿再退分寸一般。

谢不臣的眼睛抬起，重新落在见愁的脸上。似乎，想要通过这样的注视，发现什么别的东西。

只可惜，见愁的眼底除了几乎要透出来的杀意，什么也没有！

没有人会想到，这一个照面的工夫，见愁就连招呼都不打一声就动手了。

聂小晚完全不明白发生了什么，陆香冷也有一种反应不及的感觉。

只是见愁半点儿没有顾及他人想法的意思。

昆吾？人在昆吾又如何？

纵使她的理智千万次在脑海中叫嚣，此时此刻绝不适合动手，可深仇大恨在前，她怎能忍气吞声？

人生得意须拔剑，大仇当前，更当仗剑高歌！

方才一剑抖出，不过是凭借着刹那间起来的杀意，并无任何技巧。

一剑得手，谢不臣吐血，可见愁胸中那骤起的杀意不仅没有消失，反而更加浓重，直欲滔天！

未待方才那一剑的余威消减，白骨龙剑剑尖一划，碧山河星剑的剑招已被见愁摆出了个起手式。她身形一闪，霎时间竟给人一种星河笼罩之感，便要向前而去，再次动手。

趁他病，要他命！

只是这一剑出的时候，她眼前不远处的谢不臣已没了人影。

取而代之的，是出现在身前的一道白袍身影。

吴端目光中藏了几分肃然，虽然不明白到底怎么就忽然出现这样的情况，可不管见愁还是谢不臣，都是中域新一辈之中的领袖人物，万万不能在此出什么差池。

他暗暗咬牙，只看见眼前那似已站立在浩渺星空之下的见愁，只惊叹于她奇高的领悟力与绝高的攻击力！这哪里像是一个刚刚结丹的修士？

手掌一划，吴端掌心之中藏着一枚道印，直直将手迎着见愁出剑的方向打去！

见愁出剑是如何迅疾？只在吴端出手阻止的瞬间，已是避无可避。

见愁目光微冷，纵使已经看清自己面前之人到底是谁，也没有半点儿收剑的意思。

这一幕发生在电光石火之间，快得让人根本厘不清当中的关系。

白骨龙剑越来越近，眼看着吴端便要被这一剑穿透掌心，聂小晚只觉得从见愁身上投射出来的杀意和吴端身上那一股冷肃凝练的气息，几乎要逼得她喘不过气来。

那一刻，她控制不住地捂住了自己的嘴，仿佛下一刻她的心便要从胸口跳出来！

白骨龙剑之上传来异动，似乎有人正在控制它，从自己手中脱出。

只是见愁抓握之力何其惊人？那一瞬间，即便是此剑的原主，竟然也不能将它召唤回去。森然的白骨剑，依旧握在见愁的手中——向前而去！

它并不反射任何光泽，给人的惊心动魄之感却不减反增。

见愁那持剑的姿势，带着一种近乎孤绝的笃定。

她不退，吴端亦不让！

剑越近，那一股凛冽的气息就越发让人窒息。

铮——

剑有清鸣，似有龙吟相和。

吴端一颗心沉了下去。他此刻退开当然无虞，只是谢不臣已受伤，且不确定伤势到底是否痊愈。他一退，焉知谢不臣是否能安然无恙？

白骨龙剑乃与他心意相通的认主之剑，他自然也可强行夺剑。只是见愁持剑之姿，分明绝不放手，若强行夺剑，只恐伤及见愁，到时又是一桩祸事。

心念急转之间，吴端竟已被这一剑逼至了绝处。

眉峰一蹙，眉头一拧，他眼底亦浮出几分冷意，竟然不闪不避不退，以手掌相迎！

白骨龙剑出剑迅速，中途更似化作一道白焰，见愁脸上的表情丝毫不变，逼视着吴端。

只是，在剑尖即将触到吴端手掌并将之穿透的瞬间，她手腕一转，原本竖着的剑刃竟然在间不容发之际生生一转。

吱！

一声尖锐的短鸣在刹那间响起，白骨龙剑剑身，竟在瞬间从吴端手指缝中穿过！

一些血迹留在了剑身上，是略有些粗糙的剑身磨破了手指间的皮肤流出的血，吴端手掌之上五指完好，并没有如众人所想的那般被削掉一根。

他掌心亮起一团白光，正好被此剑穿透。此刻白骨龙剑便被他双指用力夹住，不能再动一下。

也或许，是见愁并未与他较劲。

一切由极动转为极静，前后不过一个弹指的时间。

不少看见这一幕的人已是吓出了一身冷汗，直到一切平静下来，才惊觉背后一片凉意。

吴端也是浑身发冷，这一刻才缓缓松了一口气。

短短一个交手之间的斗法，竟然给他一种前所未有的惊心动魄之感，甚而让他胆战心寒！

若待他日她修为大成，焉知不是一个出手如雷霆的狠角色？

带着几许僵硬地抬首，吴端便看见了见愁那一双眼。

那一双冷静到了极点的眼！

可偏偏，吴端从中看出了那么一点点隐藏极深的……疯狂！

尽管方才那一剑，见愁在最后一刻一转，没有真正伤到他。可在她之前持剑行进之时，吴端可没看见半分留情的意味。

他沉浸在震惊之中说不出话来，直到刀兵场上不少人已经注意到了这边的异动，这才反应过来。

见愁五指握得很紧，此刻却慢慢敛了眉，慢慢将五指松开，眼底那一抹狠绝之色也渐渐隐没。

在她五指彻底离开白骨龙剑剑柄之时，眼底的狠绝之色也消失了个干净。

锋芒尽退，只余下满身平和。

刚才闪电一般的悍然出手，仿佛只是存在于众人臆想当中的错觉罢了。

"新得白骨龙剑，一试碧山河星剑法，情难自已，吴师弟见笑了。"

见愁的声音没有起伏，一如她此刻的眼眸。

吴端手指一转，白骨龙剑被他一转，刹那间朝着雪白剑鞘当中一放，只听得"当"

的一声清脆鸣响，剑身已完全藏于鞘中，再无半分外泄的光芒。

闻得见愁此言，吴端也说不出自己到底是什么感觉。

强压下心悸，他的目光从远处惊骇不定的昆吾弟子身上扫过，勉强地笑了一声："见愁师姐天赋卓绝，实是吴端生平少见。"

话虽这样说，他还是站在原地不曾退一步，明摆着怕见愁再动手。

"谢师兄！"一声惊喜的呼唤从远处山道之上传来。

身着绿裙的女子站在山道上，远远看见了下方的众人，目光一错，眼里便只剩下一个人。一时间，她心里欢喜极了，竟直接从山道上一跃而下。转眼间，便出现在了众人面前。

顾青眉眉眼清秀，带着几分大小姐的娇气，也没看别人，便一下到了谢不臣的身边，刚想说话，目光一凝，便落在了谢不臣的衣襟之上。

谢不臣右手修长的五指有些僵硬，蜷曲着压在胸前的位置。衣襟上已有一小片晕染开的血迹，还沾了一点儿在透明的指甲上，触目惊心。

薄薄的唇瓣更为鲜血染红，紧抿起来，便呈现出一道冷峻的弧度。

谢不臣站在原地，脊背僵硬地挺直着，浑身因为紧绷而显出一种沉静当中的危险。

左手垂在身侧，长而宽大的袖子遮了他半个手掌，那微微张开的五指，像是他的脊背一样僵硬，几道流水在他五指之间流转，因有袖子遮挡，只有一点儿隐约的影子，看不分明。

他的目光落在前方的吴端身上，又像是透过吴端，注视着被吴端挡住的见愁。

"谢师兄，你怎么了？"顾青眉没忍住，心疼地问了一声。

这一声，终于将此处令人窒息的紧绷气氛打破，吴端松了一口气，退了一步，朝着顾青眉与谢不臣这边看去。

哗啦……

谢不臣掌心之中奔涌的江水霎时间消失不见，转身看来的吴端却敏锐地发现了踪迹。

目光从谢不臣一双眼眸之上掠过，分明是满眼的平静和淡漠，可他竟平白地察觉到了一种刻骨的情绪，转而又变为冰冷，最后化作虚无。

江流剑意，是谢不臣习自岳河的。此剑意之强，超乎想象。

吴端心里一凉，若是方才任由这两个人打下去，只怕谢不臣的下一手便是这剑意了。

面对着顾青眉近乎聒噪的担忧，谢不臣脸上没有什么多余的表情，只是慢慢放下了那搁在身前的有些僵硬的手指。

此刻的他，又是一身的疏淡。

目光从吴端的肩侧擦过，隔着不远的距离，落到了见愁身上。

眼底的狠绝之色不见了，深刻的仇恨不见了，就连那一闪而逝的杀机也快得像是所有人的幻觉。

见愁一身云淡风轻地站在那边，唇边甚至带有一丝微笑，也望着他。

对视。

这样超乎寻常地对视。

昔日的夫妻，今日的死仇。

到底要何等强大的自制力和忍耐力，才能将那心中近乎要焚毁理智的杀意压下？

见愁并不知道。

她只知道，在这一刻，纵使没有将他践踏在脚下，心里也有说不尽的快意。

你杀我不死，今日我便叫你知晓，昔日未除之根将生出怎样燎原的烈火，昔日依附于茂林高树的野草，又有何等坚韧顽强之力……

叫你看见我还活着，好端端地站在你面前，并且随时可取你项上人头……

如此，不杀不死，不死不休！

眼底的神光前所未有地明亮，甚至达到一种能灼伤人眼的程度。

这一刻，见愁那狭长的眼尾带着一种凛冽的艳色，冷得叫人心颤，却有一种使人为之疯狂的力量。那是从她心底里生出的杀意，将她整个人伪装起来，重新成为所有人心中的……

善良的崖山见愁。

也许，除了谢不臣，不会再有第二个人能读懂此刻的她。

那一刻，他的目光终于闪动了一下，随后又归于死寂。

平静得找不出一丝波澜。

到底背后有何等汹涌的暗流，也许只有他们自己知晓。

只是这一个对视，就已盛满了刀光剑影。

"谢师兄，到底怎么回事？谁伤了你……"

顾青眉心思尚在一片混乱之中，着急狠了。她抬起头来，却看见了谢不臣的目光，而这目光，并不在自己身上。

顺着这目光望去，顾青眉终于瞧见，前方还站着吴端与……

见愁。

谢不臣看着她，她也看着谢不臣。

这一瞬间，顾青眉有一种难以言喻的感觉，像是自己完全被隔离在了另外的一个世界里，强烈的不舒服的感觉涌上了心头。

场中，忽然安静了下来。

于吴端而言，这算是一件好事，虽然看出了见愁与谢不臣之间的暗流涌动，却不知中间到底有什么缘由。

"顾师妹不必担心，谢师弟当无大碍。"

顾青眉闻言，却没将目光从见愁的身上掉转。

那一刻，她有一种莫名的感觉，死死地盯着见愁："是她对谢师兄动的手？"

周围有许多只耳朵，一下就竖了起来，包括远处不知何时已经停下练剑的诸多昆吾弟子。

吴端顿时皱了眉，声音里带了几分冷淡，看了谢不臣一眼，只道："见愁师姐乃崖山新一辈之中天赋最强之人，谢师弟则为我昆吾近百年来天赋最出众之英才。气机引动，随手过了两招，没什么动手之说。"

气机引动？开玩笑，那一瞬间叫气机引动？

不少人都暗自咋舌。

可目光在见愁与谢不臣之间逡巡片刻，又忽然不确定了起来：高手相遇，的确有一个气机碰撞便直接开始交手的情况，并且不在少数。

十九洲不就是这样吗？一个看不顺眼就能打起来。

这一下，又不能说吴端说的不对，只是胳膊肘歪了些。

众人都不言语。

顾青眉秀眉一皱，眼底凝了些许煞气：吴端师兄这话的意思……动手的就是见愁了？

一看顾青眉，吴端便知道她在想什么。

这是顾平生那老头儿的掌上明珠，在昆吾向来也是大家都宠着的，普通弟子无不捧着她，只是于横虚真人的真传弟子而言，随口应付两句，全看心情好坏。

当下，他一转脸，向谢不臣说道："谢师弟常闭关修炼，想来少有听闻。这一位便是我曾与你提过的，崖山扶道山人座下大弟子，见愁师姐。"

提过的，在九头江江心之中一战的时候。只是当时吴端并未提及见愁姓名。

谢不臣眼帘微微动了动，却是一下想起了自己听过的种种传闻……

他是潜心修炼，两耳不闻窗外事不假。只是先有吴端江心一战时提及崖山有另一个天才女修，后有曲正风在青峰庵隐界之中旁敲侧击，暗算他之前，只问他有否听闻崖山的大师姐，是否要参加小会……

回十九洲的路上，他都不曾想明白曲正风为何忽然下手，直到在仙路十三岛上，

158

听说了曲正风叛出崖山的消息。

可这依旧无法解答，曲正风为何要问他是否要参加左三千小会。

直到此刻，一切才都串联了起来。

映在他眼底的这一道身影，便是所有谜题最终的答案。

吴端唤她……见愁师姐。

可这偏偏是他昔日的妻子。

站在原地，谢不臣良久不曾动一下，也没有开口。

吴端不动声色地皱了眉。

一个认识双方之人，为双方相互引见，正常来说，介绍完之后，便该见礼，只是……

见愁唇边微微挂着的笑意，陡然深了几分，面上是一派的温和从容。

在旁人眼中，她似乎只是眯起了眼，露出几分感兴趣的神色来，带了一点儿看戏的味道，饶有兴致地调侃："看来是见愁不讨这一位昆吾天才谢师弟的喜欢，连面子上的礼数都不愿做了。"

气氛一时有些僵硬。

顾青眉却冷笑了一声："你算什么东西？也配让我谢师兄称你一声师姐！"

"顾师妹！"此言一出，吴端的眉头立刻皱成了个"川"字，眼里带了几分冷意看向她。

"哼！"

吴端是真传弟子，她是不该与他起冲突的。

这一口气，不忍也得忍了。

顾青眉心里满是憋屈，一眼看向见愁，便有眼刀朝着她飞去。

见愁心中有些厌烦，脸上却还是笑意淡淡。

她歪头看了谢不臣一眼，一副不大在意的模样，只扭过头对吴端说道："吴师弟不必介怀，我并非拘泥小节之人。谢师弟既然已经回来，还是大事要紧，不如一同面见横虚真人。"

"师姐说得正是。"

原本今日也是要召众人去见的。

吴端看向了谢不臣，也看向了谢不臣身后站着的陆香冷，笑道："谢师弟、陆师妹，师尊已在一鹤殿等候，一起随我来吧。"

只是转过身来，他却先对见愁一摆手。

见愁颔首，算是谢过，便走上前去，差不多与吴端肩并着肩，当先向昆吾山道上行去。

一个是昆吾的真传弟子,行三;一个是扶道山人座下首徒,崖山的大师伯,是客。

所以两个人并肩行去,没有什么问题。

剩下的人当中,顾青眉下意识地便想要跟上,下一刻却恨恨地顿住了脚步。她虽是长老之女,在昆吾也不过是个普通弟子的身份,下一个怎么也轮不到自己。

谢不臣并不言语,只抬首望着平和迈步而上的见愁那清瘦的背影。

他虽也是真传弟子,却是要排在吴端之后的。

闭了闭眼,谢不臣终究还是收敛了所有的情绪,沉默着跟了上去。

这一来,顾青眉才连忙拾级而上。

一身红衣的聂小晚,只觉得气氛有种诡异的微妙,脑子里念头乱晃,最后也不敢乱猜。见见愁走了,她也不拘束那么多,直接跟了上去。

留在原地的,只有一个陆香冷。

织着绣纹的白袍,为她添了那么几分清冷的气息。

陆香冷脸颊透白,皮肤在天光之下近乎透明,好看的眉头微微拧了起来,她的目光落在了前行的几个人当中,却嗅出了几分不一样的味道。

前不久小会之上,她成了众矢之的,白月谷中也起了好大一场波澜,终究是师尊将所有反对意见压下,派她去望海楼办事,这才暂时脱离了白月谷那汹涌的旋涡。

没想到,她竟在西海边遇到了身负重伤的谢不臣。

她看出了对方身上属于昆吾的服制,也感觉到了对方身上并不一样的气息。

虽不知这曾力压周承江的天之骄子到底是被何人暗算,伤重至此。可既然遇到了,白月谷等上五门又与昆吾、崖山息息相关,她没有见死不救的道理。

陆香冷出于仁心,到底还是出手治了他身上大半的重伤。

正好,昆吾那边横虚真人决定派人去查青峰庵隐界之事,也算了她一个。

陆香冷倒是明白为什么,她修为不弱,战力虽不算很高,却是白月谷药女,精通炼丹之术,有她在,去青峰庵便多了一重保障。

于是,她有了与谢不臣一起回到昆吾的理由。

只是……陆香冷再怎么也没有想到,落到昆吾主峰之上才不过一眨眼的时间,便发生了方才那一幕。

见愁道友与这谢不臣之间到底是有泼天的大仇,还是如吴端所言的那样,只是引动的气机之战?

视野中,见愁与吴端并行在前,谢不臣身躯颀长,淡然地跟在后面。

昆吾和崖山当代弟子之中,天赋卓绝又惊才绝艳之人……

她远远望着,竟然觉得有一块无形的屏障隔在两个人之间,泾渭分明。

脑海之中，一下浮现出师尊在谈及崖山和昆吾之时，那隐约的晦涩……

讳莫如深。

拧起的眉头，慢慢被她强迫着松开，陆香冷眸中却藏着说不出的隐忧：中域以昆吾和崖山为脊梁，但愿这两大门派不要出什么嫌隙才好。

或者……即便是有嫌隙，也永远不要发展到无法挽回的地步。

"香冷道友。"远远地传来一声夹着笑意的呼喊。

陆香冷抬头来，便瞧见前方行进中的见愁不知何时停下了脚步，竟回头来看着还站在原地的自己，面上一派淡静的微笑。

是她落后了。

陆香冷也微微一笑，很快跟了上去，在经过谢不臣之时，微微点头致意，便来到了见愁身后半步远的地方，与聂小晚一道。

"还能与见愁道友一道共探青峰庵隐界，于香冷而言，幸甚矣。"

声音里含着浅淡的叹息之意，只是听来已足够满足。

见愁也笑："于我等而言，能有药女陆仙子加入，才是莫大幸事。"

有个什么伤病，也都无碍了。

一路上，她们随口聊着些什么，吴端偶尔会插上一两句，其余人却都静静地没有说话。

昆吾主峰顶上，照旧是一鹤殿。

才与横虚真人说完些许小事的玉心师太正从殿内走出，白色的衣袍外面披着一层深灰色的纱，眉目之间已有几分沧桑，眼底一片通透。

她乃无妄斋的掌门，正是聂小晚的师尊。

众人见了她纷纷见礼："见过玉心师太。"

聂小晚也道了一声："拜见师尊。"

玉心师太淡淡稽首还礼，招手叫聂小晚到自己身边来。

眼见着见愁正好站在最前面，她寡淡的面容之上终于露出几分笑容来："这位便是崖山的见愁小友吧？仙路十三岛上，承蒙你照顾小晚了。"

当初随扶道山人回了崖山之后，玉心师太已经转达过了谢意，见愁倒没想到对方竟然当面道谢，还对自己这样客气。

到底是长辈，见愁不敢居功，拱手道："小晚师妹在仙路十三岛亦对我多有照顾，玉心师太言重了。"

若非当日聂小晚与张遂决定带她一个没有半点儿修为之人一起走，今日她在哪里都还难说。

世间事，以德报德、以善馈善罢了。

言语间，不卑不亢；举止中，沉静稳重。崖山确是出了个了不得的人物。

玉心师太见了，眼里只有赞叹，她扫了众人一眼，心知他们要见横虚真人，也不多留，只道："小晚常念叨你，他日若有空经过，不妨来无妄斋坐坐。"

"一定。"

见愁略一欠身。

玉心师太遂领着聂小晚朝山道而去，却并未离开昆吾，而是去了客房的方向。

吴端望着玉心师太的背影，见见愁尚且一脸淡淡，不由得点了一句："玉心师太执掌无妄斋多年，向来是个寡言少语之人，更是普通宗门掌门长老一辈人之中唯一一个突破了出窍期的高手。她鲜少夸奖谁……"说完，便看向了见愁。

这是见愁没有想到的。

听了吴端此言，见愁抬眼来，便正好对上吴端含笑的目光，那一瞬间，也不知怎地，她也忍不住一笑。

"啧啧啧。"

一道不大和谐的声音，一下从后方传来。

"这眉目传情的，见愁大师姐有了吴师兄，便将我等忘到脑后啦。真是一代新人换旧人，叫本公子好生忧伤呢。"

一听便知道，整个昆吾主峰之上，除了如花公子，不会有第二个人敢这样打趣她。

见愁回头看去，便看见如花公子、夏侯赦、左流三个人竟然从下方一起走了上来。

左流一副心不在焉的样子，夏侯赦面无表情，没有半点儿声响，只有如花公子一路走上来，那叫一个风姿翩翩，走个路都像是能步步生莲一样，带着一种烟视媚行之感。

他目光一扫，在看见陆香冷的时候微微一顿，不过并不怎么惊讶。

只是这目光落到旁侧一身青袍的谢不臣身上时，忽然顿了一下，如花公子眉头一挑，才慢慢将目光移开。

这时，他已经来到了见愁身边。

几个人都是相熟的，便是夏侯赦，也是自动站在见愁附近。

一时间，以见愁为中心，包括陆香冷在内，竟隐隐形成了一个小圈子，气氛古怪中又带着一种和谐。

吴端笑道："人来齐了，入内见师尊吧。"说完，众人点头，重入殿中。

只有谢不臣，脚步落后了一些。

站在这熟悉的一鹤殿外，他心里却生出几分全然陌生的感觉。

她只往人群中一站，所有人便像是众星拱月一样，围绕着她。

锋锐时，是剑出鞘；

沉静时，是深潭月；

温柔时，是芙蓉面；

含笑时，是玉生光……

她身上带着浅淡温和，似乎还有往昔的味道，只是有的地方浓了，有的地方更疏淡了。

熠熠光华压不住，已如初砺之锋芒，令人移不开目光。

熟悉，又陌生。

谢不臣左手拢在袖中，负于身后，垂了眼帘，让人窥不见他眼底的半分情绪，就这样慢慢迈入了殿中。

扶道山人不在，也不知又去哪个犄角旮旯摸鱼了。

横虚真人独坐在大殿之上，殿内一片光亮，照着他整个人，竟觉得殿中颇为开阔空旷。

先见众人进来，再见谢不臣进来。

横虚真人原是随意地扫了一眼，却在瞧见谢不臣衣袍之上的血迹时，微不可察地皱了眉。

他没怎么表露，脸上有几分随和，在众人见礼之后，便道："不臣回来，两年艰险，去时尚是筑基，归来已金丹矣。如今曲正风已叛出崖山，成为邪魔。不臣隐界之行，到底如何？"

谢不臣面上淡漠，在其余众人侧目之时出列，微一躬身，回道："弟子与曲正风同去隐界，在青峰庵后山洞穴中……"

一字一句，不疾不徐，不卑不亢，这次青峰庵隐界之行，被他慢慢道来。

隐界之中偶然的见闻与推测，有把握，或者没有把握，都一一阐明了理由。

虽只是平淡叙述此行见闻与所历之事，其言语间也有隐约的才气迸现。

想是腹内有锦绣文章，遂口吐珠玑当作寻常事。

又兼之条理清晰，分析冷静，众人一时听闻，竟也不由得为这平直叙述所吸引，不费半点儿力地听了个完全，对青峰庵隐界之事有了大略的了解。

"……所以，出隐界之时的阵法，当为曲正风所设，为的是拖延时间，以便其在十九洲之事可顺利进行。"

到这里，一切便已经清晰明了。

曲正风之所作所为，众人听后，都立刻心惊胆战。

隐界之中的算计，于谢不臣实力的一步步摸清，到最后的翻脸不认人，抬掌相向，甚至在隐界门外，也还要设下陷阱……

一重套着一重，狡兔三窟也不过如此。

只是……也有人注意到了一点儿别的。

曲正风之心计固然令人惊叹，可这昆吾十日筑基的真传弟子谢不臣，这般清楚明白地将曲正风剖析在所有人面前，竟像是湖水一样透亮……

这一份心思，更是世间少有。

便是见愁，与曲正风接触不算少，思考的却也不如谢不臣多，她甚至有一种"谢不臣口中的曲正风之性情才是其真性情"的感觉。

到底当年诸子百家，锦绣诗书满腹，手作八股亦能令人拍案叫绝。其布局也，其算计也，其谈吐也，立于千百士人中，从不输半分，乃人中龙凤。

非胸有韬略之人，绝难有今日之所言。

见愁想起昔日种种来，一丝嘲讽伴着哂笑，便挂在了唇边。

众人皆不言语。

只有如花公子微微眯着眼，瞧着站在前方的谢不臣，露出几分思索的神情。

横虚真人点了点头，思量片刻道："曲正风入魔，盗走崖山剑，崖山同道已派人围杀之，倒不担心他为祸。因其破坏，隐界之行未竟其功，正好这几位小友都是本届小会之中的佼佼者，回头你便带着他们再走上一遭。"

"是。"

谢不臣略一点头。

"至于出发的时日……"

原本是打算等谢不臣归来，便即刻出发的。

只是如今……

横虚真人的目光从谢不臣身上扫过，续道："出发之时，便定在明日清晨吧，山前见即可。不臣，你留一下。"

这是师徒将要叙话。

见愁眸光一闪，目光从横虚真人毫无异样的脸上掠过，并着众人一同行礼退出。

很快，殿中只剩下了师徒两个人。

慢慢从座中起身，横虚真人仔细看向了站在殿中的谢不臣。

表面上，的确没有半点儿的心绪波动。

这是他挑中的、上天挑中的，心性绝佳之人……

"便是骤然之间出手，你也不该避之不及，还受了伤。"

"弟子斗盘如今两丈五。"谢不臣并不辩解，只说了这一句。

于是，横虚真人慢慢摇了摇头，想起那叛出崖山的曲正风来，过了许久，他才道："终究祸患。"

只是没有人知道，这一句"祸患"指的到底是什么。

谢不臣在殿中待了许久。

原本在外痴痴等待的顾青眉没有等到他出来，却被闻讯而来铁青着脸的顾平生拎走。

等到谢不臣出来的时候，日头已经沉落到了西山之下。

暮色里，霜染的层林越发灿烂。

他从山道上折转了方向，便顺着林间的小道走，踩着满地的落叶，有细小的响声起起伏伏。

青色的衣袍被厚重的暮色覆盖，带了几分沉闷。

绕过了几条回廊，又行至陡峭山岩边，顺着窄得只容两个人通过的石道走去，很快，前方流淌的小溪汇聚成瀑流从高处落下。月已慢慢出来，照得那坠落的飞瀑如乱溅的白珠玉。

侧面不远处较为平整的地方搭建着一座简单的木屋，月色下，透着几许安宁之意。

谢不臣披着漫天星光，缓缓行至木屋前，两扇简单的木门紧紧闭着，黄铜小锁上沾了一层薄薄的灰尘，应当没人碰过。

他平静地抬起手，将那铜锁的钥匙从门上取下，拿在左手上，执了铜锁，便要将钥匙捅进锁眼里。

只是……

试了几次，他的手竟抖得厉害，几次都未能将钥匙放进去。

那一瞬间，他终于意识到了什么，停了下来，右手还攥着那一把黄铜小锁，左手却慢慢摊开了。

同色的钥匙，有着并不明亮的金黄光芒。像是浮动在湖面之上的金色，它折射的光芒，也在微微闪烁。

他的手，并不像他以为的那样稳。

飞湍瀑流迸溅，在宁静的夜里，竟也透出几分喧嚣的味道。

手指修长，月下似有几分莹润如玉。谢不臣垂眸看着自己这只手掌，在几个时辰前，曾凝聚了江流剑意的手掌，险些出手的一击……

它在轻微地颤抖，不受他控制。

手指一根根，重新收紧，握住，仿佛怕它们脱出掌控一样。

他想起了白日里遇见的人，眉眼、神态、举止……

闭了闭眼，谢不臣似乎想将飘荡在脑海中的某些东西都驱除出去。

重新睁眼，已是一派的深邃平静。

这一次，他重新捏了钥匙，手似乎不抖了，很快钥匙便碰到了锁芯，"咔"的

一声轻响后,锁开了。

咚!

放手时,小锁碰到木门,在夜里发出了一声突兀的响。

吱呀……门轴转动的声音有些悠长。

他站在门前,双手慢慢将门推开。

木屋内没有点灯,一片昏暗,只有模糊的影子。

隐约能看见几处放在窗下案上的灯盏,几张搁着纸笔的桌案,书格之中放着一册册散发着墨香的书卷,棋盘摆在东南窗下,干净的棋盘上未置一子。

侧面的墙上,悬着几卷信笔的书画,一柄乌鞘凡剑隐没在昏暗里,亦看不分明。

空气里浮动着微尘。

一切,都是他离开之时的模样,除却灰尘新覆,一切如旧。

第十三章
一夜杀心两处同

在门口站了有一会儿，谢不臣终于还是慢慢抬步走了进去。

脚步很轻，近乎无声。

返身将门合上，声音则显得短促。

屋内太暗，只有窗角上有一点儿月光透入。

谢不臣望着那一片月光有一会儿，脑海之中却有无数旧事纷至沓来。

"斩情根，断尘缘。若要求道，须舍尽一切，汝以何证之？"

"人为肉体，为凡胎，心为七情六欲所系，难离酒色财气。"

谢不臣不受黑暗的影响，朝着左边走去，摸到了灯盏，轻轻一吹灯芯，便有一簇浅红色的火苗在灯盏之中燃起，照得盏中灯油一片明亮。

灯火微微闪烁，照得他的眼睛也微微闪烁。

身影被灯火投落在地面上，拉成一道浓黑，越是瘦削，越是显得孤零零的。

木屋之内，一下明亮了不少。

谢不臣向着下一盏灯走去，将屋内的灯一盏一盏都吹亮，于是便见满室生辉。

只是站到最后一盏油灯前面的时候，他望着那被烧成了黑色的灯芯，却忽然有些恍惚。

灯火里，仿佛忽然多了一道身影。

她站在另一盏灯前面，刚刚点亮的灯火还有些细弱，瞧着不甚明亮。

素手一翻，她将头上简单的银簪拔下，用尖尖的那一头，凑近了灯火，轻轻拨动了一下。

灯芯动了动，火焰亮了些许，周围的光也亮了些。

站在灯火之畔的她，身影、面庞，甚至是脸上带着的浅笑也都亮了起来。

噼啪！

灯芯上忽然爆出个灯花，火焰猛地颤抖了一下。灯火之中的幻象，忽然消失了个干净。

谢不臣站在灯盏前面，回看由自己点亮的这一盏盏灯，心中有一种说不出的滋味。

昔时的灯火……总有人为他点亮了，等着他归来。

满室冷寂。

他也不知道为什么,竟将最后这一灯盏留下,并未点亮,经过了放着书格的那一面墙……

一步一步,卷卷古籍从他眼前慢慢掠过,谢不臣却回想起了自入十九洲以来的种种。

也不看里面摆着的古籍一眼,便来到了书案前。

笔墨纸砚,一应俱在。

离开之前他已经收拾整齐,只是或许因为窗不曾合上,几页宣纸被风吹起来,散落到了地面上。

他俯身弯腰,将之一页页拾起,放到了桌面上。

坐于案前,谢不臣铺开了一页宣纸,似乎想要写什么。

只是执笔而起,落墨之时,那蘸满了墨的毫尖竟在纸上留下了一道颤抖的痕迹。

目光落在这弯曲的墨痕之上,他许久没有动作。

太饱的墨终于凝成了一滴,坠落在雪白的纸上,染污了一片,触目惊心。

那一瞬间,谢不臣整颗心都随之颤抖了一下。像是这一滴墨没有滴在纸上,而是滴在了他的心头。

涟漪荡漾开来,转瞬间化作汹涌的浪涛,在他的身体深处,在他的血液之中,冲刷。

平静的地面之下,藏了汹涌的暗流;青青的山峦当中,蕴着滚烫的岩浆。

他慢慢地,把这一管笔,搁回了笔山之上。

收回手来,谢不臣仔细地看着。

青色的血脉在掌中蜿蜒,有控制不住的颤抖。血液在其中滚沸,冲撞、叫嚣着,想要奔涌而出……

太烫,太沸,让他感觉出一种烧灼的疼痛来。

谢不臣眼帘微垂,平静地伸出手去,并指如刀,在掌心中一划。

唰!

一道血线顿时出现在干净的掌心,鲜血从伤处流出。

他就这样静静地看着。

仿佛看着带着温度的血慢慢从身体之中流出,能带走那样灼心的滚烫,能带走那种炙烤的苦痛,让自己重新平静下来,冷静下来。

成为……那个他熟悉的自己。

也许是因为疼痛,也许是因为失血,也许是因为那种滚烫,谢不臣的脸色渐渐苍白。

手指终于不再颤抖，似乎它们又回到了他的掌控之中。

谢不臣抬眸，右手指腹缓缓从那一道血痕上擦过，那一道伤痕便很快愈合，消失在他的掌心之中。

他的眼眸，终于回归到那种近乎淡漠的冷静。

拿了旁边擦手的绸布，谢不臣一点点，仔细地，优雅地，将残留在掌心的血迹擦了个干净。

直到再也看不见半点儿红色，他才慢慢收手，把绸布放在书案之上。

窗外有微微的风吹来，撩起他垂在那宽阔肩膀上的头发，只吹起了发梢，带着几许轻柔。

眼睛缓缓抬起，便自然地落在了那挂在墙上的剑上。

七分魄。

乌黑的剑鞘，不反射任何光泽，通身透着冷峭。

"善，恶……"

做出的选择，付出的代价。

出鞘的刀，离弦的箭。

谢不臣终究还是平静了下来，一颗心，如一口古井。

外有明月在天，皎皎一轮。

谢不臣在屋内枯坐到了深夜，脑海之中，便浮现出横虚真人说的那一番话来，紧抿的薄唇，忽然弯了那么一线。

"青峰庵……"

五指张开，又缓缓收拢。仿佛，一切都为他所知悉，一切都被他所掌控。

书案之侧，翻开的书依旧在他两年前离去时候看的那一页。墨字散发着几分香息，似有那么一点点的灰尘。

"我生只为逐鹿来……"谢不臣嘴唇微动，呢喃着，他慢慢收回了目光，从座中起身，走到窗前，将那一扇窗完全推开。

呼啦！

夜里的凉风一下扑面而来，将他的衣袍吹起。

身后的桌案上，没写过的、写过的纸张一下翻飞而起，落了满地。

从这里，可以远远看见昆吾主峰下方那一片静湖。

孤月将自己的身影投落在湖面上，天上地下，便一下拥有了两轮月。

谢不臣乘风而出，青色的衣袍，一下隐入山林当中，飘摇而下，落到了下方的湖边。

一条木栈道从湖边开始，朝着湖心延伸。

栈道的尽头摆着一张木做的棋台，年轮的纹路依旧清晰，上面还留着昔日的一盘残棋。

缓步来到栈道尽头，谢不臣没看那残棋一眼，便翻身入湖。

哗啦！

入水时有一池碎波的声音。

湖面的平静被打破，一湖月色被揉成了满湖的波光，照亮了周围的黑暗。

湖底，一柄长剑深深地刺入湖心。仿佛王者，坐在孤独的宝座上。

湖面上的光影只有很少一部分能投落到它身上，天地之气、日精月华却被整片平湖汇聚到了剑身之上。

旧剑无鞘，三尺五分。通体玄黑，剑身之上却铸着灰色的百二山河社稷图，带着一股古拙之气，乃上古舆图。长剑钝锋，却自有浩荡之意内敛其中。

谢不臣的手，从冰冷的湖水之中伸出，平静地握住了这一把剑。

没有任何的天地异象，湖水更无任何异动。

只有一种莫名的气息，在他拔起此剑之时笼罩住他的全身。

剑名：人皇！

眼底几许微光倾泻而出，谢不臣望着那剑上的山河舆图，终于还是收敛了一切情绪，缓缓浮上了湖心。

满身衣袍湿透，持着那一把乌黑无光的剑，谢不臣从湖心之中走来。

旧栈道上，棋台也是旧的，颗颗圆润的棋子摆在上面。

谢不臣原本并不在意，那是他信手自弈所留之残局罢了，脚步一转，便要从此处离开。

只是……在一步迈出之后，他脑海之中，电光石火一般闪过了什么。

谢不臣忽然停了下来，回头朝着棋盘看去。

不一样了。

他的目光，落在棋盘几个角落上，微微眯了眼。

天元附近，多了几颗棋子。

厮杀更烈。

——有人动过这一盘棋。而且，其棋路竟达到了"以假乱真"的地步。

他下棋无数，相似的棋局也留下无数，第一眼看到的时候竟然不曾发现，这棋盘之上比原来多了几枚棋子。

盖因此续棋之人的棋路，竟与他先前下棋的棋路一般无二。

一样地狠辣果决，一样地步步杀机！

天上月色照下。

湖面上的涟漪，已经渐渐平静了下来。

棋盘的对面，却似坐了一个看不清面目的对手，手执棋子，一颗颗落下，从容之间屡现杀机。

这种感觉……

谢不臣微一垂眸，竟在这瞬间提剑而起，自那木棋台当中一剑划过！

剑光乍泄！

哗！

钝锋之剑落下，竟毫无阻碍地将棋台分作两半，黑白棋子顿时混作一片，"噼里啪啦"，不少落在栈道上，落入了湖泊中。

波光再次荡漾，却只有——满湖杀机！

背对平湖而立，谢不臣并不回头看那散落一地的棋子一眼。

手掌一翻，一把乌黑无光的剑鞘出现。

通体玄黑的的剑身之上，那山河舆图闪烁着凛冽的寒光，却在这一刻被谢不臣一寸一寸还剑入鞘。

寒光一寸，又隐没一寸。

可飘荡在空气中的杀意，却陡然浓重了起来。

十世人皇，一世不臣。

该杀，则杀！

青袍染深，如同墨色，他转身而去，渐渐隐入影影绰绰的密林之中，消失不见。

九头江江湾内，茂林嘉树，莽莽一片。

月华照落，整个昆吾主峰之上一片寂静。

客房的门"吱呀"一声打开。

见愁走了出来，手持一枚玉简，回身向着门内行了一礼："一番叨扰，多劳师太款待，天色已晚，便请师太留步吧。"

"一路当心。"

玉心师太站在门前，面上带着几分寡淡，眼底却有慈和之色，朝着见愁微微点头。

聂小晚便站在玉心师太身边，巴巴地望着见愁，似有几分不舍。

天一亮，见愁师姐就要与众人一同去往青峰庵隐界了，只怕又是好一阵见不着，并且隐界凶险，天知道会发生什么事。

见愁看到聂小晚担心的表情，便递过去一个安抚的笑容。

她今日星夜前来，是思量许久之后的结果。

青峰庵隐界之行，只从今日一鹤殿上谢不臣的描述来看，只怕凶险异常。

更不用说昔日初逢聂小晚，扶道山人为解决他们的麻烦，朝着隐界劈去的一剑是何等的声势。

他们如今一行六个人，除谢不臣之外，再无一人知道隐界之中的情况，谢不臣殿上所言看似详尽，可见愁又怎敢相信此人口中所言？

谢不臣杀妻证道，她便是那被杀之"妻"。

横虚真人亲自前去人间孤岛，收了谢不臣为徒，又当真不知道自己的身份吗？

如此安排昔日夫妻今日死仇的两个人同路而行……说不包藏祸心，见愁不信。

谢不臣一个人知道隐界的情况，要为他们引路，便相当于要他们将半条性命交到谢不臣手中。

见愁是死过一次的人，又怎么能被人算计第二次？

从殿中出来之后，见愁心思百转，终于还是叫住了包括陆香冷在内的其余几个人，将自己的想法和盘托出。

如花公子，夏侯赦，左流，陆香冷。

除了一个左流最近总是心不在焉之外，其余三个哪个不是聪明绝顶之辈？没有谁愿意自己的性命被别人攥在手里，处处受制。

更何况，一鹤殿上谢不臣言语之间给人的感觉，已经足够令人警惕。

他们几个人相识于小会之上，尽管关系不一定很好，却比谢不臣要熟悉很多。这种情况下，一个不熟的人掌握着隐界的真实情况，又如何叫人能全心信任？

所以，在见愁说出自己的打算之后，其余几人无不同意。

于是，今夜见愁便拜访了玉心师太并聂小晚两个人，请她们联系了已经归于派中的张遂与周狂，让他们尽述隐界之中的种种见闻，并且收回了一张他们所到之处的隐界地图。

直到这个时候，见愁才发现，她担心的事情竟全然应验——谢不臣在殿上所言，果真有所保留！

对比两个人对隐界之中见闻的叙述，有七八成能对上，其余因为选择的道路不同而有所差别。

但就在这七八成的相同之处上，聂小晚遇到了好几处凶险，在谢不臣的叙述之中却都被三言两语带过，其余的凶险却说得很是详尽。

由此可见，他的略述并非巧合。

谢不臣智计之深，纵使初见她死而复生，心绪有所震动，只怕也会下意识地规避掉一切对自己不利之事。

便如同一鹤殿上之所言，真真假假……

若不是见愁早对他起了杀心，既不愿意受他掣肘，更不愿意失去先机，便找了聂小晚询问隐界情况，谁又能想到他在对横虚真人说话时竟也有所隐瞒？

心中种种念头掠过，见愁脸上依旧一派平静。

她告别了玉心师太与聂小晚两个人，从台阶上走下。才走到下方庭院中，背后玉心师太忽然开口："见愁小友。"

见愁脚步一停，回过身来："玉心师太？"

"虽与小友并不熟识，却觉有缘。临别，但请小友抬头一望。"

玉心师太站在屋前，笑了一笑，也不说更多，便将门扉掩上。

见愁微怔，看了那门扉一会儿，站在原地，慢慢将头抬起。

不知何时，月色已隐没。

天际乌云一片，飘飞在深蓝色的夜空里，将皎洁的月遮了，许久也不曾显露出来。

昆吾满山，都被藏在它投落的阴影当中。

眉头紧皱，见愁有些明白，又有些不明白。

她掩饰得虽好，可如今的平静之下，只有满腹的算计、满腔的杀机……

玉心师太明心见性，自能见常人所不能见。

只是……杀机有什么不好？

夜风拂面，清凉里有一种刻骨的寒意。

见愁背着手，手指摩挲着那有些冰凉的玉简，在夜风当中慢慢往回走。一步一步，眉心处一片滚烫。

寂静里，她那一间屋子里没有点灯，见愁推门而入，又返身将门关上，也没点灯，只是脊背挺直地站在黑暗中。

山道不远处，有四道等待的身影。

如花公子执着纸扇，坐在一棵盘桓在石间的老松树的粗枝上，慵懒地打了个呵欠；夏侯赦依旧静默，盘坐在一侧的台阶上，正闭目调息；陆香冷手持一枚玉简，似乎正读着其中的内容，不时有思索的神态，满目智慧；唯有左流蹲在山道旁，手里拎着一只青皮小螳螂的腿，一副得意的表情："小样儿，还敢来骚扰你爷爷我，信不信我玩儿死你！"

远远地，见愁便听见了这一句，露出些微笑意来。

她走了过去，四个人立刻注意到了她。

如花公子从树上跃下，夏侯赦睁开了眼睛，左流扔了小螳螂，陆香冷则一转头，向着她走来。

"见愁道友可还顺利？"

"这是小晚师妹为我绘制的隐界地图。"

见愁背在身后的手伸了出来,摊开,掌心躺着那一枚玉简。

左流顿时猴急,第一个抢过玉简看,只用灵识一扫,便有大量信息汇入脑海,他一怔:"这……"

"拿来吧。"

如花公子眼中闪烁着几点精芒,直接将玉简从左流手中抽走,笑了一声,也是一扫。下一刻,他的眉头微微拧了起来。

夏侯赦来到见愁身侧不远处,与陆香冷一道,先后接了玉简去看,也都纷纷皱眉。

陆香冷最后递还了玉简,微微一笑:"看来一鹤殿中,那一位谢道友所言与聂师妹所经历的有些不同之处。"

"昆吾的人哪,哪里是省油的灯?"如花公子感慨,却半点儿不忧心,更似有十分的兴致。

见愁一笑,将玉简握入手中,眼底有睿智的光芒掠过,只道:"此行,他一个人,我们五个人……"

浅淡的语气当中,藏了几许微不可察的森然。

纵使你智计如妖,又怎敌得过我人多势众?

被左流扔掉的那一只小螳螂,慌乱中从见愁的脚边爬过。

见愁垂眸看了一眼,任由它去了。

隐界风水甚好,确实是个下葬的好地方……

她不再言语,一转身,站在山道的最前方,与其余四个人一起,望向山的远方,天的尽头。

一种默契感,在几人间淡淡地萦绕着。

满山露重。

夜将尽,天将明。

远处的九头江流淌不息,喧嚣在无数人的梦乡里。

见愁握着玉简,负手而立,微微湿润的月白衣袍为这黎明的风扬起,是满身的从容,满怀的杀机!

等待天明。

山道上,谢不臣一身新换的墨青色长袍。

仿佛一夜之间涅槃,洗去了身上那冰冷到近乎残酷的味道,他整个人竟给人一种出尘的通透之感,疏冷间隐着几点淡漠。

眼眸依旧无情无感,却能透出几点旧日的温润。

右手持剑，剑鞘乌黑一片，看不出是什么材质，更看不出鞘中到底是一把怎样的剑。

谢不臣远远一抬眼，便看见了见愁那一道月白的身影。

人在山前，乌发如瀑，一身凛冽。站在几个人当中，确有卓然天骄之姿。

唇边挂上一缕微笑，他眼里带了几分自然的欣赏与惊叹。

横虚真人一身道袍，须发近白，走在前面。

扶道山人手里拿了根破竹竿，提了个酒葫芦，倒是没拿鸡腿，活像是个要饭的，偏偏还堂堂地走在横虚真人的身边，半点儿没觉得不好意思。

谢不臣与吴端跟在两个人身后，一道向下行去。

山道下方，见愁等五个人在此等候多时了。

听见那轻飘飘的脚步声，见愁转过身，一下就看见了吊儿郎当的扶道山人，唇边忍不住挂上一分笑意。

不知道为什么，每每瞧见她师尊以这么一副赖皮样子站在天下正道领袖的身边，她便会生出一种横虚真人不过尔尔的感觉来。

奇异的快意。

许是感受到了见愁这含笑的目光，扶道山人鼓着眼睛瞪她。

见愁只好一本正经地敛了眉目之间的神色，乖觉地站在山道上，目光一晃，便一下看见了站在横虚真人身后的谢不臣。

那一瞬间，她眼底的神光一凝。

谢不臣也望着她，表情平静。

两个人对视，没有了昨日的针锋相对、刀光剑影，只在平静之中蕴蓄着一股深流。

变了，与昨日的谢不臣截然不同。

他像是忽然洗去了尘垢，化作一块本真的璞玉，站在山道上，任由清风吹拂，他岿然不动。

记忆之中，忽然有一道身影，渐渐与谢不臣此刻的身影重叠。

站在她面前的，不是今日的谢不臣，也不是昔日的谢不臣，竟是昔日的——

谢无名！

一身从容，腹中有锦绣诗书，怀揣着山河韬略，只往天下俗人当中一站，必定是最耀眼的那一个。

只可惜，在她看来，他才是最俗的那一个。

若无其事？从容镇定？

不过一个"装"字！

见愁一脸良善之色未改，只在身后将那玉简一转，唇边便陡然绽开一抹微笑：

青峰庵隐界之行,她已做足了准备,横虚真人要想令谢不臣成为她几人之中的领袖,做梦去吧!

"年轻人,就是有朝气啊,来得真早。"扶道山人摸着自己下巴上几根飘散的胡须,啧啧感叹了两句。手中竹竿点地,他用手掌撑着,一副懒洋洋的模样。

横虚则是笑道:"今日诸位小友便要从昆吾出发,去到青峰庵隐界。如今隐界损坏,只怕是用通信灵珠都不能互通消息。为保证大家安全,我与扶道兄准备了一样东西,赠与诸位小友。"

说完,他将手一摊,便见六道灵光散飞出去。

见愁的注意力从谢不臣身上拉回,看向眼前。

六枚小小的古铜色铃铛,飘浮在了六个人身前。铃铛外表刻着一道道复杂的图纹,一眼看去竟觉得眩晕。铃铛周围散射着浅青色的光芒,却能让人脑中为之一清。

"此铃名为不动铃,六只为一副,互有联系,可相互指引方向,若在隐界之中失散,此铃或可帮助一二。

"无用之时,佩戴在身边,亦有清心之效,修炼可事半功倍。

"不动铃内藏赤珠一枚,若遇危险,可震碎铃内赤珠,能挡金丹巅峰修士一击。"

横虚真人将此铃之功用一一道来。

扶道山人在旁边补了一刀:"只是赤珠若碎,不动铃指引方向之能便会消失,有些鸡肋,不过想来尔等在隐界之中也不会遇到什么特别大的危险,不动铃应当够用了,当心些就是。"

什么叫"有些鸡肋""想来不会遇到特别大的危险"?

众人闻言,简直一头冷汗,只好战战兢兢,抽搐着嘴角,答了一声"是"。

横虚真人被拆台,瞅了扶道山人一眼,随后摇了摇头,手中法诀一撒,六枚铃铛同时落下。

众人伸手,都将铃铛握住。

不动铃只有拇指大小,却很精致。

见愁将它握在掌心的时候,这枚铃铛便微微震动起来,响声隐约,有赤红色的光芒从铃铛之中投射而出,想必便是横虚真人说的"赤珠"了。

六枚铃铛相互感应,光芒闪烁。

见愁眼里掠过一分思索的神色,藏了重重的想法,状似随手将之挂在了腰间。

此刻,其余几个人也已佩戴完毕。

横虚真人转头看向吴端,道:"你此行正好去望江楼,且送他们一程,路上当心。"

"是,弟子遵命。"

吴端一笑后出列，拱了手，随后朝见愁他们走去。

谢不臣跟在吴端身后，也走入了见愁他们几个人当中。

于是，见愁看见了他手中所持之剑。

昨日在刀兵场上，她并未看见此剑，现在光从表面也看不出此剑有何来历。

只是，一旦有剑握在谢不臣手中，便会叫她想起那一柄挂在简陋茅屋中的凡剑……

再次携剑于身，是想要再杀她一次吗？这一次……岂有那么容易？

她的屠刀，也为他备好。

刀光剑影从眼底掠过。

见愁望着走来的两个人的身影，目光从吴端身上移到了谢不臣身上，坦然直视，只弯唇一笑："谢师弟也来了。"

这三个字，放在平日很寻常。可落在吴端耳中，却是一片惊雷，他一下又想起昨日剑拔弩张的场面来。吴端生怕起什么冲突，正想要再打个圆场，没料想竟听得背后一道温雅的声音响起："见愁师姐。"

这一瞬间，吴端只觉得头皮都麻了一下。

这声音……他是熟悉的，只是他不敢相信。

转过有些僵直的脖子，吴端便看见了谢不臣朝着见愁点头见礼的模样。

儒雅温文，脸上虽没什么表情，却看得出很平和镇定。

没有了昨日萦绕在身的压抑，也没有了那种针锋相对、山雨欲来之感。

对着见愁，他仿佛对着一个普通人，像是称呼他们为"师兄"一样，如常地称呼见愁为"师姐"。

平白地，吴端竟觉得谢不臣身上多了几分"人情味儿"。

人情味儿？这几个字竟能用来形容谢不臣？

那眼底，分明还是一片无情，可吴端无法抑制心底生出的这种荒诞想法。

"师姐"二字从他口中出来，充满了违和感。

就连站在见愁身边的几个人，也都微不可察地皱了皱眉，唯有见愁像是早就料到了一样，眼底笑意加深。

昔日口中唤的是"娘子"，今日却要向自己低头恭敬地喊上一声"师姐"，却不知他心底是何感受？

相处数年，除却昔日拔剑杀她之事，她对他了如指掌。

一举一动，一言一行，一思一想……

若她是谢不臣，见了昔日所杀之人出现在面前，仙道之路又不愿再断，必定重起杀意。

既然决定要杀，所有的忌惮便被抛诸脑后。

他可以坦然地、冷心地，似对待熟人也好，对待陌生人也罢，重新面对站在他面前的她。

这就是谢不臣，思虑周全到了极致，便可将自己所有的感情都控制住。

从这一点看，她万万不及他。所以她还是见愁，他却成了谢不臣。

冷峻的眉峰，染着霜寒的一张脸，添上旧日的温润，消去冷硬。

见愁竟忍不住生出几许赞叹。

终究还是谢不臣。

若真要杀他，倒还有些舍不得呢。

可惜了这样一副好皮囊，里头藏着一颗铁石心。

微微眯眼，见愁挑了眉尖露出几许哂笑，似乎对谢不臣乖乖叫师姐的举动十分满意，竟没有半点儿敌意地开口："青峰庵隐界之行，多劳谢师弟带路了。"

明亮的目光里，不藏晦暗。明明是一句求人、感谢的话，落在众人耳中，却仿佛高高在上的命令。似乎，谢不臣不是此行的主导，她才是！

如花公子闻言，忍不住用那纸扇摩挲着自己的手掌心，有几分心痒难耐。

陆香冷却是暗暗一叹，终究还是佩服她至极。

左流听不出这底下汹涌的暗流，只跟夏侯赦一起在旁边扮木头人。

横虚真人见状，眼底只有一缕微光闪过。

吴端脑袋后面挂着冷汗，只当作什么也没听见，转身带着众人朝横虚和扶道两个人一拜："弟子等告辞。"

横虚真人与扶道山人点了点头，便见七道光芒自山前腾空而起，一下升入层云之中，渐渐隐没，向着九头江湾之外的传送阵而去。

"看着他们还真是好啊。"像是昨夜不曾睡好一样，扶道山人又打了个呵欠，感叹了一声。

横虚真人回头看他一眼，却问："扶道兄昨夜干什么去了？"

"嘿嘿……"

扶道扬了扬眉毛，向西北方向望去。他微微眯了眯眼，也不说自己到底干什么去了，只道："你日理万机，可知如今第二重天碑之上留名者何人？"

第二重天碑？筑基期中第一人？

这第一人从谢不臣换到了见愁，见愁突破金丹之后，便又出现了一个新的名字。

横虚虽有许多昆吾之事要处理，这个却是清楚的。

"昨日正好与玉心掌门谈及此人，是西海禅林的小沙弥，名为了空，气运极佳，修炼极快。只是此人的天赋，比起你我二人座下弟子却要略逊一筹。扶道兄怎么忽然想起此人来了？"

"要知道，极域虽是十万恶土，却有一些独到的修炼之地。自打十甲子前那一场界战之后，我辈修士已悉数不能入。只不过，独独有两个地方例外。"

扶道摸出了个鸡腿，啃了一口，顿时露出满足的表情来。

横虚听了点头："一者西海禅林，一者雪域密宗。"

扶道山人转过头来，舔了鸡骨头两口，意犹未尽："密宗界慧要坐关三年，山人我好久没去雪域了，机会绝佳。嘿嘿，禅宗都出了新一辈，雪域半点儿动静都没有，山人我这心里跟猫爪子挠一样。"

坐关三年？

横虚真人只眉头一皱，眼底一道亮光闪过，已是明白了扶道的意思："不如一探？"

"不如一探。"扶道山人难得正经地回了他一次，不过转眼就笑了，"你昆吾之事能丢开？"

他二人成名于同年小会，并立于十九洲，昔年也曾并肩闯过穷山恶水，遍杀蛮荒妖魔。

只是后来各自为一派脊梁，久居不出，又少了当年的几分意气。

横虚真人弹了一道风信到昆吾主峰，负手道："座下十三弟子，个个都是话事之人，昆吾无我，并无大碍。"说完便看向扶道山人。

扶道山人一副悲天悯人之状，只叹一声："竟又要与你这老怪同行，真是气煞山人也！"语毕，他已化作一道冲天光焰，转瞬消失在原地。

横虚真人不疾不徐，一步踏入虚空之中，也消失不见了。

西海广场之上。

见愁等人从昆吾九头江湾外的传送阵而来，被直接传送到了广场之上。

照旧是人来人往，只是今日格外热闹一些。

"到底谁干的？"

"这是什么意思？"

"谁给拼全了？"

"有人看到吗？"

吴端从传送阵之中走出，周遭的声音立刻传入耳中。

他一皱眉，看向周围，只见不少过路之人都伸手向着海面指指点点。

见愁随后出来，如花公子、陆香冷等人跟在她后面，谢不臣则不疾不徐地落在最后。

腥咸的海风吹拂，九座漆黑的天碑伫立在广场的尽头，斜斜指向海中，众人的目光都投向了那个方向——

浪潮起伏的海面上，一座多年为海水侵蚀的石碑，历尽沧桑，依旧伫立。

只是当见愁目光落在其上之时，不由得瞳孔剧缩！

这是西海赫赫有名的"闻道碑"，据传昔年有人一朝闻道，在此白日飞升，遂留下此"闻道碑"。

然而此时此刻，这无数人熟悉的巨碑之上竟然多出了一截，长满青苔的一截，却是与闻道碑一样的形制和大小，便是连断面都无比吻合，静静地镶嵌在闻道碑的顶端。

被海风吹拂久了的石碑，有着黝黑的颜色。

新镶嵌上来的这一部分沾着簇新的泥土，其上青苔苍绿。一个古朴的"朝"字赫然凌驾于"闻道"二字之上！

——朝闻道！

见愁听到了身边几许倒吸凉气的声音，心里，像是有一柄重锤在敲击。

脑海之中的画面纷至沓来，飞快闪过！

小石潭边，被那少年坐在身下，后来又神秘消失的石碑，闻道而生却朝生暮死的蜉蝣，被借走的宙目，如今忽然出现的"朝闻道"！

那近乎完美吻合的痕迹，只像是某些大能修士的恶作剧，透着一种令人心惊的寒意。

朝闻道，可不是"闻道"这样单纯的意思。

朝闻道，夕死可矣！

隐约有寒气从脚底升起。

见愁与所有人一样震悚，只是在震悚之余，也有一种难以言喻的期待：一只小小的蜉蝣，要在这天地间搅动怎样的风云？

周围人人都在议论这上半截石碑的来历，只是半天都没有结果。

她忽地一笑，说道："看来，这是个遍地都是秘密的十九洲。"

吴端沉默了许久，将袖中通信灵珠取出，便将此消息报给了师门。

"此事绝不寻常，我需要禀明师门。看来，此去望江楼，还要多问上一件事了。"

他拧着眉头，又收了灵珠起来，对见愁说道："时辰不早，我也有事在身，便不多送见愁师姐了。"

"告辞。"见愁拱手为礼。

吴端微微一笑，便目送见愁几个人朝着另一座传送阵走去，他们的下一站是仙路十三岛，然后渡海去到人间孤岛，青峰庵。

只是没想到，见愁往前走了几步，忽然顿住脚步："忽然想起有几件事忘了问吴端师兄，诸位道友还请在阵中稍候我片刻。"说完，她也没管身后之人到底怎么想，走回到了吴端面前。

吴端一怔："见愁师姐？"

见愁站在他面前，传音道："听闻谢师弟是昆吾一等一的天才，我等只知他如今是金丹修为，却不知他到底有什么本事。隐界之行凶险，可否请吴端道友指点一二？"

指点？指点她有关谢不臣的修为？

心思一动，吴端想起了昨日那险些拔剑相向的惊险场面，目光在见愁脸上转了几圈，却看不出半点儿算计的异样来。

他虽不喜谢不臣，可谢不臣毕竟是昆吾弟子。见愁又疑似与谢不臣有什么深仇大恨，天知道会不会是下一个对谢不臣下黑手的曲正风？

所以，吴端思量一番，并未直接回答，只道："师姐有求，吴某自无不应的道理，只是吴某可为见愁师姐解惑，见愁师姐可否也为吴某解惑？"

有道理，有来有往罢了。

见愁倒好奇起来："吴师弟修为甚高，也需要我来解惑？"

"你与谢师弟，到底有何仇恨？"吴端并不迟疑，终于将自己藏了许久的疑惑道出。

这一瞬间，见愁愣了。

她却是不曾想到，吴端用以交换的问题竟然是这个。所以她到底没看错，吴端心里还是不喜欢谢不臣啊！

只是这问题问来，到底叫见愁觉得荒谬。

眼珠微微一转，见愁眯眼笑起来，活像只狐狸："吴师弟真想知道？"

怎么觉得见愁这样子有些不对？吴端隐约觉出了几分不对劲儿来，只是这问题实在已经困扰他很久了。

所以，他思量片刻，点了点头："但请见愁师姐言明。"

"唉，原本我想这是个永远的秘密，不该为人所知的，只是吴端师弟既问，我又如何能不说？其实……"

见愁负手而立，面色从容，只轻声摇头一叹，带了几许轻愁。

"他是我前夫。"

"噗！"

前夫？险些喷出一口老血来！

吴端差点儿把自己呛死在广场上，他猛烈地咳嗽起来，说不出一句完整的话。

他瞪圆了眼睛看着见愁，看着她脸上深沉的笑意，又转头去看背后站在传送阵之中的谢不臣。

谢不臣面容淡漠地望着他。

这眼神，原本也平平淡淡，吴端见得多了。只是这一刻，竟有一股寒气，从脚下爬上了后背。

他想起了自己昔日问曲正风，你师姐有道侣吗……

这关系，忽然有点儿错综复杂啊。

僵着脸，已经是别人口中"元婴老怪"的吴端慢慢转过头来，一本正经又语重心长地对见愁道："事关重大，还请师姐莫要玩笑。"

"你们说，他们到底在聊什么啊？"传送阵这边，左流摸着下巴，终于没忍住问了一句。

他们站在这边，只能看见见愁的背影。

眼见得两人对话个三两句之后，吴端脸上竟然露出了一种见鬼的表情，还多看了谢不臣两眼，几个人着实觉得心里痒痒的。

只是，不管他们怎么把耳朵竖起来，也听不见他们到底说了什么。

手指灵活地一转，如花公子瞅了旁边面不改色的谢不臣一眼，又重新看向还在与见愁交流的吴端，哼了一声："与昆吾之人说两句话，都还要布下传音阵法。啧，我看见愁道友这桃花也是太多了……"

就你还好意思说别人？

左流瞥了一眼如花公子衣襟上那一片盛开的粉红色桃花，顿时感到恶寒。

陆香冷也觉得方才那场面似乎有些难以想象。

早听闻昆吾横虚真人座下十二子，个个天纵奇才，即便是后来有了谢不臣，他们十二人的光芒也从未被完全掩盖过。吴端修行据闻已有五百二十年，一个实打实的"元婴老怪"，竟然会露出那样的表情？还是与谢不臣有关。

脑中一下回忆起见愁与谢不臣之间迷雾一样的关系，陆香冷心中的隐忧又渐渐浮了出来。

第十四章
凡 人 寻 仙

又过了一会儿，见愁终于与吴端说完，相互抱拳告辞后朝着这边走来。

转头刚一走近，见愁就发现大家看自己的眼神不对了。

左流眼底闪烁着好奇的光芒，陆香冷则是有微微的忧愁，如花公子酸溜溜地上下打量她，夏侯赦则是漠然看了她一眼又很快收回目光。

当然，还有谢不臣。

他的目光才从吴端的身上收回，正好与见愁的对上。

平静，深邃，于淡漠无情里蕴蓄着几分温润，不过也有几分莫测的神光在里面。

想必人人都好奇自己问了什么吧？

其实也没问什么。

见愁脑海之中回想起吴端的话来："谢师弟天赋卓绝，师尊对他殊为看重。早在三百多年前，师尊便不亲自教人了，如今却亲自指点他。师尊教了他什么，没人清楚，只知道他从赵卓师兄处习得了卓然剑意，从岳河师兄处习得了江流剑意，从王却师弟处学得了隐者剑意。这人不同于我昆吾其他师兄弟，冷心冷情，我看不透。"

唇边的笑意深了些许，见愁随意地站到了传送阵当中，道："我只与吴端师兄说了几件私事，倒与此行无关。"

众人齐齐露出一种难言的表情：你骗谁呢。

见愁没管众人到底是何神情，只是笑道："时辰不早，我们这就去登天岛吧。"

说到这里，她忽然一停，回过头去，看向谢不臣："是登天岛没错吧，谢师弟？"

横虚真人可是说了，谢不臣是去过隐界之人，对事情颇为熟悉，所以见愁有此一问。

只是……这一句问话里，带着一种只有谢不臣能听出的轻嘲味道。

不过他并未生气，只是点了点头，也看不出有什么架子，开口道："青峰庵隐界有传送阵传送去登天岛，是见愁师姐的师尊留下的阵法，不过损毁严重。我从隐界回来之时，猜到或恐还有后来人，所以修缮过在隐界门前的阵法，现在只要前往登天岛，待修缮好登天岛的阵法，与隐界相连，便可直接传送去隐界，省去渡海的麻烦了。"

"你能修缮传送阵？"

如花公子闻言,眉毛微微一扬,立时看向了他。

谢不臣略一颔首:"略通一二。"

略通一二?

如花公子抿了嘴唇,竟不知为何冷笑了一声,不再说话了。

这十九洲精通阵法之人少有,除非是北域阴阳两宗之人。

一百个修士里能有一个人知道阵法皮毛便是不错了,至于能修缮传送阵之人更是凤毛麟角,多半都是修为甚高,钻研甚苦的老怪级人物。

谢不臣虽出于昆吾门下,却不过只有金丹期的修为,竟也会修缮阵法?

如花公子倒不会以为他在吹牛,毕竟同行之人都不是瞎子。他冷笑,只为谢不臣这看似谦逊的"略通一二"!

能修缮传送阵,还只说自己"略通一二",何等虚伪?倒衬得其他人什么也不知道了。

场面一时有些冷。

面对如花公子的冷笑,谢不臣脸上却没有半点儿生气的表情,像是根本没听见一样。

见愁心里乐开了花。

她了解谢不臣,于他而言,这"略通一二"还真就是实话,盖因天下阵法良多,谢不臣怎么算踏上修行之路也不到三年,所了解的也顶多只能算"一二"。

只是谁叫他并不得人喜欢呢?

早在出发之前,见愁已经从聂小晚处得到了另一份青峰庵隐界的地图,众人又知谢不臣在大殿之上出于种种原因有所隐瞒,所以一开始就不可能对他毫无防备。如此一来,即便谢不臣说的话再正常,落在众人耳中,味道也不对了。

不可否认,见愁早先那样策划,未必没有心机在内。

只是她手里有另一份地图,又怎能将熟识的朋友置于危险之地?

一切只能怪谢不臣自己倒霉了。

见愁一笑,从乾坤袋中取出了一枚传送符,捏在手里,道:"既然如此,我们便先去登天岛吧。"

"啪"的一声,话一说完,见愁便捏碎了传送符。

传送阵立时散发出一片蒙蒙的光亮,眨眼之间,几个人便消失在了原地。

秋日的天空,带着一种透彻的深蓝。

十三座岛屿,满载着仙路的传说,不少法宝的毫光从空中掠过,或是投向远处蔚蓝的海面,或是投向近处巍峨的十九洲大地。

第十三岛名登天，取"一步登天"之意。传闻从人间孤岛来求道的修士，一旦过了此岛，便可得道成仙。

传送阵发出几道光芒来，见愁等六人出现在了阵法之中。

左流一步迈出，还有几分兴奋："这还是我第一次出十九洲大地呢！"

如花公子站在后面翻了个白眼。

除左流之外，剩下的几个都是见过世面的，见愁是从人间孤岛而来，早见过了登天岛的模样，所以神色平和。

她看向了谢不臣："当初师尊的传送阵出了差错，我们只被传送到了斩业岛，登天岛上的阵法到底是哪一座我并不清楚。"

谢不臣并未看她，闻言只是点了点头。

这周围的阵法不少，一半是从西海广场上来，小半是从望江楼、望海楼之中来，还有极少数的一部分来自大能修士，多半属于建好了只用过一次就荒废掉的那种。

如果没有他们这一行人的话，扶道山人留下的阵法也在此列。

一身青袍，手持长剑，谢不臣在几座阵法当中走了一走，便停在了一座已经被泥土盖掉一半的阵法前面，道："这一座便是了。此传送阵损毁得不算十分严重，半个时辰就能修好。"

"这么久啊？"左流惊讶。

谢不臣并不介意他的无礼，笑道："若有大能修士在此，或许一刻便能修复好，不过我修为微末，只好花上加倍的时间了。"

他这样一说，端的是礼貌又大度。

这一来，左流倒不知道说什么好了，支支吾吾了半天也没说出话来。

他好歹是个流氓，没想到这一会儿就被忽悠住了。

见愁心底哂笑一声，左流虽自诩流氓，可心思还太单纯，便要开口为他解围，没承想，远远地竟然有一声悲愤的叫喊隐约传来："竟然是你！"

众人都听见了，一下回过头朝着远处看去。很远的一块小礁石上，站了几名修士，似乎发生了争执。天空之中游弋着几道法宝毫光，大约都是看热闹的。

不知怎的，见愁觉得这声音有些耳熟，却又想不起到底是在哪里听过。她的灵识还无法到达那么远的地方，只看向了其他人。

如花公子手一拍纸扇，竟然直接拔地而起，朝着那边飞去。

"有好戏看了，反正谢道友修好传送阵也需要半个时辰，我先去看看。"

"我也去看看！"

左流眼前一亮，连忙一拍大腿，竟然也跟着去了。

夏侯赦看了那残破的传送阵一眼，一语不发地走到了远处，找了块还算干净的

石头,直接盘坐下来开始调息。

"封魔剑派惯出脾气火爆之人,倒还没见过这样阴郁的。"陆香冷望着夏侯赦的身影,说了这么一句。

有关夏侯赦的传言太多了,也没谁知道到底哪个是真,哪个是假。

她不再多想,只对见愁道:"听闻这附近多有修士采了新的东西,便在十三岛上出售,我也正好趁此机会去周围转转,说不准能收到几味需要的药材。见愁道友可要同去?"

半个时辰于修士而言,虽是一眨眼就过去,可毕竟去了人间孤岛之后,便再不会有得到修界种种材料的机会。他们虽已在昆吾便做足了准备,可多一手准备总是无患。

只是见愁听了陆香冷的话却摇摇头,看向了谢不臣。

此刻,他正一甩袖子,引来一阵狂风,将填在阵法缝隙之中的泥土尽数除去,露出那些复杂的线条来。

"谢道友在此修复阵法,总要有人照看着,却是不能走了。"

这话里有深意,陆香冷只一个闪念间便明白了当中的利害关系。

她也看了谢不臣一眼,自也是想起了那些被隐瞒的信息。当下,她对见愁微微一笑,略一颔首:"那香冷先去了。"

见愁点了点头,目送陆香冷朝着登天岛另一头行去。

那边有几个修士站着,似乎正在交流,这是登天岛上常见的情况,多半是新得了什么东西,要售卖出去。

众人都走了,原地也就剩下见愁与谢不臣两个人。

看似不大的阵法,实则也有两丈余宽,涉及空间传送,其复杂程度更是超乎想象。

谢不臣从袖中取出了一把以灵犀角做成的匕首,匕首尖那小拇指甲盖大小的地方是一块深墨色。

见愁走了过去,仔细一看,那其实并不是一块墨点,而是一大片密密麻麻的阵法!

复杂的线条勾勒在犀角匕首的尖端,细致又密集,所以乍一看就像是一块墨点,将犀角匕首的尖端染黑。

制作阵法需要汇聚天地灵气,但如果纯以修士个人之力来布阵,还没布下阵法便已经累趴下了,所以修士们需要借助外物。

灵犀角镌刻阵法凝聚灵气,制成刀、笔、剑等物,都可代替修士向每根阵法线条之中灌注灵力。旁人的灵犀角法器或许颜色深灰或者黑白不均,谢不臣手中的这一把灵犀角匕首却是奇异的紫灰色,更别说尖端那繁复到了极致的阵法。

虽不通阵法之道，可见愁一眼就看出这灵犀角匕首来历不凡了。

谢不臣持着这一柄匕首，在阵法线条之上划了深深的一道。

他没回头，却仿佛看穿了见愁在想什么，说道："此匕首名为白夜，乃隐界之中所得，为阴宗阵法宗师白玄元婴期刻阵所用之器。"

见愁挑了眉，垂眸便看见了他稳得没有一丝颤抖的手掌，准确地在阵法之上拉出了更多的线条来。偶尔，他会伸出手去，将匕首划出的石屑拂到一旁去。

她没有说话，仿佛对谢不臣能看穿自己的想法一点儿也不惊讶。

谢不臣唇边挂了几分微笑，地面上有潮湿的泥土气息，还有独属于海上礁石的那种奇异的冷腥味。

哗——

又是一条，淡淡的灵光在匕首划过的地方流淌，接着又深深地隐入了地下。

"你不与他们同去，只在旁边看着我，是怕我在传送阵中动手脚吗？"

"谢师弟本事通天，连地缚这等残忍的困杀之阵都可随意指点人布下。"微微一笑，见愁踱步到他身边，"现在难得亲眼看见谢师弟布阵，见愁又怎能不来观摩一二？"

谢不臣手中匕首一停，终于还是慢慢抬起头来，看向了站在自己面前的见愁。

她的脸上带着云淡风轻的笑意，仿佛在说一件不关己的事情。

左三千小会之时，谢不臣并不在场，所以未能亲眼目睹帝江风雷翼。

只是小会是何等轰动之事？

谢不臣曾在西海边停留一段时间疗伤，早从旁人言语之中听闻了小会的一些事情，近年来关于帝江骨玉的消息也就杀红小界那一次有过。

前后一联系，他便知道，那在杀红小界之中与顾青眉针锋相对，破去了地缚阵，且重伤顾青眉夺走帝江骨玉之人，到底是谁了。

刺啦——

沉默良久，谢不臣重新低下头，一匕首从阵法之上划过。

光芒乍现，又瞬时隐没。

"当时我并不知你也在小界之中。"

见愁歪了头瞧他，谢不臣眉眼低垂，动作不疾不徐，尽管俯身朝着地面，可一举一动都是贵气天成。

人活成他这样也是挺有意思的。

见愁忍不住笑了，摇头道："幸好你不知。"

若他知道当时在隐界之中的是她，即便无法确认她身份，只怕也是宁杀错，也不放过。

区区地缚之阵哪里够用？他会用上周天三十六极杀阵，确保她在里面死得干干净净。

幸好你不知。

看似平淡的话语里，藏着惊天动地。

谢不臣看向地面上最后一处断缺的地方，一匕首划过去，匕首尖上的阵法旋转起来，将周围的灵气凝练成一条线，随着匕首划动的轨迹将断裂的阵法复合。一道金光闪过，整座阵法发出了嗡鸣之声。

他收了匕首，起身看她。

熟悉的眉眼，依旧透着几许温婉，只是藏在温婉之下的，却是强大、强硬，乃至于强横。

一颗强者的心。

这是他不曾认识的见愁。

幸好他不知……

淡淡一笑，谢不臣说道："你说得不错。"

见愁忍不住笑一声，叹道："只可惜，现在知道已经迟了。谢师弟挑东西的眼光着实不错，下次若还有杀红小界这等为我做嫁衣的好事，还请谢师弟务必知会我，必赴汤蹈火，万死不辞。"说到最后，她满脸的诚恳与感激，良善到了极点。

若有下次……

谢不臣注视着见愁，目光从她月白衣袍银色绣纹之上掠过，眼底一片温润，似有回忆之色。

他为她做嫁衣，并非第一次了。只是此嫁衣非彼嫁衣。

"谢某只信见愁师姐会赴汤蹈火、不辞万死来杀我，至于下一次……何必下一次？"

眼前不正好是个绝佳的机会吗？

于她是，于他是。

这一瞬间，见愁忽然沉默。她看着谢不臣，看着这熟悉的眉眼，若非他现在手中持的不是笔而是刀，只怕她要以为用这番近乎温柔的语气对她说话的，是昔日那谢无名了。

"看来我得为谢师弟备上一口好棺材，免得死了还要漫山遍野去找合适的树，现剖一口，想必不会是个愉快的经历吧？"

谢不臣终于不说话了。

见愁负手站在他面前，唇边冷笑有三分，余者七分皆是温和良善，一点儿也看不出她与谢不臣有什么深仇大恨。

远远地，海那边的喧哗声陡然大了起来。

左流兴奋的大喊声传来："师姐，师姐，你快来！"

见愁转头看去，便见左流与如花公子在一处，似乎看见了什么大事，用力地向着自己挥手。

有热闹也要自己看？她微微一挑眉，回看谢不臣一眼，哂笑道："劳烦谢师弟慢慢修补阵法了，我去那边看看。"说完，她便一转身，身形飘摇，乘风去也。

谢不臣站在原地，望着她背影半晌，竟不知道为何，笑了一声。

他低下头来一看眼前这一座阵法，到底还是没有说什么，自袖中取出几枚灵石来，算好了位置，一个个安放进去。

登天岛外十几里的海面上空，已经热闹起来。

这时节出海的修士不多，却也不少，尤其是一旦有热闹出现的时候。

见愁向着如花公子与左流两人走去，问了一句："怎么了？"

"见愁师姐，你看那个。"

一见见愁过来，左流连忙给她一指。

顺着左流手指的方向看去，见愁顿时"咦"了一声："钱缺？"

下方不远处一座礁石上，一个留了两撇小胡子的微胖男人，手里抱着一把金算盘，满脸精明，眼珠子骨碌碌一转，便不知道有多少算计已在腹中生成。

见愁太熟悉了。

杀红小界之中听过了他的算盘声，小会之上也算是相互帮衬过。只是她没想到，自己在西海之上竟然也能看见他。更让她没想到的是，钱缺的身边竟然还有一人。

一个穿着长袍的男人，虎背熊腰，身材精干，魁梧极了，站在钱缺身边，竟衬得原本身材中等的钱缺都矮小了不少。

他扛着一根长棍，皱了眉头，带着几分怒气看着对面。

对面有好几名修士，皆身着道袍，不过明显不是出于同一个门派，打扮有些不同，打头的一个人左手只有四指，无名指不知怎么断掉了。那伤口似乎是不久之前的，看着还很新。

这几人身侧，还有一个面色苍白、披头散发之人，他咬紧了牙关，也瞪视着钱缺身边那魁梧莽汉。

"孟西洲，你交还是不交？"

"交？"那莽汉冷笑了一声，目光从对面几个修士身上扫过，"我活了这么久，倒是头一次遇到这等血口喷人的事儿。嘿嘿，想要东西？你有本事就来拿！"

呼！

长棍从肩上撤下,只在手中狠狠一甩,顿有一阵破风之声,显得格外有力。

见愁看着,脑海之中灵光一闪:原来是他们!

初时她听见这边有吵闹之声的时候,便觉得其中一道声音有些熟悉,只是没想起在哪里听过。

直到那一披头散发的青年开口说了"孟西洲"三个字,见愁才立刻反应过来:竟是杀红小界之中的三个人!

这披头散发的青年,身无半点儿修为,不就是那唯一一个进入了杀红小界的凡人吗?

而手持长棍的莽汉便是那口口声声叫着她前辈的"孟西洲"。

只是……

见愁的目光落在抱着算盘的钱缺身上:若没记错,这家伙顶替了孟西洲的身份参加了小会,现在怎么跟孟西洲本人混到了一起?

心里有疑惑,一时也不明白现在的情况,见愁并未走出来,也没有说话。

左流连忙凑过来,低声跟见愁解释:"是此处海面之上忽然飞出了一片白龙贝。这三个人当时都在岛上,不过个子大的那个好像反应比较快,先拿在手中了。白龙贝一旦死亡其壳便会自动浮出海面,谁捡到就是谁的,自然要算先来后到。没想到这披头散发的家伙竟然一口污蔑说人家抢了自己东西,后头这几个乱七八糟的人都是他叫过来的。"

如花公子听着,又看了前面一眼,奇怪地皱眉:"我们来的时候只看见他们已经发生了冲突,你是怎么知道一定是这人污蔑金算盘和那大个子?"

"喊……"

左流听到如花公子的问话,自小会以来,头一次露出了堪称自得的笑意。

"本人当了十多年的流氓,深谙此道,他们瞒不过我的眼睛!"

如花公子:"……"

见愁:"……"

忽然不知道说什么好。

昔日黑风洞中的留字,又一次浮现在眼前,见愁心中也是无奈。

不过不可否认,左流的直觉和分析都没有错。因为,见愁也这样认为。

钱缺与孟西洲这边只有他们两个人,他们的对手,除了几乎看不出修为的秦若虚,也还有五个,修为看着虽不一定比钱缺高,却也差不了多少。

眼下双方已经对峙,若是打起来,只怕钱缺与孟西洲都讨不了好。

见愁思量一番,便站在旁边笑了一声,朗声道:"钱道友,孟道友,有几日不见了,别来无恙!"

"咦？"这声音……

手指已经搭在了金算盘上，钱缺今日是真憋着一股气，跟孟西洲到海上来，哪里想到遇到此等无赖。还是在杀红小界里面遇到过的。

昔日杀红小界，孟西洲曾说要帮助这来十九洲寻仙的秦若虚，不过后来倒霉，又在第三关遇到了他，只好一脚把他踹了出去。

今天在西海边上碰到，于是孟西洲又想起昔日的话来，准备帮衬一二。

哪里想到，话还没开口，便遇到一只白龙贝飞出来，孟西洲下意识就抓在了手中，这一下便捅了马蜂窝。

这秦若虚在海上约莫混了有一两年了，也不知道从哪里得到了功法，竟然也堪堪算是迈入了修行之路，刚刚炼气的修为，却认识了他身后那些海上的"混子"。

海上常有修士游手好闲，懒得自己寻宝，便聚集起来，一旦见到有谁拿到了宝物，便立刻出来抢夺。因其人数众多，落单的修士往往无法匹敌，只好将宝物双手奉上。

所以，有经验的修士都会结伴出海。敢单独出来的，不是没点儿经验的二愣子，就是对自己的修为很有自信。

钱缺他们今日遇到的，便是同样的情况。

原本他没怕过谁，还经常在海上这些强盗手中买货，哪里想到今日竟然会被强盗打劫。心中火起，钱缺便要好好跟他们比画一下，没想到才把阵势摆开，他就听见了这声音……

别来无恙？

瞪圆了眼睛，钱缺顺着声音转过头去，那一瞬间真说不出心中的感觉，差点儿就把手里的金算盘抛上天去了："见愁道友！"

"前……前……前辈！"

他身边的孟西洲则是有一种做梦的感觉。

站在左流与如花公子身边的，便是他当时在小会之上看见的那名持斧的女修。原来以为没有机会再看见她，哪里想到竟然会在西海之上偶遇！

一瞬间，孟西洲觉得自己浑身滚烫起来，看着见愁的眼神无比炽烈！

这眼神，叫见愁多少有些吃不消。

她心里苦笑了一声，微微点头："难得有热闹看，一过来没想到却是两位，算是缘分了。"

我的娘啊！运气！简直是运气啊！

钱缺恨不得拍大腿，看见愁的目光亮闪闪的。当下，他毫不犹豫地将孟西洲一拽，来到了见愁面前，朝前面一指，悲愤道："见愁师姐你来得正好，这几个人血口喷人，还想六个打我们两个，简直毫无人性！"

"你!"

秦若虚还不明白眼前的情况,他修为低微,看着人人都比自己要强,此刻只觉得"见愁"这两个字有些耳熟,像是在哪里听过。眼见钱缺竟然拉下脸,直接告了自己一个"刁状",险些气得鼻子都歪了。

"几位道友……"

秦若虚怒火攻心,只想回头问问自己在海上结识的这几位"朋友",哪里想到一转头,他的声音便顿住了。

因为……这几个人在听见钱缺喊那一声"见愁道友"的时候,已经尽数色变!

左三千小会一战成名,独登一人高台!剪烛派因之改换新天,近百人横死当场。天地为她变风云,只把白昼换星夜!

"见愁"二字,还有谁人不知,谁人不晓?

领头的那断指修士这会儿只觉冷汗湿透了衣衫,目光徘徊在见愁身边,当下更是连头皮都麻了!

一个其貌不扬的普通修士眼珠子骨碌碌地转着看他,手中拿了一本新制的玉折子和破笔,竟与那传说之中无门无派却进了小会第三试的左流一模一样。

另一个就更吓人了……

虽没有八个美人侍女在旁伺候,可看看那一身全十九洲都找不出第二件的绣花长袍,谁还能不知道他身份?

五夷宗,如花公子!

眼前这三人,竟然就是此次小会第三试之中的三人!

他们到底为什么来到这里,断指修士是万万不知的,也根本不需要知道。他只知道:踢到铁板了!

谁能想到这两个其貌不扬的家伙,竟然认识这样厉害的人物?断指修士死的心都有了!

眼见着秦若虚嘴巴一张就要说出什么话来,他气得暴喝一声:"闭嘴!"

"我……"

秦若虚话都还没来得及说出来呢,便被这样当头一喝,像是被人一闷棍敲了下来,有些摸不着头脑。

见愁见状,顿时生出一种奇怪的感觉:十九洲原来是这么个地方啊。

秦若虚也是人间孤岛来的修士,却混得不怎么样。看着细皮嫩肉,想必在大夏也不是什么吃苦的人家,竟然也来寻仙问道?

人啊……

想起扶道山人曾述凡人寻仙的种种理由,见愁忽然不是很明白,尤其是寻仙问道，偏偏还有如此狭窄的心胸，如此下作的手段，就更让人疑惑难解了。

她摇了摇头，甩开脑子里纷繁的念头，似笑非笑地看向了那断指修士。

"见愁前辈在上，是晚辈有眼无珠，这一切都是误会，我等必定不敢再寻衅滋事，还请见愁前辈高抬贵手。"

断指修士强忍住心惊肉跳的感觉，冷汗从颊边下来，也没敢用手擦一下。

我有那么吓人吗？见愁很是疑惑。

她的目光从这断指修士淋漓的冷汗上掠过，见对方这般识相，一时倒还真不好追究什么，只道："高抬贵手算不上，是非曲直尔等心里清楚，也不必我来多言。这便走吧，别叫我看见第二次便是。"

"多谢见愁前辈大恩大德……"

断指修士这才有逃过一劫的感觉，连忙躬身后退。

"我等这便离去，这便离去……"

"这……"这怎么跟自己想的不一样？

秦若虚看了看断指修士，又看了前面站着的见愁一眼，根本没弄明白眼前的状况：不就是一个普通女修吗？怎么让他们如此忌惮？

他还想要说什么，断指修士气急，狠狠瞪了他一眼。

原以为这秦若虚修为不错，手中还握着几件他想要的东西，便准备虚与委蛇一番，没想到他竟然是个惹事的蠢货。待此事一过，回头便宰了他，将他手中几件东西拿过来，再寻破解之法。

几个人在见愁的注视之下，弓着身子，缓缓朝着礁石的后方退去。

钱缺摇着头，幸灾乐祸地啧啧了两声，与孟西洲一起看好戏。

倒是见愁脸上看不出什么喜怒来，两手背在身后，手指间却掐着手诀，若这几人敢偷袭，等着他们的约莫只有一个"死"字。

"见愁师姐，几位道友，传送阵已修补妥当了。"

就在那几人要离开礁石的当口，登天岛上传来了谢不臣平静的声音。

此时，那秦若虚已经被断指修士带着，踩在了一柄飞剑上。听见声音，他下意识地抬起头来，向着登天岛上看去。

一道青色身影，持剑长身而立，有几分昂藏之姿，正抬头向着礁石这边望来。

秦若虚一下看清了他的面容，一瞬间竟觉得十分熟悉。

太熟悉了！

昔年人间孤岛，大夏皇朝，京都聚会，他不过一皇商世家的庶子，只能陪于末座，用艳羡的目光看着其余身份贵重的勋贵子弟、高士名流推杯换盏，觥筹交错。

而这一道身影，便是昔年最耀眼，叫所有人仰视的存在……

"谢三公子!"

眼中出现了几丝恍惚,秦若虚还待要再看清一点儿,那断指修士却已经看见了岛上之人。霎时间瞳孔剧缩,魂不附体!断指处顿时剧痛起来,像是回到了被切断手指的那一日!

见鬼,真的是见鬼了!

今天这是怎么了?杀神一尊接一尊!

那站在岛上对着见愁说话的,不就是几日前被他打劫却反切了他一根手指的恐怖修士吗?

就是那样一身青袍,不过当时他无剑在手。

晦气!

断指修士哪里还敢多留,他不顾秦若虚忽然的反抗,直接脚踩飞剑,玩儿命一样去远了!

强人遍地走,再留就是傻!

可怜秦若虚还没来得及仔细确认自己的记忆,就跟着腾空而起,一下不见了影踪。

见愁等人站在原地,都察觉出一点儿异常来。

左流嘟囔道:"他跑得是不是太快了?"

"呵呵……"如花公子轻轻摇着纸扇,眼中有暗光流转,向着岛上谢不臣的身影望去,阴恻恻地笑了一声,"看来与咱们同行的这位谢道友也不是什么简单的人啊。"

见愁眉头紧锁,还望着那几人消失的方向。

是她听错了?

第十五章
借君头颅一用

"见愁前辈……"一道带着几分兴奋、几分不安、几分腼腆的声音打断了见愁的沉思。

她侧头看去，便瞧见了孟西洲。自己之前并未见过孟西洲本人，只听过他的声音，听出来他使棍子，如今一见，只见他面容硬朗，颇为古道热肠。只是现在……脸上带着奇怪的忐忑，看上去极端不和谐。

她哪里知道，这对孟西洲来说可是一件大事！

昔日在杀红小界之中崇拜敬仰的前辈，竟然是一名女修，那个时候孟西洲就觉得脑海之中有什么碎裂了。可是一转眼看见见愁在小会之上颇有纵横四方之姿，那破碎的东西又重新组合起来，竟然比昔日更为强烈！

女修又怎样？一样是英雄气概，不输男儿！

眼见得前辈在前，孟西洲只觉得自己连话都不会说了。

那目光太灼烫，叫见愁后背冒寒气："咳，孟道友，你与钱道友怎么在此？"

"我在小会之上，得钱道友告知，才知道见愁前辈便是当时杀红小界中救我等一命的恩人。原本想要当面与前辈道谢，只是小会后诸多修士离开昆吾，不能久留，前辈又居于昆吾主峰之上，所以没有见面的机会。"

说来也是悲惨，都怪昆吾架子太大！孟西洲心里把昆吾骂了好几遍了，现在想起来还一脸嫌弃。

"原本我打算与钱缺道友作伴，在西海之上晃荡两圈。没想到，竟然有幸能在此地碰到前辈，实在是……"

激动之情，显然有些难以表述。

孟西洲想不出该怎么形容了，他只躬身向见愁一拜："孟西洲拜谢前辈，杀红小界救命之恩没齿难忘。他日见愁前辈若有吩咐，只管差遣。这是孟某的灵识印记，还请前辈收下。"

孟西洲双手将一枚玉简奉上，其中存着的便是孟西洲留下的灵识印记。有此印记，便可相互传信。

见愁迟疑了片刻，还是收下了。

"不过同陷危险之中，自保罢了，孟道友客气。我等身有要事，还要渡海而去，

今日怕不能多留，便他日传信再联系。"

孟西洲也不是认不出在场的都是小会之中的厉害角色，用脚指头猜都知道他们有事在身。

听得见愁此言，他一拱手。

钱缺虽不知他们此行干什么去，也道了一声："一路顺风！"

"哈哈，一路顺风。"

见愁听这一句，真是有种古怪又无奈的感觉，也对着他二人拱手，将那存有灵识印记的道印往乾坤袋中一放，便直接离去。

望着那几人回到登天岛上的身影，孟西洲忽然转头问了钱缺一句："那什么，钱道友你是商人，手中可有趁手的斧头，卖我一把？"

"敬仰也不是这样表达的啊，你竟然还想买一把斧头？"

钱缺听了这话，有种一算盘抡死他的冲动！他语重心长地拍着他的肩膀，脱口而出道："一把斧头怎么够，要表达对前辈的敬仰，至少得一打！我卖给你，统共千枚灵石，绝对十九洲最低价，童叟无欺！"

孟西洲："……"

钱串子已没救了。

登天岛上。

如花公子站定，回头望了一眼，笑着对见愁说道："见愁师姐知交遍天下，真是走到哪里都有人认识。"

见愁跟着他回看了那两人一眼，笑道："他日别处再见如花公子，兴许也是知交一只呢？"

如花公子微微一怔，想要看清见愁脸上那一抹笑，她却已经转身离去了。

这话说得有些奇妙。

算朋友吗？不算吗？如花公子一时也分不清楚。

只是……"一只"是个什么形容？

如花公子瞅着见愁背影，思考了半天也没得出结果，只好跟着走了过去。

谢不臣已在原地等了有一会儿，见愁过来，低头看了一眼已经被自己修好的阵法："有劳谢师弟了。"

谢不臣并未回答。

见愁一看，陆香冷与夏侯赦也已经走了过来："既然人已经到齐，我们便出发吧。"

人间孤岛，青峰庵隐界。

是她熟悉的地方，也是她陌生的地方。

见愁微一垂眸，看了谢不臣一眼，谢不臣却只看着脚下的阵法，迈步入阵。

见愁想起方才秦若虚嘀咕的那一句，将心头的疑惑压下，也入了阵，其余人立刻跟入。

阵法启动。

熟悉的光芒笼罩了众人，阵法沟通天地之时，有一股莫名的浩瀚气息传递到众人的心中。

嗡！

光芒越来越盛，整个阵法发出一阵嗡鸣声，已经启动。

"见愁师姐等等我——"

没想到，在这关键时刻，竟有一道身穿兽皮短裤的身影，手里抱着个大西瓜，死命地朝着阵法之中扑了过来，口中还大声叫喊着。

见愁人在阵中，险险就要丢出一个手诀来，将这闯入之人打出，一听这声音，生生收手："小金？"

轰！

那道身影在最后一刻落入了阵法之中，见愁的声音立刻被一股波动搅动，消失了。

一道强光闪过，整座阵法恢复了平静。

登天岛上，原处已空无一人。

人间孤岛，青峰庵隐界外。

幽深的山腹之中一片黑暗，偶尔会传来几点水声，似乎黑暗之中有一片湖泊，有什么东西从水中跳了出来。

"嗡……"

一阵轻吟响起，地面上忽然亮起了一座阵法，照亮了周围的黑暗，照亮了那座百丈高的巨门。

砰！

一声闷响！一道人影率先砸落在地，面朝下方。

啪！

不幸被他压在身下的大西瓜轰然破碎，鲜红的西瓜汁顿时溅开。

其余六道人影随后出现在阵法之中，众人低头一看，全数无言。

穿着兽皮短裤的赤脚少年像是趴在血泊之中，艰难地伸了伸自己的胳膊腿儿，似乎摔得位置不对了，稍微一动，便有"咔嚓咔嚓"的响声发出。

小金最后一口气哽在喉咙口，好半天才缓过来，他剧烈地咳嗽起来："咳咳咳……"

左流瞪着脚底下这个倒霉的少年，好半天才反应过来："你……你不是已经回去了吗？"

"我……我……"

小金手撑在地上，好不容易起了身，想要接话来着，结果一低头就看见了身下那已经"粉身碎骨"的大西瓜，一下就觉得心痛难当，差点儿哭出声来。

"我的西瓜……"

"都这时候了还在乎什么西瓜。"

左流伸手拉了他一把，让他站了起来。众人一看，小金身上一片狼藉，整个人摔得那叫一个惨。

"可是又出了什么事？"

见愁当时也是看见小金离开的，他说不跟他们一起来隐界了，现在又这么凄惨地出现，实在是出人意料。

说着，她扫了一眼脚下那碎得不能再碎的西瓜，看着横流的汁水，目光忽然一滞。

小金脸上的笑容早没了，哭丧着脸道："我爹娘在家里打架，家中老头子们叫我暂时别回去。若我回去了，只怕就不是他们打架，是一起打我了……"

"噗！"左流顿时不厚道地笑出声来。

如花公子也为这理由忍俊不禁了一把，揶揄道："看来南域西南诸世家，还真是不平静啊。"

"是啊，天天抢地盘。"

小金深以为然地点了点头。

这一瞬间，如花公子没话了。该说这孩子是天真呢，还是天真呢？

左流是不懂他们那些人的世界，当下说道："你也不早点儿来，我们可从横虚真人与扶道长老那边得了个不动铃，还能抵挡金丹期修士一击呢，你现在来却是没有了。不过不回去挨打也好……"说着，他就要踏出渐渐熄了光亮的传送阵。

"别动。"

冷不防地，站在前方的见愁伸手一拦，一下让左流止住了脚步。

左流有些诧异："见愁师姐？"

见愁并未回答他的话，只是看着下方那西瓜汁流淌的轨迹，渐渐向着下方渗入，有些地方还颜色颇深。

她一扭头，看向了谢不臣，冷静道："看来已经有人先我们一步进入了隐界。"

那西瓜汁勾勒出来的线条，分明是另外一座阵法。并且，还是没有启动过的阵法。

若是刚才左流一步踏出，很可能现在已经重伤甚至没命了。

谢不臣看了四周一眼，道："前不久我离开隐界之时，为防止他人进入，也曾布下几座阵法。如今这几座阵法已经被人破了，反倒添了新的阵法。想必后来者实力不俗。"

听到他二人的对话，其余几人立刻惊讶起来。

左流后怕地看着传送阵之外，惊愕道："谢道友的意思是，有人先我们一步来了，还给我们下套？"

怕也只有这个可能了。

谢不臣没有再说话，只挑了一个方位，从阵法之中走了出来，倒是没有遇到什么危险。

他的阵法造诣不低，见愁转头看他说"有人先一步进入了隐界"，意思已经很明白：这烂摊子该他处理。

谁叫他是昆吾横虚真人"钦点"的呢？

见愁并不觉得自己想要杀他现在却还要用着他的行为有什么不妥，她站在原地，抬起头来，看着面前不远处那座百丈高的巨门。

门缝上留着恐怖的剑痕，一看便知道是扶道山人所留。

除此之外，巨门之上还有着密密麻麻的蜘蛛网一样的裂纹，像是被什么巨物撞击过一样。

抬头继续往上，巨门顶端便是山腹的穹顶，上方镶嵌着一个直径三十丈的巨大石球，表面上坑坑洼洼，不同于以往的光芒四射，而是再也没有了五颜六色的光华。

当初青峰庵隐界似乎被人触动了什么，有一道光柱投射在外，那形状被见愁看在眼中，便是日后的翻天印。而在这石球投射出的光芒上，见愁还发现了另外四枚印记。

之所以说是"印记"而不再是"道印"，是因为见愁现在并不确定它们到底是不是道印。

原本以为那四枚也应当是与翻天印一样的存在，她偶有闲暇的时候，也曾着力研究过一番。可不管她怎么尝试，即便是以天虚之体来推断，也无法推衍出怎么修炼，更无法使用这几枚道印。

这几枚印记，与人体经络完全不符合。久而久之，见愁就将之放下了。

现在看见那巨大的石球，像是从天上坠落的陨石一样，带着一种冷寂之感，见愁对那四枚道印的疑惑又升了起来。

轰！

就在她思索出神的这片刻，地面忽然猛烈地摇动起来。

见愁回过神来,便瞧见谢不臣已经站在了距离大门最近的位置,一个手诀掐出,动作干脆利落,接着就有爆裂的声音响起。

噼里啪啦!

无数碎裂的石屑弹射而起,地面上顿时一片狼藉,像是被人犁过一遍一样。

"咳咳咳……"烟尘四起,左流和小金都咳嗽起来。

见愁一甩袖子,便将眼前的灰尘都清走,这才从阵中走出,说道:"果真阵法造诣高绝,谢师弟的速度比我想的要快多了。"

"不过是布阵之人阵法造诣太低。"

阵法之道,比之炼丹炼器更为艰深,这布阵之人,知道的不过是皮毛罢了。

谢不臣看向这座百丈巨门,便是在此门之中,他被曲正风暗算,险些丢了半条命。甚至在出此门时,曲正风还留了一道阵法在他必经的路上,叫他深受其苦。

如今再看见这座巨门,他心中五味杂陈。

"此隐界乃上古今古之交三位大能修士之一所留,时人尊称为'不语上人'。"

"上古时,昆吾八极道尊得知东南蛮荒妖魔道得到了《九曲河图》,为祸一方,遂率领众多正道修士攻入蛮荒,夺回了《九曲河图》,并且从中悟得大道。不过在他飞升之前,绿叶老祖自明日星海横出于世,竟在八极道尊飞升之前强借河图而去。后八极道尊飞升,昆吾再未能追回河图。"

"照谢师弟所言,这河图竟还算是你昆吾旧物了。"

见愁算是听出来一些东西了,她站到了隐界大门前面,忍不住嘲讽一笑。

不过有关绿叶老祖之事,倒是有些没想到。

"《九曲河图》谁拿到便在谁手里,谢某并无见愁师姐言中之意。"谢不臣回道,"后来没多久,绿叶老祖也从河图之中悟出大道,飞升之前随手将河图塞给了当时仅有出窍修为的不语上人。"

"随手……"

众人一听,都忍不住嘴角抽搐。

谢不臣自然知道众人在想什么,他抬手,掌心镌刻着一道印符,他慢慢将手贴在了巨门上。

"一开始十九洲还无人得知《九曲河图》的下落,可毕竟天下没有不透风的墙。

"没过多久,消息终于为人得知,不语上人从此为十九洲无数有野心的修士追杀算计,竟一路从出窍撑到了通天之境,得悟大道,历时七百六十八年,所杀修士无数。

"所以,不语上人是接触过《九曲河图》的三位大能修士之中,杀戮最深之人。"

嗡!

手掌的印记微微发烫，已经完全贴合在了巨门上。

这是开启青峰庵隐界的"钥匙"，毕竟中域十数年前便已经发现了隐界，也早对此有过研究，有开启隐界的秘法，倒也在情理之中。

见愁问道："我曾阅遍十九洲奇闻逸事之卷，不曾看见这等故事，不知谢师弟是从何处得知的消息？"

"从此处。"

轰！

谢不臣话音落下的瞬间，大门发出了一声恐怖的巨响，穹顶上甚至有巨大的石块坠落，砸入水涧。

一道缝隙，渐渐从紧闭的门缝处缓缓变大。霎时间，便有一股狂风从门内刮出，带着一股死寂的气息。

隐界乃"有界"修士自身形成的一座小天地，修士在时，"界"与自身相连，所以有天地灵气的供给。若是修士飞升而去，或者意外身死，此界失去与外界的联系，当中的灵气便处于消耗状态，除非修士提前布置好从大天地中抽取灵力的阵法。

青峰庵隐界之中原本是有阵法的，后来几经修士进入，便渐渐损坏了。

所以如今虽有风扑面而来，可见愁等人能感觉到的灵气却极为稀少。

"轰隆隆……"

巨门还在持续地移动，门内的情形渐渐出现在了见愁的眼中。

百丈高的巨门之内竟然是一条长长的走廊，夹道两面有高百丈的巨墙，上面竟然雕刻着无数图纹。

淡淡的杀气，飘浮在长廊之中。

整条长廊像是被迷雾笼罩，见愁极力望去，也只能看见上面有图纹，却完全无法窥知到底雕刻的是什么。

十九洲杀戮最深的大能修士……

见愁极力朝门内百丈的长廊望去，生出了一种极难言喻的感觉。

杀戮最深的不语上人，杀戮最深的青峰庵隐界。

在这里，她与谢不臣，站在门前。

盯着门内，谢不臣似乎也想起了很多事情。

见愁唇角慢慢勾了起来，一摆手："谢师弟先请吧。"

既然先前阵法有问题，有人先他们一步到来，谁知道这门内会不会有更多的危险？所以，就让该往前去的人往前去。

谢不臣回首，深深地看了她一眼，并未拒绝，一步迈入门中，竟然像是踏在虚空之中，脚下软绵绵的一片。这感觉，与他第一次来的时候略有不同了……

眉头微微皱了起来，谢不臣并未说出这一点疑惑，脚步平缓无声。

他身后，见愁最后看了一眼这隐界的大门，眉心隐约有光芒闪烁。

入了这扇门，里面发生的任何事情外面都无法插手，更不会知晓……

有山有水，可不是风水好吗？

她迈步进入，目光落在前方谢不臣的背影上，在他的脖颈周围徘徊了一阵。

"见愁师姐是在看从何处下斧，能让我死得更干脆吗？"谢不臣平静的声音从前方传来。

见愁笑了："谢师弟玩笑了，我等七人一同进入隐界，为寻《九曲河图》之秘，凶险未知，自然应当相互扶持，同舟共济。"

言下之意，我怎么会想杀你呢？

谢不臣笑了一声，没回头，也没反驳，依然沉默前行。

背后，其余几人不知说什么好。瞎子都看得出来，这一路上见愁师姐对谢不臣多有针对和戒备，必定与之有不小的仇怨，现在居然还能面不改色地说什么"应当相互扶持，同舟共济"……

骗鬼啊！

左流都忍不住朝天翻了个白眼：这天底下越是厉害的修士，越是撒谎不眨眼吗？

陆香冷则是微微地叹了一口气，目光落在见愁身上，不免有些忧心。

见愁却没看见。脚下的道路还长，她重新将注意力放回到了两边长廊墙壁的雕刻上。

这一看，见愁顿时倒吸了一口凉气。

这长廊画壁之上，雕刻的竟然是诸多的场景和人物。

正魔大战于东南蛮荒，一长髯飘飞的男修从邪魔手中取回了一卷长图，而后是中域的地图，十一座山峰画的便是昆吾，他手持长卷，高高立在昆吾主峰之上，一时有凌绝顶的气势。

见愁一下明白，这是八极道尊！

随后便是一道女修的身影，她站在一片巨大的盆地边缘，缓缓朝着昆吾的方向行去。

刻画这女修的线条极为简单，却透着一种刻骨的凌厉，像是在刻此人之时用上了十二分的力量与心血。

见愁已经猜到了：这是绿叶老祖！

其后，绿叶老祖与八极道尊交战，战了个天昏地暗，半个昆吾山头都坠落到了地上。

见愁只觉触目惊心。

最终这一场大战之后，《九曲河图》还是被绿叶老祖"借走"，回到了明日星海，其后便是一名小修士很久之后被人追杀，误入明日星海，却恰好遇到绿叶老祖坐在一高楼之上悟道。

似乎是一日悟道得成，雕刻之中的绿叶老祖作仰天大笑状。

下一张雕刻里，她竟直接将《九曲河图》随意地一扔，扔到了正好路过的小修士手中。于是，绿叶老祖白日飞升而去，小修士怀揣重宝，惴惴不安。

接下来的画壁……便是一片血腥了。

被发现，被围攻，无数修士围追堵截，他不得不杀人，杀人，再杀人，来抢夺《九曲河图》的人越来越少，他的修为越来越高……终有一日，他斩杀了一人，十九洲再无人敢来抢他手中的东西。

最后一幅没有任何图画，只有一行从上到下、贯穿百丈的大字——

"半生福祸起河图，不语拔剑向苍生！"

"这老头也是够倒霉的……"左流忍不住嘀咕了一句。

见愁仰首望着这十四个字，细细咀嚼，竟也难以理解这位"不语上人"在刻下这一行字的时候到底是什么心情。

庆幸？冷笑？憎恶？痛恨？孤独？

或者兼而有之。

《九曲河图》几乎左右了不语上人一生的命运，起起伏伏都由河图而起，而这一切的起点，便是绿叶老祖那"随手"的一塞。

谢不臣先前说"在此处"，指的原来是这画壁。

见愁许久之后才收回了目光，此刻他们竟在不知不觉之中，走到了画壁的尽头。再回望来处，已经隐藏在一片浓雾之中，看不分明了。

谢不臣道："入隐界后，隐界大门会自动关闭。"

他站在画壁的尽头，面前是一扇新的大门。

门高三丈，通体为深黑色的石质，以门缝为中心，刻有一只栩栩如生的肥猪。猪头猪耳猪手猪脚猪尾巴，两扇肥大的耳朵上面，镶嵌着两只古铜色的门环。门环上已经长了细细的青苔，似乎久无人用了。

见愁看了，一步一步，背着手，看似闲庭信步地走了过来。

"门中有门，却不知此门如何开？"

其实见愁是知道的，聂小晚玉简之中已经说得很明白。

只是……何必让谢不臣知道自己有底牌呢？

其余几人也走了过来，聚集在门前。

此刻已经是在隐界之中,如花公子扣紧了自己手中的折扇,陆香冷掌心亮起一道紫金光芒,小金重新抱了个大西瓜在怀里,却没有开吃,左流攥紧了那本玉折子,有些紧张,夏侯赦两手照旧笼在袍袖中,盯着前方谢不臣的动作。

谢不臣感觉到了后方众人的目光,却并不在意。他走上前,将挂在猪耳朵上面的门环轻轻扣响。

"阿嚏——"一声响亮的喷嚏顿时响起。

在众人惊愕的目光中,石门之上雕刻着的那只大肥猪竟然活了过来,实打实地打了个喷嚏!

长长的猪鼻子里喷出两道热气,接着大嘴巴一张,打了个呵欠,两只前蹄高高扬起,竟然伸了个懒腰!

紧闭的眼睛睁开,只是眼皮还耷拉着,似乎刚睡醒,没什么精神。

"怎么又是你啊?你怎么还没死?"瓮声瓮气,似乎鼻子堵着。

这门上的肥猪在看清谢不臣的时候,就直接翻了个白眼。

见愁虽知这门上雕刻的肥猪便是守门人……不,守门猪,可……灵智未免太高。

谢不臣似乎也没想到这肥猪开口便是这一句,微怔了一下。

不过那守门猪说完了这一句,便不再管谢不臣,转而朝着旁边一看,发现竟然还有几个人,顿时"哎哟"了一声:"你这带的人还不少啊。让老猪我数数,一头人,两头人,三头人,四头人,五头人,六头人……"

"头……头是什么东西……"左流嘴角狂抽,终于没忍住,低声从齿缝里挤出了一句话。

如花公子思索片刻,也压低了声音道:"猪数自己的时候肯定也是用'头'的。"

说完,他一怔:见愁为什么之前对他用了一个"只"字。

见愁听到身后两人的对话,默默转过头去看了一眼,又默默扭过头来。

守门猪高高在上地俯视着他们,似乎没听见他们在说什么,问道:"你们也要进我主人的隐界?"

"正是。"见愁镇定地回答。

只是在说话时,她背在身后的右手一掐指诀,一碰便会引动十成的翻天印。

眼角余光一闪,几乎在同时,她看见了谢不臣悄然按在长剑之上的右手,大拇指状似不经意地顶在剑锷的位置。

这个姿势,见愁曾在几位崖山同门身上见过。这是戒备状态,随时准备拔剑出鞘。

她心底忽然冷笑一声,身体紧绷了起来。

"桀桀桀……"那守门猪发出了令人毛骨悚然的笑声,如夜枭一样。

整扇三丈高的漆黑石门竟然随着它的大笑晃动起来,它猪肚部位的石质抖动着,格外真实。

"你们是今天要进入隐界的第二组人，可不能像之前那样轻松了。想要进入隐界，很简单，我给你们三个选择，完成任何一个都可以进入隐界。"

今天进入隐界的第二组人？也就是说，在他们之前的确有人进入了隐界！

不过，三个选择？众人都凝神听了起来。

守门猪将自己的一只猪蹄举起来，一本正经地说道："选择一，欲入隐界之人，必须杀掉一个同伴，手持其头颅即可入内——"

什……什么？

守门猪话音方落，所有人都愣住了：不一样！这跟他们一开始知道的不一样！

别说是陆香冷等人了，便是曾进入过青峰庵隐界的谢不臣这一瞬间也怔了一下。下意识地，他霍然回首，看向了距离自己极近的见愁！

一个带着澎湃杀意的笑容霎时间绽放！

那一瞬间，见愁掐着的指尖已碰到一起，声音里透着悍然与狰狞——

"借君头颅一用！"

第十六章
且战谢不臣

轰！

恐怖的力量瞬间来到了谢不臣的面前，他先前一个微怔，便已经失去了先机。

即便谢不臣有惊天的修为，此刻也根本来不及抵抗，仓促间他横剑一挡，却根本抵挡不住翻天印的恐怖威势！

强得骇人的力量，像是一座山，朝着人拍过来。

距离太近！近到谢不臣甚至能看见见愁眼底的自己。

一双冰冷的眼眸，没有半点儿犹豫，只有杀意！

如此纯粹的杀意……甚而带着一种难言的美感。

只可惜，藏在美之后的，是极致的危险。

轰！翻天印在长廊的尽头充斥开来，几乎瞬间便撞到了谢不臣挡在身前的长剑上。巨大的力量让他右手虎口瞬间崩裂，鲜血淋漓。

于此同时，见愁那坚硬得不像话的腿已经踢到了他腿上。

黑风炼体之后，又经历金丹雷劫，正好用雷电淬炼过了全身。此时此刻的见愁，是货真价实的《人器》炼体第六层修士！

就这么根本没有防护的一腿过去，柔韧的是血肉，坚硬的却是骨头。

"咔咔咔"……

那一瞬间，已经被翻天印恐怖威力掀开的众人，都觉得耳边出现了细小的声音。

谢不臣身上顿时出了一层冷汗。巨大的疼痛感瞬间从与见愁撞击之处传来，即便他脸上看不出半分痛色，可那陡然苍白的面色却怎么也瞒不住人。

见愁唇畔的笑意陡然扩大。

只一个照面，谢不臣已吃了一记暗亏。在翻天印与见愁一腿的猛击之下，他整个人朝着后方倒飞而去！

入隐界之后，长廊两侧都是画壁，两道百丈高墙之间相隔仅有十丈。

所以，一眨眼的工夫，谢不臣便撞到了画壁之上！

砰！结结实实的一下！

谢不臣身体中一阵气血翻涌。可他也非庸碌之辈，在撞上墙壁的一瞬间，他用力地一掌拍在身后石墙上，五指深深陷入刻画中，留下了一道清晰的掌印！

借力！

他竟然完全不顾身上有伤，腾跃而起，化作一道残影，连鞘长剑便向她横斩而去！

见愁自然猜到，堂堂昆吾横虚真人座下天赋最高弟子的头颅，不会那么好"借"，所以在翻天印一击得手的同时，她已经抬手朝眉心一抽！

唰！天明斧在半空之中划过一道狰狞的影子，下一刻已经被见愁握在了手中。在谢不臣冲过来的瞬间，她持斧砍去！

两个金丹期修士，都是十九洲中域新一辈中的领袖弟子，在这仅十丈的空间之内，几乎是一个闪念便撞到了一起，接着便是闪电一般迅疾的交手。

巨大的天明斧与谢不臣手中剑鞘狠狠地撞在了一起。

砰！霎时间便有刀兵相接的明亮火光绽开。

见愁的天明斧是北域阴阳两宗尚在觊觎的至宝，材质特殊，极为厚实，没有任何损伤在意料之中。可令她没想到的是，谢不臣那柄剑的剑鞘，竟然也坚硬得惊人。

一撞之下，其剑鞘不过受力被撞开，竟然连一道豁口都没有留下！

真是身负神兵呢……

见愁一斧未曾得手，便手腕一翻，顿时有一枚道印从天明斧繁复的图纹中亮起！

劈空斩！

天明斧再飞，攻击再上一层！

唰唰唰！

三道斧影几乎叠在了一起，接连向着谢不臣斩去！

狂猛的攻击，一浪接着一浪。

谢不臣右手才握住剑柄，将方才被撞开的剑撤回，见愁的第二重攻击便已经到了眼前。他脸上的温润终于消失了个干干净净，眼角眉梢都凝结着霜雪之意，冷峻到了极点：见愁想着借机动手杀人，谁又不是呢？

早在他们决定保持表面上的和善，一路虚与委蛇来到此处的时候，便已经知道了二人之间只能容下其一。

一个一心求道，一个一心复仇！该动手时，何必迟疑？

脑海之中念头一闪而过，谢不臣未持剑的左手一拢，食指与无名指刹那间并指如刀，顿有一股卓然之气凝聚在他指尖，形成了一道凛然的剑气！

那一瞬间，谢不臣身形飘摇，竟如仙鹤一般。右手撤回人皇剑，左手并指朝着见愁一挥：

哆！

发出了一声轻微到了极致的细响，速度却快到肉眼难以捕捉！

　　见愁那三叠斧影撞击在谢不臣身上的同时，谢不臣那道剑气已经朝着她猛然袭来！明明只是两根手指发出的剑气，那一瞬间竟然像是一剑客卓立于山峰之巅，向着她一剑劈来，带着山岳挺立于天地间的傲然与卓绝。

　　"卓然剑意！"

　　不需要细想，见愁一瞬间便将这剑意与先前吴端所言对上。

　　若是寻常人对上这一道剑气，必定不敢直面其锋芒……

　　可她，是见愁！是《人器》炼体第六层的见愁！

　　在那剑气追到眼前的瞬间，见愁直接抬了左手，一把向着此剑气抓去。

　　轰！

　　纵横剑气一下撞在见愁掌心，瞬间便血肉横飞！

　　只是……血肉飞去之后，见愁手掌显现出的，是如玉的掌骨，一道道黑色图纹顺着指骨掌骨盘旋而上，竟然在隐约之间流动。

　　便是那锋锐的剑气劈来，也只在这如玉的骨头上留下几道细细的裂纹。

　　青莲灵火一烧，瞬间便没了影踪。

　　啪！见愁仿佛感觉不到那种撕裂心肺的剧痛，脸上带着近乎残忍的笑容，五指狠狠一握，卓然剑气竟然被她生生捏了个粉碎！

　　见愁左手的手掌，也在瞬间变成了五根"干净"的指骨……

　　三道斧影撞在身上，谢不臣可不像是见愁一样有《人器》炼体第六层的强横身体，尽管他的身体强度远远超出了不少昆吾同门，可在这一点上要与见愁相比，却还差得远。

　　眨眼间，谢不臣身前已经鲜血淋漓。墨青色的长袍被染成了一片深暗的紫色，触目惊心。他忍着疼痛，眯了眼看她，声音还算平静："看来你与吴端师兄聊得不少。"

　　"不多，关于你的有那么一点儿罢了。"

　　爽朗的一声笑，带着快意！

　　见愁利落地一拧脖子，妖邪之感顿出。

　　吴端其实没有说很多，只是让见愁对谢不臣的实力有了一个大体的了解罢了，而谢不臣真实的实力，会比吴端所言强上不少。

　　事实上，吴端所言对见愁的战斗并没有实质上的帮助。唯一的好处是，叫他知道这种背后被人捅上一刀到底是一种多么"愉快"的感受！

　　左手五指轻轻一转，有四分之三黑风纹路的指骨随之一拢，立时便有数道狂风吹卷而来，汇聚到了她掌心，组成一道又一道的黑色风刃，间或有冰蓝色的风刃夹杂其间，一时是蓝，一时是黑。

无端，杀机四溢！

黑风刃莲，两种风刃的组合！

见愁注视着他因为失血而骤然苍白的脸色，五指一合，已合身朝着谢不臣扑去。虽然不知道他那把剑到底有什么古怪，可是……最好此剑，永无出鞘的机会！

战斗之中，见愁绝非心慈手软之辈。此战，不过一个"杀"字！

激烈的一战，霎时间在这不长的画廊之中展开。

砰砰砰！画壁之上的雕刻因此遭了殃。

下方众人都傻了眼。谁也没想到，这两人竟然毫无预兆地打了起来，不管是见愁还是谢不臣，每一次出手都是杀意满满。

一招一式，皆是要将对方置于死地！

小金的下巴都要掉到地上了，手一软，险些没兜住自己怀里的西瓜："为……为什么打起来了？见愁师姐刚刚不还说什么'相互扶持''同舟共济'吗？"

相互扶持？同舟共济？她说你就信啊！

左流虽与见愁相处不多，可现在也知道这是个扯淡不眨眼的主儿，跟你说话的时候笑得十分良善，那十句里有八句都是不能信的！

听到小金那傻得没边儿的一句话，左流擦了一把冷汗。可一看那两人丧心病狂的战斗，他也完全搞不清楚这到底什么状况了：一共有三个选择啊，你们要动手好歹听完了再动手呀！说打就打是不是太任性了？

左流小金尚且如此，石门之上的守门猪就更不用说了。

守门这么多年，还是第一次看见这么耿直又刚烈的"不速之客"。它瞪圆了眼睛，张大了嘴巴，两只耳朵都要竖起来了。

打起来了？

"我……我还没说完啊……

"喂，你们两个别着急开打，行不行啊？听我把话说完啊！

"你们也可以选择给我唱首歌，跳个舞啊！喂——

"你们到底尊不尊重猪啊！我说话还有没有一点儿权威了！"

连话都没听完，二话不说直接动手，合着你们就是来找地方打架的吧！

守门猪大喊大叫着，只可惜闷头死磕中的两个人没有一个听见它的话。也或许，即便听见了也根本不在乎。

要的就是这个选择！要的就是一言不合就开打！

好不容易忍到了青峰庵隐界，从踏入此地的那一刻开始，杀意就已经盘旋在她心中，不曾散去。

还有比现在更好的机会吗？不会再有了！

守门猪虽说有三个选择，可他们绝对不会去听完。只因，第一个选择足矣！

青峰庵隐界的守门者提供的绝佳杀人理由！

此行为查《九曲河图》而去，所以必入青峰庵隐界。想要进入青峰庵隐界，必定要杀掉一个自己的同伴。这，就是青峰庵隐界给的规则！

掐准了时间动手，最终不管谁死，活着出去的那个都可以堂堂正正地告诉所有人：隐界逼我杀人，非我所愿。

别管理由有多扯，只要有，便是好理由！

守门猪所言的"选择一"，简直为他们二人量身打造。

见愁绝不相信只有自己一个人动心，就看谢不臣凌厉的招式，她便能猜到：他与自己有一样的想法！

这里不是束缚重重的昆吾，这里也不需要顾忌昆吾、崖山之间的关系。除了五个同行之人，不会有人知道他们在隐界之中动手，更没有一个人可以向外界通风报信。

正如曲正风敢在这里对谢不臣下手一样，只要她在这里下手成功，让他葬身在隐界之中，谁又知道发生在隐界中的事？

是非黑白任我一张嘴来说，死了就是你活该！

见愁唇边的冷笑更甚，黑风刃莲被谢不臣一道卓然剑意劈散，顿时化作狂暴的刃流，扑哧扑哧地打到了两侧石壁上。

画壁之上的人像几乎立刻缺胳膊断腿儿，一片狼藉！

因着右手持剑，左手使用卓然剑意，谢不臣的反应速度受到牵制。

一道剑气发出之后，他还未来得及收手，见愁斧头一划，第二枚天赋道印已经在斧面亮起。

嗡！

天明斧为之一震，竟然从见愁手握之处发出无尽的金光来。

这是……红日斩！

在场之人都在小会中见识过这一斩的威力，就是这一斩，让许蓝儿失去了战斗力，重伤垂死！如今她竟然要对谢不臣用上这枚道印……

左流等人倒吸一口凉气，就连夏侯赦都皱紧了眉头。如花公子则是微微眯了眼，目光追随两人缠斗的身影而去，观察得仔仔细细。陆香冷眸中已经是一片担忧之色。

在听见守门猪说出"选择一"的时候，她心中就生出了不妙的预感。只可惜，见愁与谢不臣动手的速度太快，以至于她根本来不及反应，根本没有出手阻止的机会，这二人已经战成了一团。

交缠的身影，快得惊人的速度，每每交手都只在半空之中留下一道残影。

见愁斧身之上的金芒已出，她高高抬起天明斧，那斧头瞬间炽热，像是一团滚动的岩浆，被见愁握在手中……

只有不死不休的深仇大恨，才会让他二人这般以死相搏吧？

昆吾、崖山……陆香冷心中浮现出这两个宗门的名字来。

这或许是谢不臣与见愁个人之间的仇怨，可不管是扶道山人还是横虚真人，对这两名弟子的重视都非同小可。其中任何一个出了事，都有可能挑起两派的战斗……

中域不能赌，也赌不起。

陆香冷掌心中那团紫金光芒流转开来，她脚步微微一动，便要有所动作。可就在她即将迈步的一刹那，一柄画着繁花的纸扇横在了她面前。

陆香冷抬起头来，便看见了如花公子。

他一身绣花的长袍，俗艳到了极点，像是脑袋后面长了眼睛一样将纸扇一横，淡淡地拦住了她的去路。

"如花公子这是何意？"陆香冷眉尖一蹙，已有淡淡冷意浮出。

"呵。"如花公子轻声一笑，慢条斯理地说道，"对这两位中域同侪之中一等一的天才，陆仙子都没有半点儿好奇吗？"

比如，他们都有怎样的底牌，到底拥有怎样可怖的战力，若是对上了会是谁胜谁负……旁人不好奇，他可是好奇很久了。

尤其是……此时此刻，如花公子感觉到了明显的不同。

俗话说软的怕硬的，硬的怕横的，横的怕不要命的。见愁率先出手，占据先机，后又用以伤换伤、以命换命的方法不断强攻，由此才可以压着谢不臣打。

可若是没有足够的实力，别说压着打，再好的先机、再凶狠的打法，都有可能被反击。

实力……见愁的实力，不一样了！

她强到了一种惊人的地步，比之左三千小会巅峰时那帝江风雷翼一击，有过之而无不及！可是现在，她分明还没用帝江风雷翼。即便只是一个闪身，不经意间也能带起一串残影，速度快得叫人瞠目结舌。至于那凝聚道印使出术法之时精粹的力量，超乎想象的迅速，更是让人难以理解。

仿佛只在小会之后，她的力量直接升了一个台阶一样。力量，速度，对于道印超乎寻常的纯熟运用……这一切，组成了她此刻近乎夸张的战力。

如花公子完全可以肯定：此刻的他正面对上见愁，不拿底牌出来，绝对撑不了十个回合！

一场小会对人的提升，会有那么明显吗？如花公子不相信。

他注视着见愁，眼里情绪难言。缓缓收回纸扇，如花公子快要忘记旁边的陆香

冷了,他用纸扇的扇骨轻轻摩挲着手掌心,似乎要将那种心痒难耐的感觉驱除……

只可惜,连目光都难以收回,何谈心中的感受?

越是观察,疑惑也就越深……

于谢不臣而言,疑惑同样存在。他早从旁人口中听闻过,更不用说他也曾着心了解过一些情况。见愁会哪些道印,战斗有何特质,曾用过怎样的战术……

可以说,他虽不曾亲眼见过见愁战斗,却与亲眼见过没有什么区别。

只是如今见愁表现出的实力,完全超出了他的判断。

甚至……超出的不止一星半点儿!那是近乎三成的拔升!

轰!

红日一斩在狭窄的空间之中更有一种灼人的炽烈,红光照亮两面画壁,竟然将整个空间都变成了一片岩浆笼罩之地!

那斧影像是高悬在天际的一轮红日,而见愁就是那手擎红日之人,以人莫能挡之势,挥斧斩下!

谢不臣左手的卓然剑意瞬间褪去,在见愁落斧的刹那五指虚张,在这虚空之中用力一抓。

哗!

没有半分水迹的长廊之内竟陡然澎湃着江流滔滔之声。他像是握住了虚空之中的什么东西,苍白着脸色,将那东西缓缓抽出……

竟然是一柄剑,一柄由江流凝聚而成的长剑。

可此处哪里来的江流?甚至一滴水都没有!

一切都是剑意!

谢不臣掌中握住的,并非昔日九头江上那柄江流之剑,而是一道江流剑意!

只是此剑意极强,甫一出现,便叫人有一种面对了真实江流的感觉。

原本整个空间已经呈现赤红之色,可在谢不臣这一道江流剑意挥出的瞬间,竟有一小片透明的波纹涤荡开来,将赤红驱散!

轰!

江流剑意对上红日一斩,红日坠落,大江奔流!

炽烈的赤红色扑了过去,在被那透明波纹挡去大半之后,依旧有一部分悍然冲向了谢不臣。

他只将人皇剑连鞘在面前一竖。

嗡!

赤红光芒撞到剑鞘之上,竟然大半都被挡了回去,仅余的那一点点,已经不能对谢不臣造成伤害。

这一击，基本算是平手。

然而……岂是那样容易便结束了的？

既然速度快，那就将速度快的优势发挥到极致！

一道月白色的残影竟在红日斩消失的同时到了谢不臣面前！

轰！纯粹的肉体力量，一腿砸出。

谢不臣江流剑意方才力竭，此刻只沉着脸，一拍画壁，侧身一躲。

砰！

在他避开的瞬间，见愁一腿落下，画壁之上顿时出现了恐怖的深痕！

一击未得手，见愁并不撤走。

方才一腿扫出，她已重新拉近了与谢不臣的距离，右手五指变掌为爪，用力向着他右肩抓去。

噗！

才避过了一腿的谢不臣没有躲过这近在眼前的一爪，见愁五指顿时没入了谢不臣右肩。

再击得手！

可惜了，他是左撇子，此次伤的却是右肩。

见愁正要袭他左肩，却未料一抬手，在这近得能感觉到对方呼吸的距离之中，竟然看见了他无情的一双眼……

啧！

原来是有诈！

咻！

见愁的五指从谢不臣肩上拔出，留下了五个深深的血孔。

见愁抽身而退，在她退开的瞬间，一道晦涩至极的深灰色剑气乍起，擦着见愁的脸颊一掠而过。

"隐者剑！"

太险！若非她见机够早，速度够快，只怕这时已被这一道剑气削去了半个脑袋。

月白色残影一闪，见愁已经退到了十丈开外的另一面画壁之上。

"好算计，我还以为你谢不臣不会用这伤敌一千自损八百的打法呢！"

毕竟，他可是大夏京城人共传的"智计第一"！

五指上，还沾着谢不臣的鲜血。见愁随手一挥，血珠便从她白皙的手掌上落下，被她手指勾着轻轻一转，转瞬间化作了一朵绽放的"血花"，被她顶在了指尖。

谢不臣右臂之上流下的鲜血，已顺着他右臂将人皇剑剑鞘染红。只是他脸上除了苍白，依旧没有任何痛苦之色。

能忍常人所不能忍，已是人上人矣。

他左手之中虚笼着什么，隐约着几点灰黑的光芒，隐晦到了极点，又偏偏难以察觉，给人一种已出世而入世者难寻的感觉。

隐者剑意，习自四师兄王却，是他所习旁人剑意之中最另辟蹊径的一道，世所罕见。

见愁尚未使出帝江风雷翼，竟已逼得他换了三种剑意。

即便她有抢了先机的优势，兼之她有天明斧而他尚未拔剑之差别，可……

谢不臣有这样一种预感：即便是见愁不出天明斧，他们之间的战斗也可能还是这个结果。

多么惊人的判断！

谢不臣眼底，惊叹与惊艳交织，又多一分忌惮：她比他一开始预料的要强出太多，太多。若不打起十二分的精神，死在隐界之中的只怕会是他自己！

不过……见愁这样的实力提升，实在太过惊人了。

他一时难以判断她的实力，更不能预测她的底牌。

是天赋？是努力？还是什么被他忽略了的因素……

也许是看懂了谢不臣眼底那几分思索的神色，见愁将那朵血花往白皙的手掌之中一握。

她实在是太了解他了，从对战时候的反应，到他此刻的神情……她竟都能猜测一二。

到底她曾经是有多喜欢眼前这人？

见愁轻声一叹："你此刻必定在思考，到底漏掉了哪些关键的事情吧？"

啪！

像是捏爆了一颗浆果一样，血花在她五指碾压之下，变成了一片血雾！

其实，她也很好奇，现如今自己的战力究竟如何。

虚虚悬浮在数十丈高的虚空中，见愁背后便是那记录着不语上人半生沉浮的画壁。

心念一动，虚空之中，见愁脚下便有一座两丈四尺七的斗盘旋转开来。

那翅翼形状的金色道印，一点点从斗盘之上亮了起来，见愁后肩位置出现了一种已经有些熟悉的灼热！

她眯着眼，注视着谢不臣，微微沉下了身。

"我猜，谢师弟看不懂我的实力，甚至无法猜测我的底牌究竟是什么……"见愁唇边的笑意陡然扩大，"不过，你很快就不用好奇了。我现在，一张张地——揭给你看！"

话音刚落,见愁眉心之中一点金芒忽然闪过。

竟然不是帝江风雷翼,而是……龙鳞道印!

一个近乎完美的错觉!

谢不臣眉峰一冷,见愁脸上却是一片蔑笑。

说了要一张一张翻,而不是一张翻出底牌!

她出其不意地唤出一片龙鳞,只轻轻一翻——

以她眉心为中心,一片细密的龙鳞,带着神秘又野性的气息,逐渐覆满了见愁全身。

看上去,她周身一片灿金,身体被龙鳞包裹着,投射出一种难以言喻的力量美感。

从第一片龙鳞出现,到最后一片龙鳞覆盖,前后不过是一眨眼。这速度,却是比之前小会之中众人所见要快上了不少。

甚至……比当初的周承江更快,更强,气息也更精纯,更恐怖!

那一瞬间,画壁夹道的长廊之中,竟好似有一声龙吟响起。

帝江风雷翼的准备时间会比龙鳞道印长,谢不臣已经准备好迎接她最强的一击。

谁想到,她使出的却是龙门的龙鳞道印!

没有了更恐怖的攻击力,取而代之的却是更快的速度!

金色的疾风,金色的闪电!

见愁已经化作一道光,转瞬间已来到谢不臣面前。

眼底那道冷光里,倒映着谢不臣的身影。她就像是一颗从天际坠落的陨石,蕴含着近乎爆炸的强大力量……

那是一种令人心折的气势,便是谢不臣站在此地,注视着她,也难以抑制自己眼底那陡然出现的异彩:这样一个近乎完美的对手,她身上藏着无穷无尽的可能,总是给他……惊喜!

笃!

一声轻响。

谢不臣竟将人皇剑向着地面利落地一投,连鞘长剑插到了地面上,就像是戳进了一块豆腐一样轻松,没有遇到任何阻拦。

观战之人同时瞳孔骤缩:弃剑不用,谢不臣这是何意?

还没等他们想明白,谢不臣已经给了他们答案。

嗡!

画壁夹道之中一片轰鸣。

就在见愁合身扑来的瞬间,谢不臣并未看自己受伤的右臂一眼,左手虚虚一握,立刻便有一把无形之剑凝聚而出,被他握于掌中。

周身气息陡然一变。

这一刻,众人眼中的谢不臣忽然缥缈了起来。

他一身青袍猎猎,恰好站在画壁上的一老松孤树下,仿佛有山间行云笼罩其身,气息却隐匿起来。

见愁距离他极近,竟忽然恍惚了一下。

她看到谢不臣站在那雕刻的老树之下,身上没有半点儿昆吾第十三真传弟子的感觉,甚至没有昔日谢不臣的温润,更没有将手伸入江水之中长吟一声"逝者如斯夫"的壮志难酬,只有……那融于天地,隐匿山间,简单到极致的平和。

那是……属于隐者的机锋!

人立松下,却问童子,汝师往何处采药去。

皆言,人在此山中,云深不知处矣。

有风,吹过谢不臣的衣角,却没带起任何波澜。

心静如古井。

一时间,竟极难形容其感觉。就好像忽然陷入了泥淖,失去了抵抗的力量,也好像忽然消减了尘世之心,所有的争斗都不复存在……

谢不臣平静地一抬手,隐者剑意在掌中。

晦涩艰深之感,似上古文字。

他竟然像是没看见见愁的攻击一样,挥手向前一斩!

唰!

一道剑气在半空之中沉沉浮浮,隐隐现现,飘摇不定,像漂在江上的一块浮木,随着流水沉浮,让人难以捉摸其踪迹。

面对见愁凌厉的进攻,正常人都会选择暂避锋芒,转而寻求下一次进攻机会。

可谢不臣的选择,大大出乎了所有人的意料。

与此前的以防守为主不同,在他将人皇剑放下之后,整个人的气势凛然一变:以进为退,以攻为守!

一剑出,便是正面的硬碰硬,以攻击对战攻击。

拳脚迎面而来,剑气扑面则至!

毕竟一寸长,一寸强,剑气又是虚无之物,此时此刻更是间不容发!

谢不臣一剑斩出,几乎瞬间便到了见愁的身前,可见愁的攻击与这虚无长剑相比,却慢了那么一拍。

若是不退,这一剑势必斩在她身!

退,还是不退?那一瞬间,下方众人脑海之中都浮现出这样的一个疑问。

可是,见愁没有犹豫。

交战之时，至死也不退，更何况是面对谢不臣，这不死不休的仇敌！

战！

何惧这隐者一剑？

剑意带剑气，不过以"意"乱人心，可她的心，冷如冰，坚如铁，又有何人能乱？

缥缈之中藏着凛然的剑气，直直朝着见愁当头斩下，她竟然不闪不避，反而加快了自己的速度。

砰！

几乎是在同时，见愁一腿翻天印横扫出去，磅礴的灵力击中了谢不臣，谢不臣那隐者一剑也斩落到了见愁的肩膀之上。

扑哧！

半空中立刻绽开了一片血花。

没有人能分清，这血到底是他的，还是她的。

苍青的衣袍猎猎迎风，已经有血迹染上，那种冷清中忽然添上了几分浓艳，也让他的脸看上去更像是一个寻常人。

一个……怀着杀心与战意的寻常人！

手持虚剑而立，谢不臣看向了对面的见愁。

同样长袍染血，银色的绣线浸润着血迹。见愁肩上的龙鳞已经被谢不臣方才一剑斩出一道裂痕，深深地扎入血肉中。

只是……见愁一点儿也不在意。

在谢不臣的注视下，那伤处竟然以肉眼可见的速度慢慢愈合！那块肌肤转眼便光滑如初。龙鳞重新覆盖，没有丝毫受伤的痕迹。

如果不是她身上还有大片的鲜血，只怕根本不会有人以为她方才也被谢不臣一剑所伤。

强到惊人的恢复力！

身体之中为见愁一记翻天印搅乱的灵力还没完全平复下来，谢不臣的手掌微微颤抖着，他注视着见愁的目光之中没有了赞叹，只有战意。

合格的对手，完美的对手，有着深仇大恨的对手。

在青峰庵隐界门口进行这样一场战斗，或许不是他计划之中的事，却也不影响任何事情。

早晚，他们之间不都得有这样的一战吗？

心中念头闪过，在见愁重新化作一道闪电的同时，谢不臣提剑迎上！

每一剑，都用到他领悟到的隐者剑意的极致；每一击，都是她力量精粹到临界的爆发。

一拳一脚，一挥一斩，互不相让。

见愁与谢不臣像是针锋相对多年，对对方了解到了极致的对手，出手迅速，远超所有人的想象。

砰！

砰！

砰！

从地上打到画壁穹顶，从这一面画壁转战另一面画壁。

拳脚带出的气浪将画壁上的雕画毁去，剑气纵横的余力则在穹顶之上留下一道道恐怖的剑痕。

殊死搏斗！

不是猎杀与被猎杀，而是两个猎人之间的交战。

若说一开始见愁还有满腔的恨意，可到了此刻已经完全沉浸在这场战斗之中。

无恨无我，唯"战"之一字，存于心中！

忘我的状态，让她所有的情绪消失。

敏锐的洞察力和对对手的了解，让她能够准确地预测到谢不臣的每一次出剑，迎头撞上。

堪称十九洲最剑走偏锋的隐者剑意，更是出剑惊人。

隐者语，往往为人所不知。

谢不臣每一剑都带着艰深晦涩的气息，走的又是奇险奇绝的路子，每每迎至见愁身前，便如壁立千仞忽然倒垂，飞瀑万丈凛冽而下，天上地下，一片剑气激荡。

扑哧！

几片碎石飞溅，几道剑气四溢。

那扇黑色石门上的守门猪看得目瞪口呆，刚才叫了半天没人搭理它，简直让它觉得自己受到了侮辱。

现在看见那两个人拿命在拼，它兴奋了起来，扯着嗓门嘶吼："打得好，打得妙，打得你们呱呱叫！"

小金等人却完全听不见它的叫喊声，没有一个人分得出精力去关注其余的东西。

属于这两个人的交战，太快太迅疾，每一次出手都如闪电，却又蕴藏着万变。

往往在一个人出手的时候，另一个人就像已经猜到了对方到底要怎么做，因而立刻有反制之法，由此反制之法，对手又会改换攻击路线……

千变万化，惊心动魄！

"这种感觉……"

如花公子薄薄的唇瓣，被那扇骨抵着，一点点儿地摸索。

他甚至忍不住啃了一下那扇骨，反而忽然有了一种脱俗的味道，带着一种难言的诱惑。

只是，如花公子自己毫无所觉，他眼中只有那已经白热化的战斗。

甚至说，战争。

这得是交手过多少次，才能如此了解对方的一言一行，一举一动？

每一次交手，都已经不仅是力量的比拼。心智，算计，无一不缺！

那种古怪的感觉，越来越强烈。

如花公子几乎可以确定：他们对对方的了解已经到达了一种恐怖的地步，否则这种近乎胶着的惊险战况完全不应该出现。

这种感觉，就像是……宿敌，不死不休的宿敌！

可是，昆吾、崖山这两个先后入门，又先后成名的天才，何处来的机会认识？又到底为什么对对方如此了解？现在又为何不死不休？

一系列的疑惑萦绕在如花公子心间，他们的每一次交手，都在他的心中留下了浓重的阴影。

战到此刻，如花公子能看出的东西，陆香冷又如何看不出来？

谢不臣与见愁见面时那隐藏在深海海面之下的暗涌，险险就要在昆吾主峰之上众目睽睽之下大打出手的针锋，还有一路行来，两个人奇怪的言行……

最担忧的事，终于还是变成了现实。

站在原地，掌心中的紫光早已消散，陆香冷一双妙目当中忽然多了几分迷惘。

轰！

半空中忽然炸开了一团灵火，已经袭到见愁眼前的那道剑气陡然被灵火冲散。

这样的情况已经持续了三五个回合。

谢不臣持剑可破翻天印，却不能抵挡见愁灵火之威能。

行动之间有风环绕其身，又给人一种隐匿于天地之间的感觉，她这一"乘风"的本事，竟与隐者剑意有异曲同工之妙。

脑海之中不断地有念头在打斗之中浮现，谢不臣眸中的明光越来越亮。

合格的对手，能让一腔冷静的血燃烧，他以前从未想过，站在他眼前的对手会是他昔日的妻子，与他势均力敌，让他热血沸腾，甚至在这以命相搏的一战中，不断给他新的启发。

天下敌人很多，可敌手却难找寻。

更不用说是这等几乎了解他每一个弱点，每一击都向着自己薄弱之处来的狠辣对手。

她下手没有半分留情，招招将他逼到绝路。

只是……他也一样了解她。

谢不臣出手之迅疾,不下见愁。

隐者剑主攻,江流剑意却时不时地冒出来,以交错的形势打见愁一个措手不及。

棘手,棘手到见愁有一种一抖手把他的头颅从脖子拧下来的冲动!

只是同时,她也好像了解到了一点儿新的东西。

手中无剑,心中有剑,是为剑意。

谢不臣手无实剑,却因领悟剑意,而握一虚剑与自己相搏,固然是他于此之上的修行登峰造极,也是他于剑意之中的领悟极深。

她是无剑之人,却并不是不可以使剑。

脑海之中,像是有一扇大门忽然之间打开……

见愁也是精光乍现——

此时此刻,双方交手已不知过去了多少回,而胜负还未能分明。

两人身形一错即分,目光却都紧紧地落在对方的身上。

见愁望着谢不臣,脸上的兴奋没有散去,眼底却有一片锋锐的冷光,剑出鞘,莫过于此!那张冰冷的脸上,忽然绽开了一个微笑,一个算计的微笑!

因为此刻爆退的速度,狂风从耳边呼啸而过,让她听不清这画壁夹道之中是不是还有什么别的声音,她只能听到自己的声音,带着一种计谋得逞的冷酷。

"剑!"

剑?见愁哪里有剑?这一瞬间,所有人都愣了一下。

唯有谢不臣,在她这清晰的声音里,听出了一股彻骨的寒意。

那一抹笑意……谢不臣忽然想到了什么,猛然一惊,随后向着下方一伸手!

嗖!

人皇剑闪电一样向着谢不臣飞来。

只是……来不及了。

第十七章
过河人

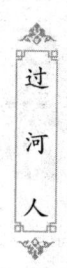

"啪……"

第一朵蓝色冰莲在空中绽放的声音如此突兀。

它们是画者用风勾勒出的形态,却在瞬间凝结成了冰。

见愁五指虚虚一握,画壁夹道之中忽然传来一片令人头皮发麻的炸响。

啪!

啪!

啪!

像是空气都炸开了一般,无尽冰莲在空中绽放。

人皇剑疾驰而来,可就在它刚落到谢不臣手中的一刹那,见愁虚笼着的五指,已经用力一合。

那一瞬间,半空之中所有的冰莲都像是得到了命令一样齐齐绽放,自莲心之中迅速地生出一柄冰蓝长剑来。

那是飘浮在半空中的无数莲,无数剑!

千剑剑吟,啸声充斥整个夹道——

直直地,向着谢不臣而去!

那是何等磅礴的场面?

无数的冰莲绽放出无数的冰剑,于一片凛冽的璀璨之中千剑转头,向着一人而去!

谢不臣人皇剑方落于掌中,为这无数冰剑所指,一时竟似与这千剑为敌。

左手大拇指一顶,忽然有一声细细的响动,没有被这千剑剑吟所盖过,反而像是在人心底响起一样,开启了某种尘封的印记。

咔!

严丝合缝的剑锷与剑鞘之间在大拇指一顶之下,忽然裂开了一条缝隙……

来不及将剑拔出鞘,也没有必要。

拇指一顶,剑锷弹出,人皇剑出鞘三寸!

黑色的剑身带着一种庄重的冷肃,山河舆图之现出边缘的轮廓,像是九重君王殿上的帝皇将尚方之剑出鞘,一把推开了放在案前的长卷,于是描绘精致古朴的锦

绣河山便在眼前缓缓展开……

轰!

三寸!仅仅三寸!

被剑鞘约束已久的剑气竟在此剑还未完全出鞘的时候,疯狂地向四周扫荡而去。

像是千军万马,所向披靡!

一圈剑气荡开,千剑伏首!

噼啪!

最前方的一把冰剑竟在人皇剑外泄的剑气之下轰然破碎,炸裂!

而后,无数眼看着就要落到谢不臣身上的冰剑像是受到了什么重击一样,在这闪电划破的瞬间全数炸裂。

他握着的不像是一把剑,只像是无尽的雷霆,无尽的风暴!

无人能挡!

千剑在几乎都要刺破他身体的瞬间尽数乱飞而去。

噼里啪啦……

不受控制的冰剑打入画壁之中,甚至也落到下方人的身上。

刀剑无眼,更何况是这失控的时刻?霎时间,夹道之中一片狼藉。

小金左流两人被打了个措手不及,当下痛呼了起来,嗷嗷直叫。

扑哧!扑哧!

几道冰剑直直地撞到了石门上。

"好血腥,好残暴,就这样打下去。顶呱呱!嗷——"忽然一声惨号。

那正一个劲儿地给见愁谢不臣两人呐喊助威的守门猪,一只猪蹄竟然被乱飞的长剑钉在了门上。

原本聒噪的叫喊声,顿时变成了悲惨的痛呼。

还没等它反应过来,第二道冰剑的碎片打在了它水囊一样的肚子上。

"我的天哪!我的地呀!你们怎么可以这样对待我?呜呜呜太残暴了……"

守门猪原本就是一座雕塑,刚好被镶嵌在门缝的位置上,即便是移动也只能动动身子手脚,却无法离开这条门缝。

眼见头顶上有无数冰剑袭来,它表情惊恐,脖子扭扭,屁股扭扭。

"我闪,我闪,我闪!哈哈哈打不着——嗷!"

还没等它得意片刻,冰剑已经扎到了它的屁股上。

剧痛传来,守门猪那两只眼睛竟然朝着外面凸出,像是人在剧痛之后充满血丝的双眼。

再也不想守门了,再也不想应付这几头脑子有坑的人了!

"呜呜呜太残暴了,现在我宣布你们已经完成了我的要求,可以进入隐界了!喂——你们听见没有!听见没有!"

没有回应。

砰砰砰!

同时还有无数的冰剑刺来。

守门猪此刻已然血泪横飞……

愤怒的叫嚣声终于穿破了那炸裂之声,传入了谢不臣与见愁的耳中。只是,又有谁去在意?

他们眼里,除了对方,没有第二个人。

谢不臣的动作不疾不徐,没有了卓然剑意,没有了江流剑意,也没有了隐者剑意,只有——

生杀大权,执掌在握!

低垂的眉眼,犹如远山画墨,凝着沾了雨水的冷气,抬眸之时,这一切却都消失了。他注视着见愁的目光,充满了孤寂。

是……万民伏首,而他一人独坐在高高庙堂上!

君要臣死,臣——不得不死!

无人可与我并肩,为皇者,孤家寡人。手握苍生性命,只手遮天,只言片语定死生!

"铮——"

是剑吟,也是心吟!

何等毛骨悚然的一剑?何等让人心寒的一剑?

这是见愁不熟悉的谢不臣,却又是她记忆深处,那另一面的谢不臣。

"哈哈哈……"在怔然片刻之后,见愁难以抑制地大笑出声。

天下人,岂是你想杀就杀?纵有万民伏首于你脚下,我也必将是取你首级的那一人!

伴随着一瞬间浓重到滔天的杀意,见愁眼里一片肃杀。

斗盘!道子!道印!

光亮从未熄灭,炽热之感也从未从见愁肩胛骨上消散。

早在之前一战的间隙之中,她就已经开启了帝江风雷翼道印,力量在暗中积蓄已久。如今杀心一起,风雷翼瞬动!

她猛地一拍身后已经摇摇欲坠的画壁,顿时溅起一片烟尘,原地只剩下她一道残影。

半空中,气势磅礴的虚影已经凝聚出现。

细密的灵气铸成了一片片金色的羽翼，带着金属般的光泽，厚重又凌厉，出现的一瞬间就已经逼得人喘不过气来。

细弱的雷电已经变成了粗大的电蛇，飞快地游走，黑色的飓风环绕羽翼，仿佛要吞噬一切。

帝江振翅，半翼蔽日，行掠大泽。

她像是化身为帝江，从高高的地方俯冲而下！

帝江风雷翼气息恐怖，在见愁行进之时，已有一声接着一声的气爆声响起。

人皇剑寸寸出鞘，那一声剑吟也越来越响，引得周遭虚空震颤起来。

风云涌动！

两股气息霎时交战，夹道之中立时天翻地覆！

轰隆！

画壁倒塌！

众人脚下的地面竟然出现了一道又一道巨大的裂缝，露出了其下未知的黑色虚空，三丈高的黑色石门不断地颤动，仿佛随时都要倒下。

如花公子忽然暗道一声："要糟。"

守门猪更是惨叫起来："别打了，别打了，我开还不成吗？"

只是这声音被那片坍塌的声音掩盖，谁又能听见？

半空之中的两人，已毫无保留。

眼前人，再非昔日，举案齐眉，白首良人；眼前人，再非昔日，素手添香，红颜知己！

此时此刻，唯杀能消心头恨；此时此刻，唯杀能证人皇道！

羽翼高扬，是通天彻地的荒古威能；拔剑出鞘，是万万人上的帝业如画！

千愁万恨，一杀而已！

轰！

谁也无法描绘那一翼撼天的风采，谁也无法想象那一剑驰骋的威势。

巨大的风雷翼，撞上了赫赫的人皇剑。

一者灭顶，一者纵横！

开裂的地面，已化作齑粉；倒塌的画壁，被打成了无数的碎石。没有了地面和画壁的遮挡，众人周围的世界一下变得清楚开阔起来。

一片浩瀚无垠的虚空，或者说，宇宙！

黑暗的空间里，远远近近的地方，有无数的星辰在闪烁，在运行，在形成和消亡……

有界修士之"界"因人而成，却是体悟整个天地规则而生，与人相联系，也存在于浩瀚宇宙间。

只是它如芥子之微，在这无垠宇宙之中，只像是一颗砂砾，一颗尘埃……

人在砂砾芥子中，更是渺小，却可拥有创造世界的无限伟力。

人与宇宙之共生，何等玄奥！

在场之人没有一个是见识浅薄之辈，此刻却难以掩饰自己内心的震撼。

轰隆！

如同漫天星流坠落，人皇剑上山河舆图清晰，谢不臣手持长剑，如同坐拥江山万里的帝皇，在俯瞰他的国土。

纵使帝江风雷翼有震天撼地之威，他又怎能臣服？

不臣，于世！

天子一怒，伏尸百万，流血千里！若有拦路者，一剑斩之！长剑所指处，千军与万马！

咆哮的剑气与风雷翼的虚影轰然相撞，在撕裂的同时，也被撕裂。

见愁站在这长剑所指的千军万马之前，只觉面前似有千万铁蹄奔雷一样碾压而来，她不过一草民庶子，在他道前，只能算是一具毫不起眼的尸骨……

何等霸绝的剑意？

吴端说谢不臣习有卓然、江流、隐者三剑意，可真正最厉害的，却是此时此刻，展露在她面前的"人皇剑意"。

的确堪称昆吾百年天才第一，的确可在筑基三日之后便力战周承江，夺走第二重天碑第一的称号……

的确，是她该杀的仇敌！

在那堪称磅礴的压力之中，见愁如同乘风一样，热血奔流，只将那快被剑意压得抬不起来的头，霍然昂起。

这一瞬间，帝江风雷翼被压制的力量彻底爆发。

轰！

是最纯粹的力量，是最纯粹的杀心，也是最纯粹的，爆炸的星流！

人皇剑气在这一炸之下，轰然溃散。

谢不臣被风雷翼残余虚影的余力一冲，顿时面如金纸，强压下那翻涌的气血，却已经控制不住自己的身形，朝着后方倒飞出去。

砰！

身后无形的壁垒挡住了他的去势，谢不臣忍了几忍，强压下来的鲜血，终究还是没有忍住。

谢不臣以人皇剑抵在那透明壁垒之上，眼中一片杀意未曾散去，只将头抬起，

看向了见愁。

砰!

同样的一声恐怖撞击之声。

见愁并未好到哪里去,半个身子被剑气击中,肩膀之上有一剑狠狠划下,一身月白长袍立刻化作血袍!

然而,她面上没有半分痛色,只是在稳定下来的瞬间抬头望去。

四目相对,是一战之后不曾消减,反而更加浓烈的杀机。

势均力敌至此,难解难分至此!

见愁半边身子剧痛,却清楚地知道,此时此刻的谢不臣已是强弩之末,她要冲上去,再给他补上一斧,必叫他横死在此!

眼神之中的杀意,根本隐藏不住。

见愁像是不惧疼痛一样,便要再次起身,谢不臣亦杀心滚沸,周身经脉不知碎裂了多少条,也重新提剑而起,要再举人皇剑,将这最后的羁绊斩断!

还要杀!

这两人已然不可以用理智来形容,只能说是两个疯子。

才入隐界数十丈,连第二道门还不曾进入,就已经拼了个你死我活……

隐界摇摇欲坠!

"受不了了,好疼!"痛苦的惨呼之声极为凄厉。

在方才恐怖的震荡之下,黑色的石门之上,竟然已经多了一条条的裂缝,那刻在石门之上的守门猪本就依托石门而生,它便是石门的一部分。

如今裂缝出现在石门上不说,甚至在朝刻着它的石头上蔓延。

一条裂缝,又一条裂缝……顿时有撕心裂肺的疼痛传来。

守门猪竭力将猪蹄点在地面上,不断地朝着门两侧挪步,竟然自门缝处裂为两半,小碎步向两边走去,这扇紧闭了许久的石门终于缓缓打开……

"鲤——君——"在石门轰然打开的这一瞬间,守门猪都要哭出声来了,扯着嗓门,悲愤地大喊了一声。

这一声,见愁与谢不臣两人听见了。

门开了。

可又如何?

隐界事小,《九曲河图》更与他们毫无干系!

天明斧感受到了她狰狞的杀意,血纹明亮;人皇剑为他滚沸的屠戮之意燃烧,剑意竟更上一层!

这两人,眼见着便要再次战成一团。

可就在这时,一声悠长的叹息,从那石门之中传了出来——

"不速之客……"

轻柔和缓,带着微微的沙哑,似清风一般和煦。

霎时间,天旋地转!

从那三丈大门之中竟然涌出了一片浓重的黑暗,像是迷雾一样,将所有人笼罩在其中,伸手不见五指。

那是一种从人心中升起的恐惧,分不清上下左右,甚至立刻眩晕。

天明斧已经高高举起,朝着谢不臣挥落,可在这一瞬间,见愁竟然什么也看不见了;人皇剑也已经染上几分冷峭的血光,便要从见愁纤细的脖颈之上掠过,此时此刻,也什么都没有了……

不管是剑,还是斧,击中的都只有一片虚无!

恍惚间,竟有斗转星移。

浓墨一样的黑暗,席卷了门外的虚空,将所有人包裹在其中,像是一头凶猛的野兽,把人吞吃入腹。

争斗消失了,所有人也都消失了。

待那一片黑暗散去,三丈大门前竟然恢复成了原来的模样。

画壁立在两旁,上有无数雕刻,地面平整在下,依旧看不清模样。

只是,若是仔细看去,那画壁之上有一道道的裂纹,地面的缝隙之中,隐约能窥见一片黑色的虚空……

三丈大门之上,守门猪剧烈地喘息着,因为开了门,相当于将自己开膛破肚,这时候一半身子在左边,一半身子在右边,它左眼看了看自己在对面的右眼,心有余悸地拍了拍自己的胸口,发出石头敲击的响声。

"母猪啊,你早该把他们抓进隐界,让那几个老妖婆摆弄,我这么纯洁,你怎么忍心让我备受摧残?"

"……叫母猪之时,莫与本君言语。"方才响起的叹息之声,又幽幽回荡起来。

守门猪两脚在两扇门上,蹄尖点着地,又一点点地朝着中间挪动。

轰隆隆……

大门缓慢又艰难地朝着中间合拢,守门猪的两片身体也越来越近,终于随着大门的合拢到了一处。

"合体了!"

这一瞬间,守门猪感动得热泪盈眶,像是根本没听见对方的话一样,哭道:"母猪啊,下次别让我守门了,换个人吧……"

总是遇到一头头变态的人不说,每次还都要把自己开膛破肚,谁都受不了啊!

过河人

"……你被主人刻在门上，我亦无能为力……"

那声音缥缥缈缈，慢慢地去远了，只留下守门猪在门上愤怒地大喊："你这是歧视，歧视！堂堂鲤君，竟然打压我，我要去老王八那里告你，告你！"

然而，终究没有人再回应了。

黑暗的河流，岸边有湿润的泥土，杂草丛里却无细语虫声。

砰！

一道人影陡然从虚空中摔落，落到了岸边地面上，有一柄玄黑的长剑在他落下的同时，插到了近岸的河水之畔。

哗啦！

一声轻响，水花溅起，荡出一片涟漪。

谢不臣周身剧痛，一按身下，抠住下方湿润的泥土，才将身体稳住。

跟跟跄跄地站起身，周遭没了黑色的大门，也没了那头守门猪，自然也没有了见愁……

入眼所见，夜空茫茫，却无一颗星子，眼前一条宽阔的大河奔流而去，对岸却隐藏在黑暗之中，看不分明。

他身上的鲜血，流淌到了河中，一片深红。

近处岸边，两只木制的小船并列漂浮在黑暗的河面上。

一只灰毛老鼠缩在一件灰色的衣袍内，脑袋尖尖，两只小爪子把着一只小小的木桨，两只脚却踩在两条船的并列之处，像是一名合格的船工。

在谢不臣看过来的时候，灰毛老鼠"叽叽"叫唤了两声，竟然一张嘴口吐人言："鲤君有命，不速之客，当行刀剑之路。欲渡此河入我隐界，必先上我舟。人与舟合，则可渡河而去。不速客，你选一只舟吧！"

尖利的声音，艰难的咬文嚼字，老鼠甚至还摇头晃脑，活像是书塾里的教书先生，听着不伦不类的。

只是……欲渡此河，先上它舟？什么人，选什么舟？

谢不臣低头看去，只见那两条小舟纹丝不动地漂浮在水面之上，左边舟上刻着"有情"二字，右边的舟上刻着"无情"二字。

"该死……"

手中天明斧仍旧滚烫，心里一腔杀意还没着落，眼看着就能一斧头了结谢不臣的性命，见愁万万没想到，竟然会出现那片浓雾，转眼将人吞噬。

再一睁开眼睛，周围立刻变了天地。滔滔奔流的长河，在幽暗的天穹之下给人一种压抑之感。

见愁此刻正站在这河岸上，斜前方不远处还有一道身影——

一身暗红色长袍，透着比这天穹更深的压抑，苍白的脸孔上，眉心处一道血红色的深痕拉下，划在挺直的鼻梁上，有一种残艳之感。

夏侯赦注视着见愁，见愁也看向了他。

目光从见愁衣袍之上那满满的血迹上移开，夏侯赦的眉头皱了起来，却没说话。

谢不臣不在此处。

见愁收敛了一身的杀意，手腕一转，天明斧斧刃朝向自己，她开口问道："其他人呢？"

"不见了。"

夏侯赦等人先前为见愁与谢不臣交手之时的恐怖气浪所扰，还没来得及定下来，也与见愁二人一样被笼入了那一片墨色之中，根本不知道发生了什么事情。

腰间挂着的不动铃只有些微的闪光，预示着几位同伴距离他们极远。

见愁眉头顿时皱得更紧，朝前一看，两座独木桥横在河面之上，细细长长，险之又险地通向对岸。

它们看上去一模一样，唯一的不同在于：一座桥上刻"有情"二字，一座桥上刻"无情"二字。

一字之别，却让人惊心动魄。

一只沙鸥盘旋在低沉的天幕下，绕着这两座独木桥飞行。

过了好半晌，它才飞了过来，扑棱着翅膀，悬停在他们二人前面不远处，像是看穿了见愁的疑惑一样，开口道："鲤君有命，不速之客，当行刀剑之路。欲渡此河入我隐界，必先上我桥。人与桥合，则可渡河而去。不速客，选一座桥吧！"

沙鸥亦能口吐人言……

见愁微微一怔，一下想起了被自己画歪了眼睛的骨玉。那一瞬间，像是感应到了她的心意一样，袍袖之中忽然有东西动了一动。

此刻的见愁虽消去了满身的杀意，可身上的血迹却昭示着方才那一战的激烈程度。就连袍袖之上，都是一片血迹。

谢不臣那一把人皇剑竟有锋锐之效，切开她筋骨之后，便留了一股力量在她体内，就连强悍如斯的《人器》之法也不能让伤口快速愈合。

愈合的过程极为缓慢，在注意到这情况的时候，见愁眼里笼了一层寒霜。

伸手入袍袖，她摸出了一只锦囊一样的东西，长得与乾坤袋有些相似，只是……

夏侯赦一看，立刻就认了出来，通灵阁专用的灵兽袋，上头还绣着通灵阁的徽记。

见愁手一抖，那灵兽袋立刻打开，一道灰影立刻从袋中跃出，"嗖"一下在半

空之中折身来,一下盘坐在了见愁的肩膀上,将毛茸茸的尾巴往见愁脖子边一搭。

"嗷呜呜呜!"

本貂睡饱了,重出江湖啦!

刚叫唤了一声,小貂异常熟稔地一伸舌头,就要朝见愁舔去——

见愁眼疾手快地按住了貂头,一个暗藏着威胁的眼神就递了过去:你敢舔我试试!

满身鲜血,眼神凶恶!

好可怕!

"呜!"

小貂几乎立刻就吓得耷了毛,下意识地一缩爪子,抱紧了怀中的骨玉,于是刚刚醒过来的骨玉一大一小两只白眼一翻,直接被它勒晕了。

见愁忽然有点儿心累。她抬起头来,正好看见了夏侯赦,而夏侯赦的目光,落在她另一手拿着的灵兽袋上。

"前不久小会之后姜道友所赠。正好我有两只小东西要养,就却之不恭了。"

见愁开口解释了两句,随手摸了摸小貂的头,至于骨玉,反正也死不了,不担心。

姜问潮?

脑海之中掠过那道枫叶红的身影,夏侯赦微不可察地皱了眉,却一下想起不久前如花公子调侃见愁的一句:知交遍天下。

他面无表情,眉目间阴沉压抑之气不散,脸色在这黑暗之中却显得格外苍白。没有接这一句话,也似乎对姜问潮赠灵兽袋之事丝毫不感兴趣,他转身看向了那两座独木桥,似乎犹豫了一下,才开口问道:"选哪座?"

"人与桥合,方能渡河。自然是无情人选无情桥,有情人选有情桥。"

到底选哪座,得看是谁了。

见愁站在后面,注视着夏侯赦的背影,却一下想起了昔日空海之上那一战,于是,萦绕在心中已久的疑问再次浮出,见愁眼底透出几许思索之色:"说来,我有一事一直想问夏侯道友,不过一直没得合适的机会。"

抬步,慢慢朝着前面走去。见愁站到了夏侯赦的身边,正好站在那刻着"有情"二字的独木桥前。

夏侯赦侧头看她。

见愁坦然直视,单刀直入:"夏侯道友,与崖山天明斧可有干系?"

口吻中似有笑意,却偏偏带着洞察秋毫的敏锐。

夏侯赦站在原地,想起自己初见见愁时候的种种,一眼惊艳……当然不是被见愁,而是被见愁眉心处藏着的天明斧。

他是后来才被见愁这个人惊艳的。

暗红色的衣袍袍角轻轻垂落，垂落在黑暗的河流边，也垂落在荒野杂草上，有轻微的声响。

夏侯赦沉默了一会儿，那一双暗红的眼瞳中隐约闪过了什么光芒，想起了什么，但开口的时候，又变成了一片陌生。

好像，根本听不懂见愁在说什么。

"我有万兵之魂，自可查探到世上神兵利器。见愁道友的天明斧，我亦觊觎已久……眼下，我只琢磨着，见愁道友若死，此斧我或可得。"

得，这都琢磨着让她死了。

见愁摇头一笑，可又觉得夏侯赦这话听着恶毒，却没有半分恶意，便叹了一声："江山胜事，我辈登临。不识吾者如君卿，愿得为挚友知交，渺云汉四方台，放白鹿青崖间……"

声音渺渺，混杂在潺潺的水声中。

见愁顿了一顿，而后低眉敛目，继续说道："海内知己，天涯比邻。我倒觉得夏侯道友，是个可成为朋友的人。"

那一瞬间，夏侯赦瞳孔剧缩。他抬眸看着见愁，见愁坦然回视。

她的目光是没有敌意的，甚至有些暖意。在她的注视下，那站在水边的少年面上没有任何波动，只有唇角有那么一丝弧度，带着几分轻嘲："崖山修士，自是随时都能结交天下朋友的。不过我夏侯赦喜爱独行……而且，更爱见愁师姐的斧头。"

看来她需要担心一下自己沿途的安危了。

见愁忍不住摸了摸鼻子，不置可否地挑眉，笑道："罢了。反正天明斧在我手里，你也拿不走。"

所以，夏侯赦与天明斧之间是不是有点儿什么，又有什么大不了的呢？

她没有再继续这个话题。

夏侯赦也没有接话，他只看向面前的两座桥："见愁师姐选哪座？"

选？

见愁瞥了一眼他面前那座"无情"独木桥，又回头看了一眼自己面前这座独木桥，只道："人合其桥，我自然是选眼前这座桥了。"

有情人，行有情桥。

整座独木桥，不过一尺宽，五寸厚，在这茫茫的大河之上向着对面的黑暗延伸，看不到尽头。

见愁没有什么犹豫，一步迈出，便站了上去。

整座独木桥虽然给人一种颤巍巍的感觉，可站上去的时候却是稳稳当当的，没

有摇晃一下。

见愁走了两步,便站在桥上,回首看向夏侯赦:"此桥暂时没发现什么异常,不过夏侯道友上桥之时,还是当心些。"

夏侯赦没有说话。

他一副冷淡的模样,并不喜欢与人接近,即便是方才对见愁,也不过是因为此刻只有他们两人,无奈之中凑到了一起。眼下听见愁说话了,他只点了点头。

迈开脚步,就要如见愁一般,一步踏上独木桥。却没想到,就在他脚面即将落在桥面上的瞬间,一道强悍的阻力忽然从独木桥上弹起,竟然像是一道屏障一样,朝着夏侯赦挡来!

这一瞬间的变化来得极快!

就连见愁都没反应过来,便听得桥头前面"砰"的一声响,夏侯赦猝不及防之下,竟然被这忽然出现的屏障撞得朝着后方倒飞出去。

还好他反应够快,在被撞出去的瞬间便已经将自己的身形稳住,重重落到了地面上,巨大的冲击力带得他点地的脚尖在河岸边的杂草丛里划出了一道深痕!

夏侯赦愣住了,彻底愣住了。

他不敢相信地望着那静静悬在河面之上的独木桥,上面刻着的的的确确是"无情"二字!

怎么可能……

见愁还站在自己那座桥上,这一刻也愣住了。

唯有那低矮的天空下,沙鸥扑棱着翅膀,从两座独木桥的上空飞过,发出奇怪的叫声,像是嘲笑。

依旧是河边。

依旧是桥。

不同的是,这两座桥,很长,很宽阔,是两条长长的康庄大道。

桥身通体是一整块白玉,精致的花纹雕刻在桥头、桥栏甚至是桥面之上,从花鸟虫鱼到飞禽走兽,各式各样的纹路,瞧着有一种堂皇之感。

两座桥并联在一起,最前方的桥头猛兽柱上站了一只虎皮鹦鹉,正非常讲究地用喙整理着自己身上漂亮的羽毛。

如花公子手中捏着折扇,忍不住用一种奇怪的目光打量着这只鹦鹉。

虽然刚才这只鹦鹉已经在他们面前展露出了"学舌"这种技巧,按理说没什么好观察的了,可他怎么越看越觉得有意思?

这鹦鹉,有那么一点儿爱美,还觉得自己挺美?

看看这模样……

"陆仙子，咱们走吗？"如花公子看了半天，终于还是一回头，向着自己身后不远处的那名白衣女子问道。

陆香冷静静站在两条道前，强压下了心中的担忧，开口道："聂小晚师妹在玉简之中曾言，这隐界之中有诸多的灵兽守护，想来我们之前遇到的猪，还有那施展挪移之法的神秘人，包括眼前这只鹦鹉，都能算入其中。对方手段超绝，将我等带来此处，悄无声息。想来，即便对方称我们为不速之客，应当自持主人身份，不会对我们下杀手。"

有道理。如花公子听着，点了点头。

陆香冷道："见愁道友有伤在身。我等不能在此多留。"

回头一看，身后无路，留给他们的只有这河上的一座桥。想必，即便是要找人，也是过了河之后找。

陆香冷微微拧了眉头，看了一眼那刻着"有情""无情"二字的两条大道，只向着"有情"二字而去。

如花公子丝毫不惊讶，只将目光移向了另一边。

白月谷药女陆香冷，悬壶济世，医者仁心。

早在她金丹初期的时候，便行走于中域左右三千之间，道中采药寻丹，救治过不少修士的性命。尽管白月谷只是左三千之中的"上五"宗门，可因着陆香冷这一份济世的仁善心肠，倒有不少人听过白月谷的大名。

心思剔透，为人处事有礼有节，自是白月谷下一任掌门的人选。

心怀苍生，悲悯天下，医者有情，自然是有情道。

至于他嘛……

如花公子用那扇子轻轻在自己嘴唇前面一比，勾出一道诱人的弧度来："万花丛中过，片叶不沾身……"

他当然是——

无情道！

宽大的衣袖一甩，如花公子几乎与陆香冷同时抬步向前，就要踏上这一条平坦的大道。

蹲在桥头之上的虎皮鹦鹉在这时忽然歪了歪自己五颜六色的脑袋，看了看如花公子，又看了看陆香冷。

如花公子注意到了这鹦鹉的动作，还没等他想明白有什么玄机，那迈出去的脚步就停住了。

原因无他，长道之上竟然出现了一股无形的阻力，阻止他进入……

这一瞬间，如花公子不客气地一皱眉："这桥什么意思？"

不是说人与道相合就能过河吗？

心念一动，他下意识地转过头，想问问陆香冷，没想到一转头，却看见另一侧的陆香冷怔怔地站在桥头，眼里带着几分错愕。

诡异，费解，不相信。

陆香冷僵硬地将自己纤细苍白的手掌伸了出去，因为常年接触各种灵草灵药，所以便是连指缝里都缠着几分清苦的药味儿。

她熟悉这种味道，平日里这样的味道能让她的心平静下来，可在此刻，没有半点儿作用。

触到了，一面屏障。

就在她走向这座石桥的时候。

脑子里忽然有些乱。

陆香冷知道如花公子正在看她，也说了一句话，她该转过头去回答的，可是这一刻，她竟没有动。

石桥桥头柱上刻着的字，清清楚楚，明明白白：有情。

"……怎么会？"

河水依旧流淌，鹦鹉懒洋洋地抖了抖自己的翅膀，发出了一阵意味不明的咕噜声。

老鼠两只爪子抓着船桨，慢慢在水里划动。

哗啦，哗啦……

一下又一下。

每划一下，船就朝前面行上一些，速度着实不快，灰毛老鼠已经年迈，半点儿不着急，偶尔向着船行进方向那片黑暗中看去。

谢不臣站在船头，望着那片河面。

茫茫的雾气笼罩了河面，什么也看不分明，不过已经隐约出现了一片浓黑的影子，对面的陆地，似乎快到了。

他一身青袍，人皇剑已入鞘，脸上的表情却十分隐晦，只侧头向来处看去。

小船划开一道道鱼尾一样的波纹，慢慢荡远了。

在那一片压抑的黑暗里，另一只一模一样的小船倒扣在河面之上，漂在水里，随波荡着。

谢不臣望着，久久没有收回目光。

黑暗里不知过去了多久，那灰毛老鼠将船桨慢慢靠在了船边，对谢不臣开口，声音依旧尖厉，只是多了一分苍老："无情魂，你到岸了，下船吧。"

谢不臣转过身来，便瞧见这一条小船已经停靠在了一片浅滩上。他躬身对着那灰毛老鼠一拜："多谢。"

灰毛老鼠站在船上，一双灰暗的眼睛转了转，目光落在他身上，却没说话。仿佛，除了传达鲤君的意思，它什么也不会说。

谢不臣亦没有多言，下了船，踩过那一片浅滩，便到了岸上。

顺着这个方向朝岸的那头望去，过了一片荒草丛，地势便高了起来，那竟然是一座高高的云台，以白玉搭建，云台尽头好像有光，不过站在这个地方，他也看不分明。

哗！

水声再起。

谢不臣回头看去，只见那方才送自己渡河而来的灰毛老鼠重新划着船桨离开，那小船上刻着的"有情"二字，也慢慢去远了。

直到再也看不到小船的影子，谢不臣才转过身，径直穿过了那一片荒草丛，向高处云台而去。

过河人

特别篇一

谢不臣：十世人皇，一世不臣

"古古怪！怪怪古！"

"孙子娶祖母，女食母之肉，子打父皮鼓……"

"猪羊坑上坐，六亲锅里煮……"

那说不清是悲悯还是嘲讽的歌谣又开始在耳旁回荡，在心内回响。

谢不臣睁着一双清明的眼，注视着眼前这一把玄黑的长剑，注视着那晦涩无光的剑身上反射出的模糊烛火，却觉神思游荡，人在幻梦中。

可以说，这一首歌谣，便是一切事情的起因。

他进入十九洲已经有很长时间，可如今对这一首歌谣的感悟，却依旧是一种极其朦胧的状态。

直到今日……

见愁。

青峰庵隐界，他被修为高出他整整一个境界的崖山曲正风暗算，经历了几番生死危局，用尽了百般手段，才死里逃生。当时他还十分不明白曲正风为何针对自己，直到回到十九洲，听闻曲正风盗走崖山巨剑，叛出崖山的消息，他才隐约明白了一些。

但这一切，可能都比不上他白日回到昆吾后的所见。

谢不臣可以轻而易举地回忆起当时的场面。

他顺着无妄斋聂小晚的视线看去，便看见了那一道不可能出现在他面前的身影——她的性命，已经被他亲手终结。

他还记得古榕村的那一间小茅屋里，从她胸膛里流出来的鲜血，慢慢地淌到地面上，染成一片刺目的红；还记得她伸出手，想要抓住什么，但最终只钩住了他的衣角；还记得他站在横虚真人所指的山谷里，剖了一块新木做棺材，将她放在里面时她平静闭合的双眼、苍白的容颜……

"吾妻谢氏见愁之墓……"

简陋墓碑上的字，也是他亲手写下的。

当时那老道，也就是他如今的师尊，昆吾首座横虚真人，就站在不远处，静静地望着他，仿佛冷漠，也仿佛悲悯。

离开的时候，他没有回头看一眼。

在他这二十余年的人生里，从来没有"回头"二字，更不存在"后悔"一词。从人间孤岛谢侯府大名鼎鼎的谢三公子，到如今古榕村里寂寂无闻的谢不臣，他经历得实在太多。

"一切有为法，如梦幻泡影，如露亦如电。"

过往的种种，也许会在庸人口中留存一段时间，但在历史的长河里，又能留下多少痕迹呢？

终将如云烟一般消散罢了。

"十世人皇，一世不臣……"

喃喃的呓语，自他薄薄双唇的缝隙中溢出，飘散在这冷寂的木屋里，霜月的光辉透过那一扇开着的窗照了进来。

谢不臣忽然觉得很冷。

他将燃着火的烛台移近了，又寻来了几乎不喝的烈酒，将那装着酒的小坛子凑到了那一把长剑的剑刃上。

透着点儿苍白的手轻轻一倾，醇香的酒液便自坛口泄出，浇到了剑刃上。

暗夜里，流光随着酒液氤氲。

醇香的味道溢了满室，难免让人想起一些火树银花的长夜，想起几座处处笙歌的高楼，想起那人世间繁华的秦淮……

可他的心里，眼底，依旧是冷寂的一片。

甚至，比刚才更冷了。

沾满了酒液的剑刃慢慢凑到了火旁，于是那火舌一舔，剑刃上的一片酒液便被点燃，沁蓝的火光蚕食一般，慢慢地吞没了整把剑。

剑身上，山河舆图的图纹忽然被这沁蓝的火光填满。就像是一条条蜿蜒曲折的细线，将万万里河山工笔勾勒，细细描绘，恍然间竟似战火燃遍原野。

而此时此刻的他，就这样高高在上地俯视着。

如同帝皇。

此剑，名为人皇。

这不仅是他的剑，也是他的道，是他过去、现在与未来的人生。他至今都还记得，横虚真人当日说的那一番话。

"须知，你乃人间难得一遇的十世人皇命格。此生若没有我插手，说不准逆乱而起，一步登天，也未可知。"

"九世因，九世果。"

"九世人皇之因，成这人皇剑之果。"

"此剑,乃抽你九世运命之所系而成,是你的心剑,也是你的道剑。你心强,则此剑强;你心高,则此剑高。心无止境,则剑无止境。"

"一世不臣,人皇之剑。但愿此剑能伴你左右,解我昆吾浩劫。"

……

"人皇之剑,人皇之道……"

终究都是至高者至孤罢了。

谢不臣的脑海中思绪纷纷,但最终还是慢慢地平息了。

此时剑刃上所燃之火已经熄灭,他便轻轻叠了一方雪白的绸巾,从剑刃上抚过,将上面的残迹抹了个干净,就像是抹平旧日的伤痕一样……

于是,这一病人皇剑恢复到了最初的模样。甚至,比原来更幽暗,更深沉,更有一种冷寂之感,仿佛一双眼,从高高的地方静静地俯视着下方的芸芸众生、百姓万民。

"猪羊炕上坐,六亲锅里煮……"

从这一柄剑里,他可以看见自己的一切"过往",又或者是旧日的"幻梦",那横虚真人所言的所谓"九世人皇"。

第一世,他是个开国明君。

推翻了上一个朝代残暴的统治,与自己的心腹大将们建立了一个全新的皇朝,天下大治,万民敬仰。但也因为惧怕一位功臣功高盖主,最终削其兵权,令其归隐山林。

直至此人老死,他才不远千里,赶去见了最后一面。

茅庐捡漏,环堵萧然。

那开国的功臣老态龙钟,瘦得只剩一副骨架,早已看不出人样。他就那样僵卧在破床的一角,用一双浑浊的眼睛注视着他。然后,他竟笑了一笑,说道:"人皇之道,冷心绝情,至孤至寡,你却是合适的……"

说完这一句之后,这一位开国功臣便像是用尽了自己所有的力气,再也没有睁开过眼睛,溘然长逝。

彼时,开国明君站在这陋室之内,默然无言。

第二世,他是自己的孙辈,一个庶出的、不受宠的小皇子。

此刻的他,失去了作为开国明君的所有记忆,只不过是个天真的小孩儿。在偌大的皇宫里,他无依无靠,就像是一个孤儿,生母不过是个宫女,已经难产而死。在他幼时,就连宫里的太监都能欺负他。

但也许是上天眷顾,也许是冥冥之中有什么别的命运安排,他竟成了那一年夺嫡争斗的"幸运儿"。

先帝大行之前，太子与极有势力的三皇子相互争斗，使先皇心灰意冷。最终寻遍全宫，才发现大多数的儿子，不过看着自己身下那一张皇帝宝座。

唯有一位皇子与众不同，那就是他了。

出身卑微，心性善良，不会残忍到登上皇位之后便铲除异己，残害手足。所以，先皇思虑再三，不顾群臣反对，在咽气之前强行废了太子，召集三大辅臣，将帝位传给了这个平日里几乎都没见几次的儿子，并命他们悉心辅助。

只可惜，这一世的他实在没有什么做皇帝的天赋。

三大辅臣在先皇在世之时忠于皇帝，如今先皇已去，新皇性子又太软，随他们拿捏。没过两年，朝政便被这三人把持。加之太子虽废，却与旧日的三皇子一起封王，各有势力，夺取皇位之心不死，费尽心思与三大辅臣勾结。

又过了五年，短命的新皇便死在了由三皇子一党发动的叛乱之中。

第三世，旧的朝代已经覆灭，新的朝代建立起来。

他成为了皇帝最亲也最信任的手足兄弟，与皇兄一起长大，但因立嫡立长，皇位并没有落到他头上。但在皇兄继位期间，后宫佳丽三千，竟一无所出。

边关战事不断，屡屡传来失守的噩耗，皇兄身体本就不好，竟在一次十万大军覆灭消息的打击之下吐血病倒，从此一蹶不振，缠绵病榻大半年后，终于撒手人寰。

于是，身为皇帝亲弟弟的他，就这样自然地走上了金銮殿，成为了新的一代明君。

表面上看，极其完美。

可谢不臣如今身为一个旁观者却能清楚地看到，这个身处于"九世人皇"之路上的自己，年纪虽小，却已经冷血地控制了兄长的后宫，慢慢地让自己的势力渗透到皇宫的每一个角落。

甚至就连边关的战事、民间的传言，还有最终皇兄那半年的缠绵病榻，都是他暗中做的手脚。

旁人眼中的"完美皇弟"，只有真正了解内情的人才知道，他是一个何等心狠手辣之人。为了皇位，早已抛却了所谓的兄弟情义，甚至人性中最基本的善良。

之后便是第四世，第五世，第六世……

这中间，有一代开国明君，也有庸碌无能的昏君，还有荒淫无道的暴君……种种种种，不一而足。

如此走马观花一般，一直到了第九世，到了此时此刻。

"谢不臣……"

他原本名为谢无名，自谢侯府被抄家灭族后，他在一个寒夜悄悄告诉自己，将名字改成了"谢不臣"。

不臣——

不臣于那抄他家灭他族的所谓帝皇，不臣于他这一世坎坷的命运，亦不臣于这所谓的天道与自然。

他的一切，就该由自己来掌控。

昔者庄周梦为蝴蝶，栩栩然蝴蝶也，自喻适志与！不知周也。俄然觉，则蘧蘧然周也。不知周之梦为蝴蝶与，蝴蝶之梦为周与？

他在遇到横虚真人那一日所得知的，就像是一场蝴蝶的幻梦。

真假不知，过去不知，将来也不知。

是不是真的有那过去的九世人皇，是不是真的有这样一条人皇之道，谢不臣都不知道。但他心里很清楚一件事，那就是"不臣"。

纵使他所见的一切都是幻象，今生今世，他也不愿屈居于任何人之下，不愿屈服于这所谓的命运和天道之下。

所以，他会抛却尘俗的一切，甚至毅然向见愁拔剑。

她是他此生所爱，亦是他此生挚爱。

整个人间孤岛，她便是他唯一的留念与牵挂，是他唯一的凡心。只要将这一颗凡心斩却，将这一缕牵挂斩断，那么这世上再也没有什么可以阻挡他。

他将毫无破绽，且无坚不摧。

只可惜……

谢不臣触摸着人皇剑，目光一转，投在了挂在墙上的那一柄带鞘的凡剑上，他仿佛能感觉到里面有什么东西在轻轻地跳动，如同一颗怦然的心脏。

于是，他无法克制地想起那一道身影。

白日的刀兵场上，她手持着吴端的白骨龙剑，身着一袭清淡月白长袍，就这么携着冷冷的、满是杀机的一剑朝他直刺而来。

本以为已经斩断了一切牵挂，杀了最爱之人，便该了无烦恼。如今才知……

"她还活着。"

说不出这声音是苦涩，还是甜蜜，也辨不明心中到底是忌惮还是庆幸。又或者，是一种发自心底的怀念……

谢不臣恍惚时，只觉指尖一凉，低头去看，只见不知何时指腹已触到人皇剑剑刃，被划开了一条口子，一串赤色滴落在长案上。

像极了那个大雨的日子里，见愁身下的颜色。

特别篇二

智林叟：揭秘崖山五大未解之谜

十九洲地大物博，万千宗门林立。从古至今，天上地下，怪诞事不知凡几。仙途漫漫，修者修道亦永无止境，此生见闻之多，足以令罕事不罕，奇事不奇。

然彼中域，上有昆吾、崖山两大巨擘，中有"上五"宗门群豪并列，下有璀璨三千宗门如星辰拱月，其修士之多，怪事之众，实乃余生平仅见。个中最异者十，好事者名曰"中域十大未解之谜"，纵访遍名家，亦不可知其奥妙，令余耿耿于怀。

昨日恰逢左三千小会将尽，余幸甚，拜上昆吾，入得诸天大殿，与昆吾横虚真人、崖山扶道山人相对坐谈，竟得解心中疑惑一二。

今朝归而思之，珍宝在怀，不敢怀璧，遂作本刊以记当日之事——绝对独家，惊天爆料，只为诸君一剖奥秘！

时间：左三千小会结束当日
地点：昆吾，诸天大殿
人物：笔者，扶道山人，横虚真人，吴端
场景：横虚真人高居主座，扶道山人下左首第一，吴端负剑侍立在侧，笔者躬身而进。

前情

笔者：百闻不如一见，今日竟有幸在这诸天大殿上拜会二位，实在是久仰了久仰了……

扶道山人：磨磨唧唧的，有话快说，我们忙着呢！

横虚真人：呵，无妨，来者是客，智林道友请坐。你我也算是故交旧识，不知今日登门拜访，所为何来？

笔者：呃，这个，左三千小会之精彩，实在令老朽对如今一辈刮目相看。不过扶道长老、横虚掌门，您二位都该知道，老朽创办《智林叟□新》已有多年，阅者无数。多年来，十九洲修士普遍有疑惑，难以得到解答。这当中，便有"中域十大未解之谜"。老朽今日来，便是想以这十大疑惑请教二位，求一结果。

扶道山人：什么玩意儿，这天底下你不知道的事情多了。

横虚真人：咳，扶道，智林道友也并无恶意，更何况本次小会诸多事宜也多劳

他在后面记录。唉，智林道友，扶道兄向来就是这脾气，还望你莫要介意。

笔者：不敢不敢。

扶道山人：哼，谅你也不敢。

横虚真人：如此，有什么话，智林道友但说无妨。

笔者：那我……就不客气了？

（一）扶道山人神出鬼没的鸡腿到底藏在哪里？

笔者：听说扶道长老常年吃鸡腿，不论何时何地，鸡腿不离手。人皆传，有好事啃两口，有坏事也啃两口。那个，本刊及十九洲众修士素有疑惑，不知长老的鸡腿，到底是存于何处，以至取用如此方便？

横虚真人：……

扶道山人：这么无聊的问题居然也能列入十大未解之谜？你在侮辱山人的智商吗？

笔者：不敢，不敢。长老毕竟是我中域执法长老，说一不二，且是崖山如今辈分最高之人。您的一言一行都备受瞩目，如此细节自然引得大家疑惑，这才有了今日的问题，见谅。

扶道山人：这话听着真是舒服，怎么样，横虚老怪，听见了吧？

横虚真人：扶道兄高兴就好。

扶道山人：哈哈，山人我当然高兴啦。既然你都这样问了，那山人就勉为其难地告诉你答案——当然是……

笔者：是什么？

扶道山人：当然是"界"啦！

笔者：界？这……

扶道山人：你不会是连"界"都不知道吧？真是，翻白眼给你都嫌浪费了！

笔者：等等，山人，您……您刚才说的，难道是修为达到"有界"的修士才能拥有的"界"？可是，可是您如今的修为……

扶道山人：呵呵。

笔者：横虚掌门，这……

横虚真人：嗯，扶道兄多年前修为是极高的，只不过如今退了而已。所以……

扶道山人：所以什么！所以山人的鸡腿就是做好了藏在了自己开辟出来的"界"中，永远新鲜，永远能吃。

笔者：哦，哦，原来如此，原来如此。但是请原谅在下还有一个小小的疑问，您为什么喜欢吃鸡腿，又到底是什么人在持之以恒地为您制作鸡腿——

"啪啪啪",一片鸡腿骨如雨般袭来。

扶道山人:你是十万个为什么吗?哪里来的这么多问题,山人就吃个鸡腿,你这一顿乱打听,搞得山人连吃的心情都没有了,赶紧闭嘴吧!

笔者:是,是,那不问了,不问了。

笔者按:

在采访到有关喜食鸡腿之因由与鸡腿是由何人烹饪之时,受访者扶道山人情绪略有失控,采访不得不终止。

笔者归家后经多番调查,知悉数百年前扶道山人巅峰时修为仅为返虚初期,尚未达到有界,深觉"以'界'藏鸡腿"之说不属实。且横虚真人明知扶道山人满口胡言却为其做伪证,实在令人不解。至于扶道山人对鸡腿情有独钟之因由,似与昔年叱咤十九洲之绿叶老祖有千丝万缕的联系。然事极隐晦,难以查知,仅作猜测。详情请待笔者日后细细探索。

(二)崖山大白鹅为何能与归鹤井群鹤和平共处?

横虚真人:呵呵,扶道兄不爱在这些小事上浪费时间,智林道友久了便知。还是问下一个问题吧。

笔者:哈哈,无事,无事。这下一个问题,依旧与崖山有关。

扶道山人:这也没关系,谁叫我崖山近年来虽鲜少涉足十九洲大事,但十九洲依旧有我崖山的传说呢,你问吧。

横虚真人:……

诸天大殿之中,忽然一阵冷意袭来,笔者只觉遍体生凉,却不知冷从何起,费解,强压疑惑问之。

笔者:是这样的,老朽曾在一期《智林叟日新》之中提到过名列崖山八景之一的"归鹤井"。不少修士读后,也曾想尽办法前往崖山参观,但井中不只有鹤群,还有一只大白鹅。据闻此鹅乃扶道长老心爱之宠物,所以一直养在井中。只是大伙儿都很疑惑,此鹅到底有何不凡之处,竟能与群鹤和平共处?

横虚真人:还有这等事?

扶道山人:哈,今天天气真好啊,是吧,横虚?

笔者:长老,外面山雨才下。

扶道山人:哦,那也是个好天气啊。

笔者:众所周知,崖山群鹤乃仙鹤,向来品性高洁。您养的鹅,到底是什么品种?

扶道山人:你怎么就问个没完了?一点儿眼色都没有。是什么鹅你们不会自己去看吗?就是只普通的大头傻鹅,山人我等着养肥了杀来吃呢。井里那些仙鹤难不

成吃了熊心豹子胆,要跟山人抢口粮?回头吓瘦了那傻鹅,看我不拿它们打牙祭!

横虚真人:……

笔者:……

扶道山人:这问题太无聊,完全就是本山人威名的震慑作用,跟傻鹅没关系。下一个问题。

笔者按:

根据扶道山人当日所言,崖山群鹤性已通灵,知晓扶道山人视此鹅为盘中之餐,因而不敢针对此鹅,甚而不敢惊吓此鹅以致使其瘦。

笔者冷眼观之,横虚真人对扶道山人所言殊有怀疑之色,恐此言不实。

然使人暗查此鹅,仅知此鹅乃崖山大师姐见愁旧日所养之鹅,无甚特殊之处。然鹅性凶猛,常与群鹤争抢地盘,撕咬啄叼,不落下风。想来凡鹅仗主之威,又因无知无畏,反能略胜一筹。非与群鹤和平共处,但统御群鹤耳。

由此可见,扶道山人满嘴胡言,实"驴"吾矣!

(三)崖山大师姐见愁到底腿长几尺?

笔者:近日来,左三千小会引得中域十九洲人人关注,虽然横虚掌门座下那一位天才弟子谢不臣因探隐界未能出现,可崖山大师姐见愁的确令人惊艳。我们都知道,崖山"拔剑派"在十九洲素有恶……

扶道山人:嗯?

笔者:不不不,素有美名。但是见愁呢,不用剑,却首创了"拔腿"一说。老朽听说,因为战斗时多次拔腿,如今见愁已被称为"崖山拔腿派第一人",拥护者甚众。所以,我们《智林叟日新》近日来收到最多的问题,便是关于见愁大师姐的腿。

扶道山人:噗!

横虚真人:呵呵,看来我十九洲修士还是挺有闲情逸致的。若是我没记错,那是不语上人曾经名镇十九洲的"翻天印"吧?只是印符不全。如今距离不语上人飞升已过去多年,十九洲大多修士不识得也是寻常。

笔者:呃,这个,那个……其实大家好奇的不是这一腿所用的印符……

横虚真人:哦?

扶道山人:不好奇印符?这可奇了怪了,那他们好奇什么?

笔者:……嗯,那个,说来实在有些难以启齿。我……

扶道山人:别支支吾吾的,简直要急死山人我!你到底说不说啊!不说赶紧滚,以后也不给你独家爆料的机会了!

笔者:别别别!长老息怒,长老息怒!我说,我说。其实就是,大家都比较好奇，见愁大师姐到底腿长几尺？

横虚真人：……

扶道山人：……老怪，跟我一起揍他！

"噼里啪啦""轰隆哐砰"之声不绝于耳。

笔者按：

满纸大爆料，一把辛酸泪！都云作者痴，谁解其中味？

在向扶道山人与横虚真人问到崖山大师姐腿长几何时，两位中域领袖竟一言不合对笔者大打出手，实施了非人的虐待！扶道山人动手，尚能理解为"崖山拔剑派"本性发作，然横虚真人竟随其动手，实乃助纣为虐，为虎作伥！

一代巨擘，如此听话为哪般？

其手段之残忍狠毒，其座下真传第三弟子吴端亦对笔者心生怜悯。笔者离昆吾时，吴端私语笔者云："三尺两寸。"想来吴端与崖山大师姐相熟，此数纵稍有偏差，亦相去不远矣。

（四）为什么历代崖山掌门，要么任期特别长，要么特别短？

扶道山人：嗯哼，打完收工！

横虚真人：吴端，还不快去为智林道友取伤药来。

吴端：……是。

笔者：咳咳咳咳！谢……谢过横虚掌门。有……有劳了。

横虚真人：见愁毕竟是扶道兄爱徒，还是一女修。十九洲万千修士不潜心修炼，反倒对女修腿长几何之事如此好奇，谬大矣。下面，还是请智林道友问些正常的问题吧。

笔者：是，是，横虚掌门说得是。

扶道山人：这还差不多，怎么能由得外面那群流氓觊觎我家小见愁呢？

笔者：哈哈，对，对。那下一个问题——崖山历史悠久，源远流长，自上古以来便是中域脊梁，十九洲闻名的名门大派。但这么多年来，许多修士却观察到一个令人费解的现象，那就是崖山的掌门更替速度。第十代掌门青山仅仅上任两个月，就传位给了自己的弟子云浮子，然后云游去了。这一位云浮子接任掌门后，直到二百余年后飞升仙界才卸任掌门之位。随后连着七代掌门任期都极短，大多在五个月到十年不等。如今的掌门郑邀，则是最长的一位，快有六百年了。也就是说，崖山的掌门要么任期极长，要么任期极短。不知，其中有何奥秘？

扶道山人：奥秘……

笔者：是我问错了什么吗？怎么觉得您这神情不太对劲……

横虚真人：哈哈，放心，这问题并不敏感，扶道兄不会再动手的。

笔者：咳，那就好，那就好。

扶道山人：嘿嘿，想不到你的观察力还不错啊，这都能注意到，倒也不是一无是处。其实就连我们崖山本门的弟子都没有注意到这个问题，今日竟被你一个外人问了出来。

笔者：长老过誉，过誉了。

扶道山人：夸你一句你还真喘上了？

笔者：……

扶道山人：其实这个问题吧，也不是很难回答，你们观察力虽然不错，但脑子动得实在太少。想想就知道啊，你都说了崖山是名门大派，那每一日得有多少事情处理？即便下面还有五堂辅助，可他们哪里是爱管俗事的性子？所以说到底，还是要掌门来处理。修士修炼这一辈子，为的就不是摆脱这些俗事的干扰吗？这掌门，谁爱当谁当去！

笔者：这……您的意思是？

扶道山人：在我们崖山，当掌门是推卸不了的责任，该你上了你就必须上。但离任，那就全看本事了。你想啊，你要外出云游了，或者修为到了直接飞升了，不就可以不当掌门了吗？当年那些老家伙们啊，为了卸任真是费尽心机，要么手段尽施，要么死命修炼。所以崖山掌门修成大道飞升仙界的概率都是极高的，至于那些一当掌门三五百年的——呵呵。

笔者：……

横虚真人：……

扶道山人：现在你明白了吗？

笔者按：

名门大派，果真非同凡响。

崖山享誉十九洲多年，实乃无上尊荣。一派之长，一门之首，岂不立于万万人之上？然崖山淡泊，亦从非虚名。

非孤高，不崖山；非淡泊，不崖山。

余甚敬之，心向往之。然深思扶道山人之言，"呵呵"二字意味深长，念及当今崖山掌门郑邀，呜呼，心生怜悯哉！

（五）扶道山人的八弟子姜贺为何一直没长大，且永远都是金丹期？

笔者：有劳扶道山人为在下解答前面四个问题，在下也明白得差不多了。现在只剩下最后一个问题，近些年来也有不少人关注。在下早就有向长老请教之心，但因长老云游在外三百年，一直没有机会。

扶道山人：咳，山人我是游方在外，看看世情，顺便救死扶伤，可绝不是出去玩了三百年。

横虚真人：没人说你出去玩了三百年，何必不打自招？

扶道山人：你给山人闭嘴！

笔者：……

扶道山人：好了，你问吧。

笔者：啊，是，是。老朽记录左三千小会亦有数百年之久，曾记得百年前，您座下八弟子姜贺就已经参加过左三千小会，当时他是金丹期修为。从崖山弟子的天赋来看，多数人过不了多久就会突破元婴。但据老朽观察，您门下这一名弟子如今却依是雷打不动的金丹后期，而且三百年来都是小孩子模样，没有任何变化。这当中可是有什么讲究？

扶道山人：你说小胖子啊……

笔者：小胖子？

扶道山人：就我家老八啊。唉，这让山人我如何启齿呢？说起这小胖子来，都是怪我，怪崖山对不起他啊。

笔者：哦？是有什么难言之隐？

扶道山人：唉。我崖山有珍馐膳堂烹饪绝佳，小胖子素来爱吃，入门后成日不思修炼，只知进食！该修炼到境界上的，都修炼到体重上去了。本自天赋绝佳，奈何好吃成性啊！

笔者：……

横虚真人：呵。

笔者：怎么觉得听上去……这么……这么……

扶道山人：这就是真相！你还想要什么解释？啊？你还想要什么解释？没听说过那句自上古传下来的俗话吗？一白遮百丑，一胖毁所有！姜贺这小胖子，就是因为胖了，所以人也长不高了，修为也不进步了。智林叟啊，你这体形也要不得，可要当心了。

笔者：……我胖吗？

横虚真人：呵。

笔者按：

崖山扶道山人满嘴胡言，实余生平仅见！

其座下弟子姜贺，修为异常，体形异常，必身怀大秘。

余辞昆吾，有横虚真人独送，余再三问之，终告余曰："上古传，山中人参精

怪,金丹化形如小娃,十甲子一进阶,才复加年岁。"

余心大震,久未回神。

横虚真人则笑问:"十九洲不解之事甚多,吾亦奇君耳闻八方,悉知天下,不知消息从何而来?"

余心未复,怔怔答曰:"商业机密,无可奉告。"

横虚真人大笑,驾云归去,留余立于原地,但思横虚真人素有手段,但觉遍体生凉,恐言语有失。幸而归来无虞,心下大安。

今者言已尽述,门外恰有笔者所购瘦身丹药三盒快递已至,便搁笔暂止。至于其余"中域五大未解之谜"——

下一期《智林叟日新》,敬请诸君期待!

《我不成仙》第六册精彩预告

　　本届左三千小会成功登上一人台的见愁不但名扬十九洲，更是实力大增。这时，脱胎换骨的她终于与谢不臣重逢。昔日爱侣，今日死敌。压抑多年的杀意在青峰庵隐界门前爆发，两人大打出手！

　　此刻，叛出崖山的曲正风带着从剪烛派拿走的《九曲河图》，向明日星海而去。明日星海，散修聚集之地，传闻绿叶老祖就是在此处参悟《九曲河图》飞升而去。而明日星海亦是十九洲最混乱的区域。曲正风意欲成为此地新一任剑皇，还面临着众多棘手的难题，可这却是他唯一的出路。

　　隐界内，众人为达成此行的目的，面临着隐界守卫的考验，而谢不臣却被守卫道破了心中最大的秘密……

　　当曾经的白首良人、红颜知己不再，刀光剑影后，他们又将何去何从？

精彩内容，尽在《我不成仙》第六册！

意林精品图书推荐

《雪鹰领主1》
简介：我吃西红柿全新力作！少年骑士惊世崛起，铸就为人类荣誉而战的英雄传说！
定价：29.80元

《禁域①墓地神婴》
简介：皇者重现世间，只为触底反击，再创传奇！踏破乾坤纵横时空，禁域绝密即将揭晓！
定价：28.80元

《禁域②宗门斗者》
简介：扶桑谷内迷雾重重，时间长河、神秘女子……时空彼端，究竟有着怎样的秘密？
定价：28.80元

《风之守望者》（①、②）
简介：一个关于青春和魔法的故事，一些关于崩坏与爆笑的校园日常，一次爱的救赎。
定价：24.80元/册

《我不成仙 一 断尘绝念》
简介：不想成仙却毅然修仙，她见愁只想有朝一日对那人说："纵你成仙，亦不可逃！"
定价：28.80元

《我不成仙 二 杀红小界》
简介：血衣作战袍，刻骨为利刃。她的通天坦途，便是他的穷途末路！
定价：28.80元

《我不成仙 三 流星赶月》
简介：敏锐与直觉，无一欠缺；缜密与果决，兼而有之。力敌群雄者，舍她其谁！
定价：28.80元

《我不成仙 四 鏖战空海》
简介：为成大道，葬痴情、斩尘缘者有之，可若寻仙问道是这般模样，她宁愿永不成仙！
定价：28.80元

《符神传说①斩焰少年行》
简介：接通元灵符界，交易、对战、派单……现实与虚拟之间，体味什么叫酣畅淋漓！
定价：28.80元

《符神传说②东川起风云》
简介：逆转鬼煞岭、入蛮荒探迷城，跨越空间界限，开启度奇幻热血征程！
定价：28.80元

《符神传说③刀芒惊天下》
简介：巧进黑狱筑识海，烈焱龙雀惊天下。勇探天符浩土，领略异闻传奇！
定价：28.80元

《符神传说④地下悬赏令》
简介：识妖族斗南洲，符驱四方见奇谋。游历异界空间，探索奥妙人生！
定价：28.80元

《倾世萌狐1》
简介：避难避到了王爷家，竟然有去无回？冷酷王爷"情斗"憨萌灵狐，甜宠升级，深情不改！
定价：29.80元

《倾世萌狐2》
简介：心悦君兮，矢志不渝！当一切线索都指向了天界，他们真的要"天人永隔"？
定价：29.80元

《我的画风不太对①》
简介：当外星玩家遇到地球萌妹，爆笑爱情悬疑大戏惊喜上演！
定价：29.80元

《我的画风不太对②》
简介：一不小心成了外星玩家的目标对象！千回百转的拼图游戏，谁是最终赢家？
定价：29.80元

《仙萌奇缘①》
简介：迷糊弟子"约架"冷傲少主，无厘头话本奇袭玄天剑宗，非正统仙侠大戏反转上演！
定价：29.80元

《仙萌奇缘②》
简介：大战一触即发，"仙门叛徒"云悠与"魔族卧底"白溯携手，为天下苍生而战！
定价：29.80元

《灵犀1》
简介：龙族、赏金猎人、千年火龟……山海异兽玄奇登场，谱写一个暖心温情的历险传奇！
定价：29.80元

《浮玉仙魔》
简介：跨越六界的情仇离合，仙家养成，爆笑开演！看一代魔尊，如何搅翻浮玉仙山！
定价：29.80元

意林精品图书推荐

《那个神秘的宣愉小姐》
简介：心理分析小说，一次亲情伤痛造成的人格分裂，一场治愈并守护爱情的计划……
定价：32.80元

《对方正在输入中》
简介：你是否能从他涨红的脸颊看到他比阿尔卑斯山还强大的内心，让他的病只为你发作。
定价：29.80元

《你是年少的欢喜，喜欢的少年是你》
简介：古风作家吾玉打造都市清风之作，告诉你，如何学着去爱一个人。
定价：29.80元

《余生请对我好一点》
简介：时光回望，今日的纠葛，竟好似还了往日的债。
定价：32.80元

——告白的书·系列——

《比心》
简介：暗恋被冷酷拒绝，离开却突然收到女孩的短信，只有一行字，却让他笑了……
定价：32.80元

《从此晚安我自己》
简介：95后作家何家豪青春成人礼童话，将16个故事，说给长成大人的你！
定价：29.80元

《我不愿让你一个人走过青春的荒芜》
简介：写给你深情的告白书，15篇故事，有作者的亲身经历，也有勾勒的世间温暖。
定价：29.80元

《你是久爱，亦是心欢》
简介：青春与梦想，爱和守护的故事，孤冷少女与霸道阔少相爱相杀深情开演。
定价：32.80元

——告白的书·系列——

《胭脂将》
简介：魔幻江湖的纷乱，胭脂女将的传奇！
定价：32.80元

《一两江湖之望星记》
简介：古风作家一两打造全新江湖，一醉江湖三十春，尽在《望星记》！
定价：29.80元

《一两江湖之琵琶误》
简介：家仇国恨，爱上不该爱的敌国先锋，如何面对这生死纠缠的爱情？
定价：29.80元

《月光蒲苇①·夜阑时》
简介：阴谋、友情、爱情，上古四神的恩怨，今生能否化解？
定价：32.80元

——新武侠·系列——

《世界的另一个你》
简介：18岁少女的奇幻冒险，唯美魔幻的童话世界，寻找世界的另一个你！
定价：32.80元

《绯色黎明》
简介：人类并不孤单，在黑暗种族的环伺下，被掩盖的真相等着你去探寻。
定价：32.80元

《这一杯，我敬的是年少无知》
简介：悬疑作家何幕精心打造的都市心理悬疑成长小说集。
定价：32.80元

《我的人生无须证明给你看》
简介：是选择梦想，还是安于现状？马叛用这些故事告诉你答案。
定价：32.80元

——心灵成长·系列——

《多味之恋》
简介：七彩青春，多味之恋，寻找身边错过的小美好。
定价：29.80元/册

《十八而志》
简介：十八岁之前的远大志向，决定了十八岁之后的梦想人生。
定价：29.80元/册

《深夜暖心》
简介：青春絮语，灯下最好的陪伴，马叛、张芸欣、冷亦蓝深夜暖心之作。
定价：29.80元/册

《初心讲义》
简介：初心故事讲给你听，拥有一个又一个的小温暖。
定价：29.80元/册

——套装精选——